Tessa Bridal
Der Baum der roten Sterne

W0291828

Unverkäufliches Leseexemplar

Gebunden, ca. 38,– DM
Erstverkaufstag 14. August 1998
Wir bitten Sie, Rezensionen nicht vor dem
Erstverkaufstag zu veröffentlichen.
Wir danken für Ihr Verständnis.

Tessa Bridal

Der Baum der roten Sterne

Roman

Aus dem Amerikanischen von
Katja Behrens

Argon

Die amerikanische Originalausgabe erschien 1997
unter dem Titel »The Tree of the Red Star«
im Verlag Milkweed Editions, Minneapolis

Deutsche Ausgabe:

Satz: Wagner GmbH, Nördlingen
Druck und Einband: Clausen & Bosse, Leck
Printed in Germany 1998
ISBN 3-87024-485-2

Dieses Buch ist ein Roman. Obwohl es von wirklichen Menschen und Ereignissen angeregt wurde, sind die Gestalten, Geschehnisse und Dialoge erfunden und stellen, abgesehen von Persönlichkeiten des öffentlichen Lebens, keine tatsächlich lebenden Menschen dar.

Für meine Mutter, in liebevoller Erinnerung

Wer mehr als ein Leben lebt,
muß mehr als einen Tod sterben.
OSCAR WILDE

… Worte aus der Asche … um als Brücke zu dienen
zwischen denen, die dageblieben sind, und denen,
die fortgingen, um endlich zurückzukehren … wir werden
ihnen helfen, sich an das zu erinnern, was sie gesehen haben.
Und auch an das, was sie nicht gesehen haben.
MARIO BENEDETTI

Prolog

Er war meinetwegen inhaftiert. Ich konnte nicht ruhen, bis er frei war. In den Geschäftsstellen der Menschenrechtsorganisationen von Paris und London war mein Gesicht inzwischen bekannt und Marco Aurelio Pereiras Name allen, die dort arbeiteten, ein Begriff. Das war 1980, und ich hatte seit sieben Jahren an Türen geklopft, Formulare ausgefüllt, Petitionen in Umlauf gebracht, Artikel geschrieben und jeden Beamten bearbeitet, der bereit war zuzuhören. Sieben Jahre, in deren Verlauf eine von Lateinamerikas ältesten und stabilsten Demokratien durch eine Militärdiktatur ersetzt worden war.

Es sah so aus, als ob sich die Türen zu meiner Vergangenheit für immer geschlossen hatten. Irgendwo dahinter saß Marco in Einzelhaft, ohne zu wissen, daß es die schwerste Entscheidung meines Lebens gewesen war, ihn zu verlassen. Ich hegte und pflegte die Erinnerungen, die es mir möglich machten, jeden Morgen aufzustehen und mich weiter für Marco einzusetzen. Ich pendelte zwischen London und Paris, ohne am Leben der beiden Städte teilzunehmen, und hielt mich mit Sekretariatsarbeiten und Übersetzungen über Wasser. Meine Visa wurden erneuert von Verbündeten, die mir oft nicht bekannt, die selber nie gefoltert oder aus politischen Gründen inhaftiert worden waren, aber zu denen gehörten, die Che Guevara einmal in einer Rede als Menschen gepriesen hatte, denen es keine Ruhe läßt, wenn irgendwo auf der Welt irgend jemandem Unrecht geschieht.

Trotz der Unterstützung dieser anonymen Freunde hielt ich Marcos Sache für verloren. Während ich beobachtete, wie das dunkle Wasser des Ärmelkanals hinter der Fähre schäumte, beschloß ich, daß dies meine letzte Fahrt sein würde. Ich sehnte mich nach meinem eigenen Fluß, diesem wandelbaren, freundlichen Riesen. Der Río de la Plata war launisch, ungestüm, sanft und wild und, jedenfalls für mich, immer schön. Er wies unerwünschte Opfer zurück, gab Leben und nahm es. Wie oft haben Marco, unsere Freundin Emilia und ich uns mit unseren Sorgen und Ängsten zu einem Spaziergang an seinen sandigen Ufern aufgemacht. Seine wechselnden Farben und die Musik seiner Bewegung über Sand und Steine hatten etwas Beruhigendes und Tröstliches. Es wäre mir leicht gewesen, mich dem Río de la Plata zu überlassen. Ich war erschöpft von der Einsamkeit und zermürbt von dem Kampf um Marcos Freiheit. So ausgelaugt, daß ich nicht einmal Emilias an jenem Morgen angekommenen Brief geöffnet hatte.

In den ersten Jahren hatte mich der Empfang solcher Briefe immer mit Hoffnung erfüllt. Sie konnten die Nachricht enthalten, daß Marco freigelassen worden war oder daß man etwas von unserer Jugendfreundin Cora gehört hatte, die seit Marcos Verhaftung zu den Verschwundenen zählte.

Nach und nach gab ich das Hoffen auf. Es kamen Briefe, die vom Kampf meiner Tante Aurora gegen den Krebs berichteten oder von Nachbarn, die das alte *barrio* verließen. Emilias letzter Brief hatte die Nachricht vom Tod ihrer Mutter gebracht. Mehr schlechte Nachrichten konnte ich nicht verkraften, und so hatte ich Emilias Brief den ganzen Tag ungeöffnet gelassen, während ich mich von Büro zu Büro schleppte und versuchte, den Menschenrechtlern, die ich im Laufe der Jahre kennengelernt hatte, für alles, was sie getan hatten, zu danken. In meine tiefe Dankbarkeit gegenüber diesen Europäern mischte sich der Neid darauf, daß sie am Abend in ein behagliches und sicheres Zuhause zurückgehen konnten, während ich keinen Schlaf fand und wie getrieben durch die Straßen von London und Paris lief, die Erinnerungen lebendig und die Gespenster in Schach hielt. Ich glaube, ich fürchtete, daß ich, wenn ich zu lange schlafen würde, aufwachen und vergessen haben könnte, warum ich Uruguay verlassen hatte. Es fiel mir schwer, meinem Gedächtnis zu trauen, zwischen Phantasie und Realität zu trennen. Die Phantasie hatte mich am Leben gehalten, und jetzt war mir nicht mehr klar, was ich mir nur vorgestellt hatte und was wirklich geschehen war. In unseren Briefen versprachen Emilia und ich einander oft, daß wir eines Tages zusammensitzen und alles noch einmal durchleben würden.

Fröstelnd zog ich Emilias Brief aus der Tasche und glättete den zerknitterten Umschlag. Ich dachte daran, den Brief ins Wasser zu werfen, aber ich wußte, daß ich ihn lesen wollte. Ich entnahm dem Umschlag ein einzelnes Blatt Luftpostpapier.

Während ich las, lockerte sich mein Griff, und ein Windstoß hätte mir den Brief beinahe aus der Hand gerissen. Ich stolperte zu einer Bank und hielt es gut fest, das dünne Papier mit der Nachricht, auf die ich sieben Jahre lang gewartet hatte. Mir klangen die Ohren. Einen Augenblick lang wußte ich nicht, ob es Freude war oder rasender Schmerz, was ich empfand.

Ich wußte nur, daß ich nach Uruguay zurückkehren mußte, selbst wenn ich in dem Moment, in dem ich das Flugzeug verließ, verhaftet würde.

Ich kann mich nicht erinnern, gepackt, mich verabschiedet und das Flugzeug bestiegen zu haben, und ich weiß nicht mehr, wie ich den langen Flug nach Süden verbracht habe. Daß ich nach Uruguay zurückkehrte, wurde mir erst bewußt, als ich in Buenos Aires umstieg, um die letzten zwanzig Minuten nach Montevideo zurückzulegen. Das Muster von Flüssen und Flüßchen unter mir erinnerte mich daran, daß irgendwo an einem dieser Gewässer meine Großmutter, meine *Mamasita* wartete. Aus ihren Briefen wußte ich, daß sie auf der Ranch, die sie nach dem araukanischen Häuptling, der den spanischen Eindringlingen in die Gebiete jenseits der Anden entschlossen entgegengetreten war, Caupolicán genannt hatte, immer noch ihre *criollo*-Pferde züchtete und ritt. In den Jahren des Exils hatte ich mir oft vorgestellt, wie ich in die Weinlaube, wo ich Marco zuletzt gesehen hatte, und in das offene *campo*, wo Mamasita mir das Reiten beigebracht hatte, zurückkehrte.

Ich hörte, wie Gepäckfächer geöffnet wurden und Handkoffer, Taschen, Mäntel und Kofferroller in die Gänge purzelten. Die Passagiere ignorierten die Aufforderung des Piloten, so lange sitzenzubleiben, bis das Flugzeug gelandet war, und das machte mir schlagartig bewußt, daß ich mich nicht mehr in Europa befand. Ich hatte mich an das geordnete Leben der Europäer gewöhnt, und dieser entschlossene Ungehorsam gegenüber der Autorität erinnerte mich nachdrücklich daran, wohin ich zurückkehrte.

Die Aussicht aus dem Fenster hatte sich geändert.

In der Ferne sah ich das Flughafengebäude von Montevideo, die Terrassen voller Menschen, die winkten, jubelten und handgeschriebene Willkommensgrüße für heimkehrende Urlauber und Geschäftsreisende hochhielten. Ich hatte keine Ahnung, wie man mich empfangen würde. Meine politische Tätigkeit hatte Schande über meine Familie gebracht. Freunde waren verschwunden oder im Gefängnis gestorben. Auf meine Bitte hin wußte nur Emilia von meiner Ankunft.

Meine Hände umklammerten die schwarzen Lederriemen meiner Handtasche. Bald, sehr bald würde ich meinen sicheren Platz verlassen und in den Strudel der Vergangenheit hinausmüssen.

Eine Stewardeß beugte sich über mich, um zu fragen, ob mir nicht gut sei. Ich brachte ein Lächeln zustande und deutete auf meinen Magen. Die Stewardeß holte einen Becher Wasser, das ich gierig trank.

Ich sagte mir, daß ich immer in die Sicherheit und Anonymität Europas zurückkehren könnte. Daß ich die Vergangenheit vergessen und ein neues Leben beginnen könnte. Daß ich die guten Zeiten im Herzen bewahren und das Grauen, das Leid und die Schuld ein für allemal hinter mir lassen könnte. Wie um mich vom Wunschdenken in die Wirklichkeit zurückzubringen, legte das Flugzeug sich schräg, und in der Ferne blinzelte mir der Río de la Plata zu.

Hundertundzwanzig Meilen breit, ähnelt der Fluß dem Atlantischen Ozean, mit dem er sich an seiner breitesten Stelle vereinigt. Meine ganze Jugend über war ich an seinen Ufern entlanggelaufen, hatte seine wechselnden Farben geliebt und mich von seinen Wellen her-

umwerfen lassen. Meine Familie war eng mit dem Fluß verbunden. Mein Großvater war einst der Besitzer eines Strandhotels gewesen, dessen Grundmauern immer noch im Sand zu sehen waren. Um die Jahrhundertwende hatte der Staat das Hotel von ihm gekauft und es abreißen lassen. Das Bauen am Strand und um die Promenade herum war gesetzlich verboten worden, um den Flußbereich in seinem natürlichen Zustand zu erhalten. Ich hatte mir die Fotos des alten Hotels immer gerne angesehen. Orchester spielten, und Paare tanzten im Mondlicht auf den breiten Terrassen über dem Fluß.
»Alter Freund«, flüsterte ich, *»preciso coraje, amigo.«*
Ich trat aus dem Flugzeug in das mir so vertraute grelle Sonnenlicht. Der Bus, der die Passagiere zum Flughafengebäude fahren sollte, hatte eine hohe Stufe. Jemand nahm meine schwere Tasche entgegen. Man bot mir einen Platz an.
»Aquí, señora, siéntese.«
Ich war zu Hause, mit all seinen Schrecken und Herrlichkeiten.
Mein Paß wurde kaum angeschaut, hastig gestempelt und wortlos zurückgegeben. Auf dem Band rollten mir meine Koffer entgegen, und ein Träger kam, um sie wegzutragen. Ich folgte ihm und erlaubte mir erst jetzt, zu den gespannten, lächelnden Gesichtern auf der anderen Seite der Glastüren hinzusehen.
Emilia wartete, ihr dunkles Haar war grau durchwirkt und zu einem festen Knoten gebunden. Ich ging auf sie zu, und ihre gespannt blickenden Augen öffneten sich weit.
Jetzt konnte ich weinen. Die Jahre der Sehnsucht hinter mir lassen, umarmen, küssen, schluchzen und den ungeduldig Nachdrängenden im Weg stehen.
»Has vuelto«, sagte Emilia. »Du bist zurückgekommen.«
Wir fuhren die Küstenstraße entlang, mit dem unverbauten Blick auf meilenweite Sandstrände, Felsen und Möwen. Ich streckte den Kopf aus Emilias Volkswagen, atmete die kühle Luft und hatte das Gefühl, die blaßblauen Fluten des Río de la Plata hießen mich willkommen.
Wir erreichten die Avenida Brasil und bogen landeinwärts in unsere

Straße ein. Ich stand im schützenden Schatten der großen *tipa* auf dem geliebten Spielplatz meiner Kindheit, hielt Emilias Arm und schaute stumm.

Auch die Straße hatte gelitten. Getrimmte Hecken und ordentliche Büsche da, wo einst ein Gewirr von Jasmin, Bougainvillea und Kletterrosen die niedrigen Mauern bedeckt hatte, die ein Haus vom anderen trennten. An den Eingangstüren war das alte Buntglas, das die Sonne in farbigen Strahlen reflektiert hatte, durch solides Holz ersetzt worden.

Die weiße Stuckfassade von Emilias Apartmenthaus war grau und abgebröckelt. Die Haustür stand nicht mehr einladend offen, und das Parterrefenster, an das ich als Kind so oft geklopft hatte, war vergittert. Früher hatte Emilia es weit geöffnet, um behende zu mir hinauszuspringen. Manchmal war ihre Mutter, Lilita, da, um uns auf Wiedersehen zu sagen, und meistens war sie beunruhigt. Ihre Ellbogen ruhten auf der Fensterbank, die Vorhänge bauschten sich um sie. Lilita, zu deren Beerdigung in Uruguay ich nicht hatte kommen können.

»Du weißt, daß ich es gekauft habe«, sagte Emilia. Wir standen Arm in Arm und betrachteten das alte Gebäude.

Ich nickte.

»Ich möchte hier leben, wo sie gestorben ist.«

Emilia zog einen Schlüsselbund aus ihrer Handtasche und schloß die Haustür auf. Der Schlüssel drehte sich in dem alten Schloß, und für einen Moment erwartete ich, Lilita zu sehen, die Hände in den Schürzentaschen, die Füße schlurften auf den beiden weichen Lappen, die sie an der Tür bereithielt, um dem auf Hochglanz polierten Boden noch mehr Glanz zu geben. Holz, so hatte sie mir einst erzählt, sei immer lebendig, und in den Spiegelungen ihres Fußbodens schwangen alte Erinnerungen mit.

Emilia führte mich in das Apartment, das mein zweites Zuhause gewesen war, und ich sah, daß sich nichts geändert hatte.

Das winzige Wohnzimmer war wie damals mit einem braunen Sofa und zwei Stühlen möbliert. Die Flanellappen zum Polieren waren nicht mehr da, aber der Boden hatte immer noch seinen alten Glanz. Der Eßzimmertisch, an dem ich die Familie ungezählte Male hatte essen sehen, war leer. Wir gingen an Lilitas Zimmer mit den beiden Betten vorbei und betraten Emilias Kammer, wo wir die Schuhe auszogen und wie in unserer Kindheit auf dem Bett in der Ecke unter dem Fenster knieten.

Wir schoben die Spitzengardine beiseite und sahen zu dem jetzt leeren Haus hinüber, in dem ich aufgewachsen war. Da, wo einst ein blühender Blumengarten gewesen war, stand der alte Weihnachtssternbaum wie ein knorriger und einsamer Wächter der Vergangenheit.

Eins

Aus den schützenden Zweigen des alten Weihnachtssternbaums heraus hatte ich das *barrio* beobachtet, seitdem ich fünf Jahre alt war.
Im Sommer warfen die blaßgrünen Blätter kühlende Schatten auf meine Haut; im Winter tanzten die leuchtendroten Blüten im Wind wie hundert Flämmchen gegen die Kälte an.
Der *estrella federal* war mein Lieblingsplatz, und ich hatte ihn noch nie mit jemandem geteilt, bis zu dem Tag, an dem ich beschloß, daß ich Emilia zur Freundin wollte. Als sie ins *barrio* zog, war das einzige, was ich über sie wußte, daß ihr Großvater Brasilianer war.
Emilia und ich besuchten verschiedene Schulen. Emilia ging zwei Blocks weit zur nächsten öffentlichen Schule und trug die weiße langärmelige Schuluniform mit dem blauen Band um den Hals. Ich wurde von einem Schulbus abgeholt und mußte meilenweit zu einer strengen Privatschule fahren, die dafür garantierte, daß ich im Alter von zehn Jahren fließend Englisch sprechen würde. Es gehört zu meinen frühesten Erinnerungen, wie ich in den Overall gesteckt wurde, den ich jeden Tag im Kindergarten tragen sollte. Der geblümte Stoff war der einzige Hinweis darauf, daß wir, die wir in den Kindergarten gingen, anders waren als die anderen Kinder in ihren düster grünen Überkleidern mit weißen Blusen und Schlipsen. Die Lehrer waren genauso streng, die Disziplin genauso starr für Fünfjährige wie für die älteren Schüler.
Das Geld für das Privileg, diese Schule besuchen zu dürfen, hatte mein englischer Großvater hinterlassen. Er hatte verfügt, daß seine gesamte Nachkommenschaft seine Sprache sprechen sollte. Ich hatte mich geweigert. Dieses Zögern, mein Erbe anzutreten, war für

meine Familie außerordentlich beschämend, und so wurde ich dreimal in der Woche zu einem Nachhilfelehrer gebracht, auf daß den Wünschen meines Großvaters entsprochen würde.
Es war im August 1954. Ich war auf dem Weg zur Englischstunde und hielt mich krampfhaft an der Hand meiner auf ihren Stöckelschuhen anmutig zur Bushaltestelle schwankenden Mutter fest, als ich Emilia kennenlernte.
Ein brasilianisches Fähnchen flatterte auf halbmast aus dem Schlafzimmerfenster unserer neuen Nachbarn, und ich sah Emilia, die ihrer Mutter half, eine Vase mit Blumen unter der Fahne aufzustellen. Als meine Mutter und ich vorbeigingen, fielen einige Rosen aus Emilias Händen auf den Bürgersteig. Ich blieb stehen, um sie aufzuheben und ihr zu geben; während unsere Mütter Grüße austauschten, stand ich auf den Zehenspitzen, um Emilias ausgestreckte Hand zu erreichen.
Meine Mutter fragte Lilita, ob die Fahne wegen Vargas auf halbmast hing. Der brasilianische Präsident hatte sich am Vortag umgebracht, und die Nachricht war schnell zu uns nach Uruguay gelangt. Sowohl die Abend- als auch die Morgenzeitungen hatten groß darüber berichtet.
»Vargas soll gesagt haben, daß er das Leben verlasse, um in die Geschichte einzugehen«, erklärte meine Mutter mitfühlend.
»Nur aus Respekt vor Ihnen, Señora Ortega, spucke ich beim Klang seines Namens nicht aus«, erwiderte Emilias Mutter. »Die Fahne ist für seine Opfer, unter denen eine Freundin meines Vaters war, Olga Benario.«
Wir waren spät dran. An der Art, wie die Hand meiner Mutter sich fester um meine schloß, merkte ich, daß sie nicht mehr hören wollte. Sie murmelte etwas Bedauerndes und versuchte zu entwischen, aber Lilita ließ sich nicht beirren. Meine um Pünktlichkeit besorgte Mutter kapitulierte vor ihrer traurigen Resolutheit und blieb leise seufzend stehen, um weiter zuzuhören.
»Olga«, sagte Lilita, »hat mit den Arbeitern gegen die Zucker- und Kaffeebarone demonstriert. Vargas ließ sie verhaften, auf ein Schiff

nach Deutschland bringen und an die Nazis ausliefern. Olga war Jüdin. Sie starb in einem Vernichtungslager.« Lilita nahm Emilia die Blumen ab und arrangierte sie vor einem kleinen, an die Fahne gehefteten Zeitungsfoto von Olga. Sie tat das mit zittrigen Händen, und Emilia legte ihre Hand sacht beruhigend auf den Arm ihrer Mutter.

So jung wie ich war, sah ich in dieser Geste doch ein Mitgefühl für andere, das mich zu Emilia hinzog.

Am nächsten Tag fragte ich sie, ob sie mit mir zusammen von dem Weihnachtssternbaum aus das *barrio* beobachten wolle, denn ich hatte angefangen, mich für Menschen zu interessieren, und wenn ich gekonnt hätte, hätte ich sie auseinandergenommen, um zu sehen, nicht wie, sondern warum sie funktionierten.

Wie sich herausstellte, war Emilia überhaupt nicht neugierig auf unsere Mitmenschen. Wenn es nach ihr gegangen wäre, hätte sie sie alle um einen reich gedeckten Tisch gesetzt und für ihr Wohl gesorgt.

Emilia glaubte, daß die Welt besser wäre, wenn Menschen gutes Essen, Blumen und weiche Kissen miteinander teilen würden. Stell dir vor, sagte sie, wie anders die Geschichte verlaufen wäre, wenn Jesus seinen Jüngern ein anständiges Essen vorgesetzt hätte, *churrascos* und Bratkartoffeln anstatt Brot und Wein. Ich wurde gerade auf die Erstkommunion vorbereitet, und es erschien mir frevelhaft, sich vorzustellen, wie Jesus Steaks und Bratkartoffeln zum Abendmahl servierte. Ich fragte Emilia, ob sie katholisch sei, und Emilia sagte, sie glaube, ja.

»Lernst du über die *ostia* und wie man sie schluckt, ohne sie zu zerbeißen?« Die Nonnen hatten mir gesagt, daß ich keine Sünde beginge, wenn die Hostie meine Zähne berührte, aber daß ich sie nicht zerbeißen dürfe.

Emilia wußte nichts davon, was ihr Verlangen, das Abendmahl abzuändern und ihre Unwissenheit um die Sache mit dem Brot und dem Wein erklärte.

»Nein, nein«, sagte Emilia, als ich darlegte, daß Jesus sich im Hinblick auf künftige Messen verständlicherweise dafür entschieden hatte, in Brot und Wein und nicht in *churrascos* verkörpert zu werden. »Nein, nein«, sagte Emilia noch einmal. »Magdalena, ich meine, wenn er ihnen zu essen gegeben und für sie gesorgt hätte, wäre Judas vielleicht ein glücklicherer Mensch gewesen und hätte ihn nicht verraten. Und wenn Jesus nicht getötet worden wäre, dann könnte er noch auf der Erde sein und uns helfen, glücklicher miteinander zu leben.«

Ich betrachtete meine neue Freundin. Anscheinend verstand sie etwas von der menschlichen Natur. Ich konnte von ihr lernen. Gerade wollte ich sie fragen, ob sie Lust auf einen Spaziergang am Fluß hätte, als ein von einem Pferd gezogener Karren in unsere Straße einbog.

»Das ist Gabriela!« sagte ich.

Emilia sah zu dem Karren hin und nickte. »Ich gehe und sage es Mamá.«

Jedes Viertel hatte seine eigenen Bettler, die regelmäßig kamen. Ich betrachtete sie als romantische Gestalten, die in unserem *barrio* auftauchten und dann in dem fernen Cerro verschwanden. Der Cerro war der höchste Berg von Uruguay. Im Jahre 1520 hatte ein portugiesischer Matrose ihn gesichtet und gerufen *»Monte vide eu«* – »Ich sehe einen Berg«. Zweihundert Jahre später gründete man eine Stadt an seinem Fuße und nannte sie Montevideo. Die Mauern, die die Stadt umgaben, waren längst verschwunden, ebenso die Indianer, gegen die sie errichtet worden waren. Die Stadt erstreckte sich jetzt entlang der Flußufer, und der Berg war von allen verlassen, abgesehen von den das Festungsmuseum auf seiner Spitze bewachenden Soldaten und den ärmsten Einwohnern, die in aus dem Abfall der Stadt erbauten Hütten an seinem Abhang lebten.

Gabriela war eine rothaarige junge Frau, die jeden Morgen zur gleichen Stunde in unser *barrio* kam. Anders als die anderen Bettler, deren Karren von robusten, staubbedeckten Gäulen gezogen wurden, hatte sie ein ziemlich gutes Pferd. Sie war nicht älter als achtzehn, groß und schlank, mit grünen Augen und einem Gesicht, mit dem sie zu anderer Zeit an anderem Ort ein Filmstar hätte werden können.

Sie hatte schlechte Zähne, aber das fiel mir damals nicht auf. Ich interessierte mich mehr für das Baby, das sie auf der Hüfte trug.
Emilia kam zurück, und Gabriela winkte uns von meinem Gartentor aus zu.
Meine Mutter kam selbst heraus, um sich um Gabriela zu kümmern. Sie hatte an Gabrielas Schwangerschaft Anteil genommen und wollte, daß das Baby gut versorgt würde. Sie holte die beiden ins Haus, und ich hörte sie sagen, daß Gabriela heute lernen sollte, wie man das Baby badet.
Plötzlich hatte ich eine Idee. »Komm, wir folgen Gabriela nach Hause!«
»Warum?« Emilia sah mich überrascht an.
»Ich möchte ihr Haus sehen.«
Emilia runzelte die Stirn. »Wie sollen wir dahin kommen?«
»Wir verstecken uns in ihrem Karren.«
»Und wenn sie uns findet?«
»Dann schickt sie uns mit dem Bus nach Hause. Los!«
Die Tür schloß sich hinter meiner Mutter und Gabriela, und Emilia und ich rannten zu dem Karren und kletterten hinein. Wir krochen unter einen in einer Ecke liegenden Haufen von Säcken. Es roch nach alten Schuhen, und Emilia hielt sich die Nase zu.
Es dauerte lange, bis Emilia das Baby gebadet und ihre Runde durch das Viertel gemacht hatte, in dem sie Essen, Geld und abgelegte Kleidung sammelte. Sie kam zurück und erzählte dem Baby, daß es fast so gut roch wie die Croissants, die Señora Lilita ihnen geschenkt hatte. Wir hörten den Karren quietschen, als Gabriela wieder hineinkletterte und mit der Zunge schnalzte. Das Pferd setzte sich in Bewegung, und wir hielten uns fest bei den Händen.
Langsam rollte ein Block nach dem anderen vorbei. Hin und wieder hielt Gabriela an, um die Müllhaufen an der Straße zu durchsuchen. Einmal stieß sie einen Freudenschrei aus. Sie hatte ein paar Schuhe gefunden. Sie erzählte dem Baby, daß diese Schuhe genau das Richtige für seine Tante wären, und warf sie nach hinten, wobei sie die unter den Säcken liegende Emilia am Kopf traf. Emilia schrie leise auf,

und wir hielten den Atem an. Gabriela hatte nichts gehört, und der Karren setzte sich wieder in Bewegung.
Wir fuhren ein Weilchen am Río de la Plata entlang, und Gabriela sprach mit dem Baby darüber, ob sie das Pferd schwimmen lassen sollte oder nicht. Es war gerne im Wasser. Aber es hatte es leicht gehabt an diesem Tag, und es schwitzte nicht. Außerdem war der Wind ziemlich kalt, womöglich würde es sich noch verkühlen. Wir bogen vom Fluß ab. Allmählich wurden uns die Straßen fremd.
Wir wußten nicht mehr, wo wir waren, und ich fragte mich, ob Emilia sich so fürchtete wie vor ein paar Wochen, als ich zu einer kleinen Insel hinausgeschwommen war. Sie hatte am Strand gestanden und Angst gehabt, daß ich ertrinken würde, und auf dem Rückweg hatte sie meine Hand fast so fest gehalten wie jetzt. Nach einer Ewigkeit sahen wir den Cerro in der Ferne. Hütten bedeckten den Abhang: Pappwände, Zeitungsfußböden, Dächer aus Plastikfetzen und Wellblech, gelegentlich eine Holztür, Lumpen als Vorhänge. Wäscheleinen, an denen zerrissene Kleidung im Nachmittagswind flatterte, und barfuß durch das Gras laufende Kinder.
Hier lebten Montevideos *bichicomes.* Ich hatte meine Mutter einmal gefragt, was *bichicome* bedeutet, und sie hatte mir erklärt, daß es die spanische Variante des Wortes *beachcomber* sei. Emilia flüsterte, wir seien sehr weit weg von zu Hause. Ich nickte und ließ den Blick durch die Straßen schweifen. Der Karren fuhr einen steilen Hügel hinauf, holperte über tiefe Furchen hinweg quer über den Abhang und hielt vor einer Hütte, die aus von Astlöchern durchsetzten Brettern und einem flachen Blechdach bestand. Gabriela sprang von dem Karren, setzte das Baby mit dem Rücken an die Wand und fing an auszuladen. Kinder liefen zusammen, um zu sehen, was sie mitgebracht hatte, und ein oder zwei Frauen kamen hinzu. Es dauerte nicht lange, bis die Säcke, unter denen wir kauerten, entfernt und Emilia und ich entdeckt wurden.
»*Madre de Diós!*« rief Gabriele. »Was macht ihr denn da?«
Wir sprangen von dem Karren und fingen beide gleichzeitig an zu reden.

»*Una a la vez! No oigo nada!*« schrie Gabriele. »Eine nach der andern. Also, was macht ihr hier?«
»Wir wollten dich besuchen«, sagte ich.
»Sie wollte«, erklärte Emilia. »Ich ... ich war mir nicht so sicher, ob das richtig ist.«
Gabriela umklammerte ihre Hände. »Und wenn sie glauben, daß ich euch mitgenommen habe?«
»Wer soll das glauben?« fragte ich.
»Die Polizei!«
»Wir sagen ihnen, daß das nicht stimmt.«
»Wie kommt ihr nach Hause?« wollte Gabriela wissen.
»Wir nehmen den Bus.«
»Eure armen Mütter! Sie werden sich zu Tode sorgen! Und sie sind so gut zu mir!«
Inzwischen waren noch mehr Kinder und ein paar Männer hinzugekommen. Alle waren sich einig, daß die Lage schlimm war. Ein Mann bot an, uns zurückzufahren. Er war an dem Tag noch nicht unterwegs gewesen, und sein Pferd war frisch.
»Es tut uns wirklich leid«, sagte Emilia.
»Wir wollten euch nicht in Schwierigkeiten bringen«, fügte ich hinzu.
Gabriela seufzte. »Wollt ihr etwas essen, bevor ihr fahrt?«
»O ja!« rief ich.
»Nein, danke«, sagte Emilia, mich am Ärmel zupfend. »Wir sind beide ganz satt.«
Ich sah Emilia erstaunt an. Wir hatten das Mittagessen verpaßt, und in dem Karren hatten unsere Mägen so laut geknurrt, daß wir befürchtet hatten, Gabriela könnte es hören, und doch lehnte Emilia es ab, etwas zu essen. Dann begriff ich, daß Gabriela uns die Croissants und Äpfel anbot, die unsere Mütter ihr gerade geschenkt hatten. Höchstwahrscheinlich war das alles, was sie für diesen Tag hatte.
Ich erzählte etwas von einem ausgiebigen Frühstück und *chocolatines* und war augenblicklich von Kindern umringt, die begehrliche Augen machten, es hätte ja sein können, daß ich noch Schokolade für

sie hatte, und ich war beschämt und traurig, sie enttäuschen zu müssen.
»Dann kommt solange ins Haus«, sagte Gabriela seufzend, »bis das Pferd da ist. Ich will nicht, daß die Soldaten euch sehen. Dein Haar, Magdalena, ist wie ein *farol*!« Sie sah nervös zu den Festungsmauern hoch.
Ich hatte mein helles Haar noch nie als Leuchtfeuer betrachtet und bedauerte, daß ich keinen Sonnenhut trug. »Warum sollen uns die Soldaten nicht sehen?« fragte ich.
»Sie könnten denken, daß ich euch gekidnappt habe.«
Wir traten durch einen Lumpenvorhang in die kleine Hütte. Der Fußboden bestand aus der nackten Erde. In seiner Mitte befand sich ein Loch mit einem großen Topf auf dem Rost. In einer Ecke lag auf einem Teppich aus Zeitungspapier eine alte Matratze mit ein paar geflickten Decken. In einer anderen Ecke stand ein mit einer Schnur zusammengehaltener Stuhl, auf dem sich ordentlich zusammengelegte alte Kleidungsstücke stapelten. An den Wänden lehnten Gartengeräte. Alles machte den Eindruck von Sauberkeit und stolzer Haushaltsführung, selbst wenn nichts da war außer Erde und Zeitungspapier und Lumpen.
Gabriela legte sanft die Hand auf meine Schulter. »Sieh mal«, sagte sie und deutete auf die Wand.
Im Kindergarten hatte ich einmal ein paar bemalte Tontellerchen gemacht. Ich war sehr stolz auf sie gewesen und hatte sie meiner Mutter geschenkt, in der Hoffnung, daß sie sie irgendwo bei uns zu Hause an die Wand hängen würde. Meine Mutter hatte sie bewundert und auf ihre Kommode gestellt. Ein paar Tage später waren sie verschwunden. Ich fragte, wo sie abgeblieben seien, und meine Mutter sagte, sie seien zerbrochen und sie habe sie weggeworfen. Ich war darüber immer ein wenig traurig gewesen, und jetzt sah ich die Tonteller mit ihren Blumen und Strichmännchen in der kleinen Hütte wieder, wo sie als einziger Schmuck an einem Ehrenplatz hingen. Ich wandte mich ab, damit Gabriela mich nicht weinen sah.
»Es una linda casita, Gabriela«, sagte Emilia, und Gabriela strahlte.

Sie deutete in eine andere Ecke. »Das sind die Vorhänge, die deine Mutter mir geschenkt hat, Emilia. Meine Schwester meint, ich soll sie verkaufen, aber ich werde eine Bettdecke daraus machen.«
»Das Gelb wird den Raum heller machen«, bemerkte Emilia. »Reicht es auch noch zu einem Kissenbezug für den Stuhl?«
Die beiden machten sich daran, die Vorhänge auszumessen, und ich blieb zurück, um mir die Tränen aus den Augen zu wischen und nach dem Mann Ausschau zu halten, der uns nach Hause bringen sollte.
Im letzten Augenblick beschloß Gabriela mitzufahren, um Señora Rita und Señora Lilita persönlich zu erklären, sie habe nicht gewußt, daß wir in dem Karren waren.
Als wir nach Hause kamen, war es fast dunkel und das ganze Viertel in Aufruhr. Die Frauen drängten sich um meine Mutter und Lilita, die beide weinten, und die Männer rannten in die Häuser und aus den Häusern und telefonierten bei Freunden und Verwandten in der ganzen Stadt herum. Pepe, der für unser *barrio* zuständige Polizist, schrieb mit einem stumpfen Bleistiftstummel in sein winziges Notizbuch. Bei unserem Erscheinen liefen uns alle entgegen, und ein paar Minuten lang waren Erklärungen nicht möglich. Immer wieder wurden wir von allen Anwesenden umarmt und geküßt, und Pepe mußte sich mit einem geborgten Taschentuch mehrmals die Nase putzen.
Die Aufregung übertrug sich auf die Hunde des Viertels, die sich an dem Tumult beteiligten, indem sie fröhlich bellten und das Pferd scheu machten. Der Fuhrmann, dem Pepe und Emilias Vater gleichzeitig die Hände schüttelten, hatte Mühe, sich freizumachen, um das Pferd zu beruhigen, das durchzugehen drohte.
In der Aufregung wurde Gabrielas Baby an Marcos Mutter weitergereicht, Señora Marta, die das Kind geistesabwesend mitnahm, als sie schließlich mit Marco und seinen Brüdern nach Hause ging. Gabriela war vergessen. Ich hörte, wie sie leise nach dem Baby rief und sich suchend nach ihm umsah.
»Wo ist Gervasio, Gabriela?« fragte ich.
Gabrielas Augen füllten sich mit Tränen. »Verschwunden! *Ha des-*

aparecido! Jemand hat ihn gestohlen!« Sie sah so erschrocken aus, daß ich sie noch schnell umarmte, bevor ich zu meiner Mutter lief.
»Mamá! Gervasio ist weg!«
Meine Mutter warf die Hände in die Luft. *»No puede ser!«* sagte sie. »Das kann nicht sein! Wir bekommen euch zurück und verlieren ihn!«
Pepe ließ seine Pfeife hören, und alle sahen ihn erstaunt an.
»Dónde está Gervasio?« fragte er mit strenger Stimme.
Alle sahen sich um und zuckten die Achseln. Bald stieg der Lärmpegel wieder, Fragen schwirrten hin und her, und Pepe sah sich gezwungen, wieder von seiner Pfeife Gebrauch zu machen. Ehe er sprechen konnte, eilte eine verlegene Señora Marta auf uns zu.
»Es tut mir so leid! So schrecklich leid!« keuchte sie. »Ich bin daran gewöhnt, mindestens ein Baby im Arm zu haben, versteht ihr, da hab ich vor lauter Freude, daß die Mädchen sicher zu Hause sind, vergessen, daß ich jetzt keine Babys habe, nur große Jungs, aber sie umarmen mich immer, und ich bin daran gewöhnt, was im Arm zu haben, und als mir jemand Gervasio gegeben hat, hab ich überhaupt nicht …« Ihre Entschuldigung wurde von Gabrielas erleichtertem Aufschrei unterbrochen. Sie nahm das Baby und zog sich, es in ihren Armen wiegend, zum Karren zurück, damit niemand es mehr anfassen konnte.
Die Nachbarn zerstreuten sich, Pepe kehrte zur Polizeistation zurück, um seinen Bericht zu machen, und Emilia und ich gingen nach Hause, bekamen zu essen und wurden von denen, denen wir den ganzen Tag nichts als Kummer bereitet hatten, gebadet und gehätschelt.

Zwei

Am nächsten Morgen waren Emilia und ich gerade in den Weihnachtssternbaum geklettert, als ein Umzugswagen mit neuen Möbeln vor einem Haus hielt, in dem ein älterer Witwer gewohnt hatte, der vor kurzem in ein kleines Apartment gezogen war. Dem Lastwagen folgte ein stattlicher schwarzer Ford, dem ein Paar und ein junges Mädchen in unserem Alter entstiegen. Das Mädchen sah uns in dem Baum und hob eine adrett behandschuhte Hand, um uns zuzuwinken. Es war ein vorsichtiges Winken, das uns davon abhielt, hinzulaufen und uns bekannt zu machen.

»Cora!« rief ihre Mutter streng und bedeutete ihr, sie solle ins Haus kommen. Sie warf uns noch einen Blick zu und verschwand.

Von da an war ihr Haus so verlockend geheimnisvoll wie sie selber. Hinter der Backsteinmauer, bei dem zu einer kleinen, von Jasmin überwachsenen Veranda führenden Treppchen wuchs ein großer, weit ausladender Baum, dessen dichtes Blätterdach einen schützenden Schatten über das ganze Haus warf. Jedes Jahr im Hochsommer ließ die *tipa* ihre zahllosen winzigen Blüten fallen, die die Straße in weitem Umkreis mit einem leuchtendgelben Teppich bedeckten und die Fassade des Hauses in goldenem Glanz erstrahlen ließen. Coras Haustür, die besonders klein war, trug zu der Illusion bei, ich könnte wie Alice durch dieses Türchen in eine andere Welt eintreten – eine abgeschiedene Welt für sich, in der kein Verrückter Hutmacher hauste und man nur sein Herz, nicht aber den Kopf verlieren konnte.

Emilia und ich fanden dieses Haus unwiderstehlich. Allen anderen in dem Viertel spielten wir jede Menge Streiche, nur Coras Haus

näherten wir uns auf Zehenspitzen und mit klopfenden Herzen, die Lippen fest zusammengepreßt, auf daß ihnen kein Ton entschlüpfe und, den Flußnebeln gleich, zu den weißen Spitzengardinen des zur Straße gelegenen Fensters hintreibe.
Die anderen Nachbarn betrachteten uns inzwischen schon als Bedrohung und versuchten es arg geplagt mit Bestechung in Form von Süßigkeiten und Eiscreme. Emilia und ich nahmen diese Bestechungsgeschenke stets ohne Zögern an. Wenn wir ein Gewissen hatten, dann fiel es jedenfalls nicht auf. Wir waren zehn Jahre alt und betrachteten die Welt als großen Spielplatz und die Menschen als Zielscheibe für unseren platten Humor.
Coras Eltern dagegen schienen uns zu fürchten, und das machte uns angst. Nie klingelten wir bei Cora, um dann hysterisch kichernd wegzulaufen und uns hinter dem nächsten Baum zu verstecken. Nie hätten wir die Luft aus Coras Reifen gelassen oder die Pflastersteine vor ihrem Haus gelockert. Wenn der Eismann mit seinem Pferdewagen kam, konnte er einen Eisblock auf Coras Fenstersims lassen, ohne Emilia und mich warnen zu müssen, er würde uns verdreschen, wenn er am nächsten Tag zu hören bekommen würde, daß wir ihn ausgewickelt hätten. Wir hätten Coras Eis genausowenig ausgewickelt wie unser eigenes.
An Emilias Fenster oder auf den Ästen des Weihnachtssternbaums sitzend, beobachteten wir fasziniert, wie Cora das Haus verließ. Immer wurde sie von beiden Eltern begleitet. Sie ging mit niedergeschlagenen Augen zwischen ihnen, im makellosen, gestärkten Kleid, eine vollkommene Rose, auf beiden Seiten geschützt von den kleinen Eltern mit dem entschuldigenden Lächeln. Sie taugten nicht als schützende Dornen und schienen das zu wissen. Das einzige, was die Nachbarn über sie in Erfahrung bringen konnten, war, daß die Allenbergs jüdische Flüchtlinge waren.
Emilia und ich hatten beschlossen, die Zurückweisung zu riskieren und an Coras Tür zu klopfen, als die ganze Stadt in Aufruhr war, nachdem die Polizei an der Grenze zu Brasilien eine schreckliche Entdeckung gemacht hatte. In einem Koffer war die zerstückelte

Leiche eines Mannes gefunden worden. Er war ein Nazi gewesen und hatte, wie sich herausstellte, nicht weit von uns in einem Apartment am Fluß gewohnt.

Bald nachdem die Geschichte bekanntgeworden war, fuhr ein Wagen vor dem Haus der Allenbergs vor. Zwei Männer in abgetragenen Anzügen stiegen aus. Die Allenbergs hatten nicht viele Besucher, und wenn, dann sahen sie nicht wie diese beiden stämmigen Kerle aus, die mißtrauisch die Straße rauf und runter blickten, bevor sie an die Tür klopften und eingelassen wurden. Ein paar Minuten später gingen sie wieder, und im *barrio* sprach sich herum, daß der Wagen ein Zivilfahrzeug der Polizei gewesen sei.

Als meine Mutter ihm davon erzählte, zuckte mein Vater die Achseln. »Alle wissen, wer es getan hat«, sagte er.

»Wer, Papá?« fragte ich. »Wer hat den Mann im Koffer zerstückelt?«

»Die Juden.«

»Wahrscheinlich muß die Polizei so tun, als untersuche sie den Fall«, sagte meine Mutter.

»Sie fragen ein bißchen herum, solange die Leute darüber reden, dann lassen sie die Sache auf sich beruhen.«

»Warum waren sie bei den Allenbergs?« fragte ich.

»Weil Mr. Allenberg Jude ist. Sie wissen, wer darin verwickelt ist.«

»Meinst du, Mr. Allenberg hat den Mann zerstückelt?«

»Nein, nein, natürlich nicht«, sagte meine Mutter und sah meinen Vater vorwurfsvoll an, weil er mir so was in den Kopf setzte.

»Im Krieg«, sagte mein Vater zu mir, »haben die Nazis den Juden schreckliche Dinge angetan. Viele Nazis sind nach Südamerika geflüchtet. Genauso wie viele von den Juden, die sie verfolgt haben. Ab und zu finden die Juden einen Nazi und rächen sich.«

Emilias Vater war überzeugt davon, daß Mr. Allenberg mit dem Mord zu tun hatte, und ich merkte, daß sein kleiner Nachbar seitdem in seiner Achtung gestiegen war.

»Papá sagt, die Juden locken die Nazis dauernd über die Grenze nach Uruguay«, erzählte mir Emilia, »weil die Polizei hier solche Fälle nicht so genau untersucht.«

Es fiel mir schwer, mir Herrn Allenberg als Mörder vorzustellen, aber in den Hollywoodfilmen, die wir in Dauersitzungen an Sonntagnachmittagen und -abenden im Casablanca, unserem Kino, sahen, geschahen noch merkwürdigere Dinge.
Unserer Phantasie waren keine Grenzen gesetzt durch die Tatsache, daß wir am Rande von Uruguays friedlicher Hauptstadt lebten, in einer ruhigen, schattigen Nebenstraße, einem Hort der Stille in dem geschäftigen Treiben der uns umgebenden Botschaften. Eine Insel der Anarchie in einem Meer von Diplomatie, sagte mein Vater stolz.
Um eine Ecke war die tschechoslowakische Botschaft, verborgen hinter einem hohen Zaun, das Haus selbst auf einer kleinen Erhebung und von blühenden Büschen umgeben. Nicht weit davon waren die Italiener. Sie hatten einen schmiedeeisernen Zaun mit Blumen- und Vogelornamenten. Ihr Tor stand immer offen, was den Eindruck erweckte, daß Besucher jederzeit willkommen waren, mit ihnen Spaghetti zu essen. Oft gaben sie große Parties. Dann kletterten Emilia und ich auf den Baum an der Ecke, um die teuer gekleideten Männer und Frauen zu beobachten, wie sie die lange Auffahrt zwischen den raschelnden Palmen hochschlenderten.
Um eine andere Ecke lauerten die Russen hinter einer acht Fuß hohen Mauer, und immer sah man zwei Männer in dunklen Anzügen am Tor. Der einzige, der je in ihre Abgeschiedenheit eindrang, war Caramba, mein Papagei. Er besuchte sie regelmäßig und ließ sich nur in den Käfig zurücklocken, wenn man mit der Tasse, die Carambas tägliche Portion *crema de chocolate* enthielt, auf das Gitter klopfte.
Josefa, die Köchin, die seit der Heirat meiner Eltern bei uns lebte, war ein sehr geselliger Mensch, weigerte sich jedoch, den finsteren Russen ein Schauspiel zu bieten. So mußte meine Mutter den Vogel selber zurückholen. Josefa blieb an der Küchentür zurück, die Thermosflasche mit heißem Wasser unter dem Arm und das Gefäß mit dem dampfenden *mate* in der Hand.
Jeden Nachmittag um vier, nach ihrer *siesta*, zog meine Mutter zum Teetrinken ein schlichtes, elegantes Gewand und hochhackige Schuhe an. Wenn Caramba entflogen war, seufzte sie, nahm den Käfig

und begab sich, nach Chanel No. 5 duftend, zur russischen Botschaft. Für ihre Haarkreationen war ein schlanker Künstler namens Ernesto zuständig, und der hätte zweifellos ungläubig die dunklen Augenbrauen gehoben, wenn er seine geehrte Kundin gesehen hätte, wie sie vor der russischen Botschaft stand und mit einer kleinen roten, von irgendeinem Kinderteeservice übriggebliebenen Blechtasse resolut auf einen Papageienkäfig klopfte. Caramba wußte das zu würdigen und flog, ohne zu protestieren, in seinen Käfig zurück, wo er sichtlich erstaunt den grünen Kopf schief legte, während meine Mutter mit nach vorn geheftetem Blick an den russischen Wachen vorbeistöckelte.

Wenn Pepe, der Polizist, im Dienst war, erbot er sich, Señora Rita nach Hause zu begleiten und den Käfig für sie zu tragen. Pepe machte sich große Hoffnungen, eines Tages von der Straße wegzukommen und im Polizeihauptquartier Dienst tun zu können. Da konnte es ihm nur nützlich sein, einflußreiche Freunde wie meine Mutter zu haben. Hinzu kam, daß er heftig verliebt in Josefa war, was unser Haus noch anziehender für ihn machte.

Wenn Josefa nicht zu viel zu tun hatte, kam er für einen Schluck *mate* und ein Schwätzchen mit ihr herein, bevor er auf sein Revier zurückkehrte.

Einmal in der Woche begleitete er Josefa und mich zum Fluß. Unterwegs stellten wir Vermutungen darüber an, ob das Wasser an diesem Tag da, wo es in den Atlantischen Ozean überging, grau oder blau oder grün sein würde. Manchmal krachten die Wellen auf den Sandstrand, und die Seemöwen waren in Aufruhr und schlugen mit den Flügeln und machten sich klagend davon. Dann wieder war der Río de la Plata glatt wie ein Spiegel. Wenn die Fischer ihre Boote an Land zogen, sah Josefa ihnen aus einigem Abstand zu und suchte sich den Hübschesten aus. Er lächelte sie an und zwinkerte mir zu, während er den Fisch auf der Bank seines kleinen Bootes säuberte, wobei durchscheinende Schuppen aufflogen und die Sonne in ihrem Perlmutt blitzte. Pepe redete mit den anderen Fischern und verbarg seine Eifersucht hinter lauten Scherzen.

An einem milden Herbsttag wurden wir auf dem Rückweg vom Regen überrascht, und als wir zu Hause waren, wechselten wir die nassen Schuhe, und Josefa legte den Fisch in den Kühlschrank und machte sich eilig daran, die *tortas fritas* zuzubereiten, denn immer wenn es regnete, versammelten sich alle Dienstmädchen des *barrio* in unserer großen Küche, um *mate* zu trinken.

»Warum machen wir immer, wenn es regnet, *tortas fritas* und *mate?*« fragte ich.

»Wegen Frau Luna«, antwortete Josefa. Sie scheuchte Pepe zur Hintertür hinaus und nahm ihre weiße Schürze von dem Haken beim Herd.

»Frau Luna? Was hat der Mond mit *mate* zu tun?«

»Alles!« erwiderte sie und setzte einen großen Kessel auf. Während sie den Talg in das Mehl knetete, erzählte sie mir, wie uns der *mate* vor langer, langer Zeit geschenkt worden war.

»Luna«, sagte Josefa, »war wie die meisten jungen Mädchen. Unruhig und neugierig. Sie schwebte im Himmel, sah auf die Erde hinab und überlegte, wie sie ihren angestammten Platz verlassen und auf Reisen gehen könnte. Genau wie du – du redest doch immer davon, daß du reisen willst, wenn du mal groß bist. Also, Luna, die so bezaubernd war wie die meisten *chicas*, überredete die Wolken, ihr Deckung zu geben, und verwandelte sich in eine Jungfrau und kam auf die Erde. Manche sagen, das geschah nicht weit von hier. Da, wo die *cerros* ans Meer reichen.«

Für einen Moment blickten ihre dunklen Augen sehnsuchtsvoll in die Richtung der fernen Moore, wo sie zur Welt gekommen war. Das Ziehen des klebrigen Mehls an ihren Händen erinnerte sie an ihre Geschichte. Sie sah mich an und lächelte. »Luna fand die Erde wunderbar. Sie erblickte Wasserschweine und Pampasstrauße und Tapire; sie hörte Spottdrosseln und Papageien. Sie schmückte sich mit Blumen und lief, um ihr Spiegelbild in einer Lagune zu betrachten. Das Wasser sah warm und verlockend aus, und Luna sprang hinein und schwamm mit den Fischen. Erfrischt kam sie heraus und schüttelte sich trocken. Sie merkte nicht, wie der Jaguar, der sie seit einiger

Zeit beobachtet hatte, durch das Unterholz herangeschlichen kam. Da sah ein alter Mann, der zur Lagune gekommen war, um Wasser zu holen, wie der Jaguar sich an das junge Mädchen heranpirschte. Er drohte ihm mit seinem Spazierstock, und der Jaguar zog sich zurück. Luna war mittlerweile hungrig, und der alte Mann fragte, ob sie mit ihm nach Hause kommen wolle. Luna stimmte zu, und bald saß sie an einem Feuer und aß *tortas fritas*, genau wie die, die ich jetzt mache«, sagte Josefa und formte den Teig zu flachen, runden Fladen, während das Öl auf dem Herd heiß wurde.

»Haben Luna die *tortas fritas* geschmeckt?«

»Nichts hat ihr je so gut geschmeckt!« antwortete Josefa.

»Was hatte Luna denn sonst noch gegessen?«

Josefa wedelte mit einem Finger. »Was sage ich dir immer? Stell zu viele Fragen, und der Teufel selber kommt, um sie zu beantworten!« Sie prüfte, ob das Öl heiß genug war, indem sie es mit Wasser besprenkelte.

Ich naschte von dem Teig, dessen Salzgeschmack ich mochte.

»Luna«, fuhr Josefa fort, »aß, bis sie nicht mehr konnte. Als sie fertig war, dankte sie dem alten Mann und seiner Frau, und die beiden machten sie mit ihrer Tochter bekannt, einem scheuen, stillen Mädchen, das seine Finger vom Teig ließ«, sagte Josefa und gab mir einen Klaps aufs Handgelenk, »und wenn sie mit Leuten, die älter waren als sie, redete, tat sie das mit niedergeschlagenen Augen und sanfter Stimme.«

»Wie ich, was, Josefa?«

Josefa lachte so, daß sie fast die auf dem Herd brutzelnden *tortas fritas* vergaß.

Ich hörte es gerne, wenn sie lachte. Sie tat es mit Hingabe. In solchen Momenten schienen die Jahre und die Sorgen von ihr abzufallen.

»Ay, ay, ay!« Sie wischte sich die Augen mit dem Handrücken. *»Sí, m'hijita,* genau wie du! Jedenfalls war das scheue, stille Mädchen einsam wie Luna selber, und die beiden gingen miteinander in den Urwald und sprachen von dem, wovon Mädchen sprechen.«

»Jungs?«

»Jungs und Träume und Kümmernisse und namenlose Sehnsüchte. Bis zu diesem Augenblick hatten Luna und das Mädchen gedacht, sie wären allein mit ihren Gefühlen. Luna gestand, daß sie sich immer danach gesehnt hatte, vom Himmel loszukommen, und das Mädchen erzählte ihr, daß sie sich auf der Erde immer gefangen gefühlt hatte. Sie redeten fast die ganze Nacht, bis Luna bemerkte, daß die Sterne ihr zublinzelten, sie möge zurückkommen, und so sagte sie dem Mädchen adieu. Das Mädchen weinte, denn es glaubte, es würde die Freundin nie wiedersehen. Es wußte nicht, daß Freunde uns nie verlassen, wie Schutzengel. Ihre Liebe wird ein Teil von uns und ist der gesegnete Boden, in dem alle künftigen Freundschaften gedeihen.«
Josefa nahm die goldgelben *tortas fritas* aus dem Öl und stellte sie in den Herd, um sie warm zu halten. Nachdem sie noch zwei in die Pfanne getan hatte, trug sie mir auf, das Gefäß für den *mate* mit dem grobgemahlenen grünen Tee vollzustopfen.
»In der nächsten Nacht schaute Luna auf ihre Freunde hinab und sah sie traurig um einen Tisch sitzen, auf dem nichts war. ›Warum sind sie so traurig?‹ fragte sie die Wolken.
›Sie haben ihr letztes Mehl gebraucht, um *tortas fritas* für dich zu machen‹, erwiderten die Wolken. ›Jetzt haben sie Hunger.‹
Luna war fassungslos. Sie hatte nicht gewußt, daß es Mehl nicht im Überfluß gibt. ›Ihr müßt mir noch einmal helfen‹, sagte sie zu den Wolken. ›Ich werde euch mit einem ganz besonderen Samen versorgen; den sollt ihr um die Hütte des alten Mannes herum niederregnen lassen.‹
Die Wolken taten, worum Luna sie gebeten hatte, und am nächsten Tag wuchsen um die Hütte herum Bäume, die es sonst nirgendwo im Urwald gab. Sie waren in weiße Blüten gehüllt, und die Tochter des alten Mannes entdeckte, daß sie Tee aus den Blättern machen konnte. Bald kamen die Leute aus der ganzen Umgebung, um diesen Tee zu kaufen, und das Mädchen nannte ihn *mate.* Luna machte sie unsterblich, und seither reist das Mädchen bis auf den heutigen Tag durch die Welt, um jedem, den sie trifft, *mate* zu geben. Denn *mate*

macht, wenn er achtsam zubereitet und großzügig geteilt wird, alle, die ihn trinken, zu Brüdern und Schwestern.«

Nachdem Josefa mir diese Geschichte erzählt hatte, war ich lange still, was wahrscheinlich der Grund dafür war, warum Josefa sie mir erzählt hatte. Sie wußte, wie ihre Geschichten auf mich wirkten. Ich erzählte sie mir selber, spielte sie nach, schmückte sie aus und schrieb sie dann in ein altes Schulheft, das ich in meinem Nachtkästchen aufbewahrte.

Josefa gab mir einen dreistöckigen Kuchenhalter und trug mir auf, das Teegebäck darauf zu arrangieren, während sie die *tortas fritas* fertigmachte. Sie rief Lucía, ein Dienstmädchen, das erst vor kurzem in unseren Haushalt gekommen war, und sagte ihr, daß es ihre Aufgabe sein würde, meinen Tanten, die an diesem Tag bei uns zusammenkamen, den Tee zu servieren.

Lucía wäre viel lieber bei Josefa in der Küche geblieben, um *mate* zu trinken und *tortas fritas* zu essen, aber Josefa ließ nicht mit sich reden.

Drei

Meine zum Tee herausgeputzten *tías* boten einen großartigen Anblick. Ich weiß nicht, ob Ernesto, der Friseur meiner Mutter, auch ihnen das Haar machte, aber es hätte ihn mit Stolz erfüllt, demjenigen die Hand zu schütteln, den sie aufgesucht hatten. Die Strahlen der durch die großen Buntglasfenster des Empfangszimmers scheinenden Nachmittagssonne trafen auf leuchtende Locken und Wellen, die rotbraun waren wie glänzende Kastanien oder seidigbraun einer gleißenden Vogelschwinge gleich. Die Älteste trug Perlgrau, weich nach hinten gezogen, zu einem dicken Knoten frisiert. In den mit großgeblümtem Kattun überzogenen Sesseln versunken oder auf dem zierlichen Chippendalesofa sitzend, die Fesseln graziös gekreuzt über dem englischen Teppich, tratschten sie heiter über ihre Freunde und Verwandten, ob sie nun lebten oder tot waren. Auf ihren Schößen lagen die winzigen spitzenbesetzten Teeservietten, an denen sie sich die Finger wischten, nachdem sie die Sandwiches und Kuchen berührt hatten. In einer Hand hielten sie in vollkommener Symmetrie mit ihren Busen und miteinander jede ein dünnes, goldumrandetes Porzellantäßchen samt Untertäßchen, das von der in gestärkter Schürze und Häubchen bereitstehenden Lucía immer wieder aufgefüllt wurde.

Hin und wieder schaute Lucía unruhig in Richtung des zur Empfangshalle führenden Bogens, hinter dem sich Carambas Käfig befand. Caramba war jedoch nicht bereit, darin zu bleiben. Er war ein Vogel mit eigenwilligem Charakter und hatte schon vor langer Zeit entdeckt, wie die von den Gehirnen beschränkterer Wesen ersonnenen Riegel zu öffnen waren. Zusammen mit seiner Leidenschaft für

Schokoladenpudding hatte er schon früh eine Vorliebe für Tee entwickelt, den er am liebsten aus einer Royal-Doulton-Untertasse zu sich nahm. Er liebte meinen Onkel George, der regelmäßig zum Tee mit den Tanten kam und eine Glatze hatte, auf der Caramba sich gerne niederließ, wobei sein schmaler grüner Schwanz grazil in Richtung seiner Nase zeigte.

Sobald der Tee serviert war, machte Caramba sich an seiner Käfigtür zu schaffen, bis sie sich öffnete. Dann putzte er sich sorgfältig, in Anbetracht der Tatsache, daß er sich in erlauchte Gesellschaft begeben würde. Ich war sicher, er wußte das. Nachdem er seine Toilette beendet hatte, schwang Caramba sich in die Lüfte, überquerte die Eingangshalle und flog durch den Bogen und machte Lucías schlimmste Befürchtungen wahr. Aber Lucía hätte sich nicht zu sorgen brauchen. Das Gespräch kam nicht zum Erliegen. Die hohen Stimmen zwitscherten weiter, kein einziger Tropfen Tee wurde verschüttet. Die *tías* hoben wie auf Kommando eine Hand über den Kopf und schwatzten weiter, bis Caramba sich entschlossen hatte, auf wem er sich an diesem Tag niederlassen wollte. Dann wischten sie sich die Finger und nahmen noch etwas Kuchen. Alle außer der Auserwählten, die Caramba sanft auf ihre Schulter setzte und ihm ein wenig Tee anbot, den Caramba wohlerzogen annahm, als kämen seine Vorfahren nicht aus den lärmerfüllten Eukalyptuswäldern von Uruguay.

»Habt ihr gehört? Castro kommt!« verkündete Tía Catalina, sobald Caramba ausgetrunken hatte.

»Welcher Castro?« fragte meine Mutter.

»*Fidel* Castro! Wer sonst?«

»Nach Uruguay?« fragte meine Mutter entsetzt.

»Ja. Frisch von seinem Sieg in Kuba.«

»Oh, da werden die Kommunisten sich aber ins Fäustchen lachen!« sagte Tía Josefina.

»Warum denn?« fragte Tía Aurora.

»Na, das weiß doch jeder, daß die dahintergesteckt haben.«

»Das weiß nicht jeder«, erklärte Tía Aurora.

»Die Amerikaner sagen es, und sie müssen es wissen«, sagte Tía Catalina fest.
»Was meint denn Miss Newman dazu?«
»Miss Newman hat Castro überhaupt nicht erwähnt. Übrigens, habt ihr das Neueste von unserer amerikanischen Freundin gehört?«
»Daß sie Hosen zur Messe trägt?« fragte meine Mutter.
»Nein, nein, das war vor zwei Wochen«, antwortete Tía Josefina.
»Das hier ist schlimmer«, sagte Tía Aurora.
Tía Josefina kicherte. »Viel schlimmer!«
»Am Ende bringt sie noch einer um«, fügte Tía Aurora hinzu. Ich hatte meine Tante Aurora besonders gern. Ihr mürrisches Wesen und ihre Voraussagen drohenden Verhängnisses erinnerten mich an den Esel I-Ah, unsere Lieblingsgestalt in dem Buch, aus dem Aurora, wie sie behauptete, ihr ganzes Englisch gelernt hatte.
»Was hat sie denn nun gemacht?« fragte meine Mutter ungeduldig.
»Sie antwortet auf *piropos.*«
Einen Augenblick lang herrschte verblüfftes Schweigen. Nur Tía Aurora fuhr fort zu kauen und an ihrem Tee zu nippen.
»Aber ... aber ...«, stammelte meine Mutter endlich, »was sagt sie?«
»Nun, soviel ich gehört habe, bleibt sie, wenn ein Mann ihr auf der Straße nachpfeift oder ein Kompliment macht, augenblicklich stehen und zahlt ihm mit gleicher Münze zurück.«
»Oder noch schlimmer«, fügte Tía Aurora hinzu. »Verweist auf seine Geschlechtsteile.«
Meine Mutter sah mich scharf an. »Magdalena, bitte sage Josefa, daß wir noch heißes Wasser brauchen.«
Ich kannte die Tricks meiner Mutter gut genug, um brav zu nicken, das Zimmer zu verlassen und meinen gewohnten Platz hinter der Tür einzunehmen.
»Jemand muß mit Miss Newman reden«, sagte meine Mutter streng. »Sie muß begreifen, daß *piropos* ein Kompliment sind. Sie sollte sich geschmeichelt fühlen.«
»Sie findet es beleidigend«, seufzte Tía Aurora.
»Beleidigend! Versteht sie nicht, was man zu ihr sagt?«

»O doch!« zwitscherte Tía Josefina. »Sie spricht sehr gut Spanisch.«
»Worüber regt sie sich dann so auf?«
»Sie ist der Ansicht«, erklärte Tía Aurora, »daß eine Frau in Uruguay nicht auf die Straße gehen kann, ohne daß jeder Mann, der gerade aus den Windeln ist, es als sein gottgegebenes Recht betrachtet, ihr Aussehen zu kommentieren. Natürlich ohne daß sie das Recht hat, sich zu revanchieren.«
Die guten Absichten der Straßenschmeichler wurden einige Minuten lang standhaft verteidigt, wobei auch darauf verwiesen wurde, daß sich auf der Straße abgelieferte Komplimente nur bei uns am Río de la Plata zu einer eigenen Kunstgattung entwickelt hätten. Immerhin gelte der *piropo* als poetisch, und Meister ihres Fachs zelebrierten ihn sogar in gereimten Versen. Ich spürte jedoch, daß sich, wie immer, wenn männliche Rechte zur Debatte standen, eine gewisse Nervosität in der Unterhaltung bemerkbar machte. Unausgesprochen schwang mit, daß die Männer uns, wenn wir uns benehmen und sie machen lassen, mit Komplimenten bedenken, sich andernfalls jedoch berufen fühlen könnten, uns zu lehren, was eine Frau ist.
Ich hatte die Tías oft darüber reden gehört, wie Männer Frauen lächerlich machten, die sich die Haare abschnitten oder auf Parties niedrige Absätze trugen. Wie sie einander auf jede Unvollkommenheit in der Kleidung oder Aufmachung hinwiesen und nie zögerten, den Frauen, die sie kannten, mitzuteilen, ob sie ihrer Meinung nach dicker oder dünner als bei der letzten Begegnung seien und, was das Wichtigste war, ob sie die Veränderung billigten oder nicht. Nichts war zu intim für sie, um sich darüber zu äußern. Völlig unbefangen erteilten sie Ratschläge, wie Achselhöhlen und Beine zu rasieren seien, und ließen sich darüber aus, wie unansehnlich jegliche Behaarung bei Frauen doch sei, außer auf dem Kopf und einem anderen Körperteil, über den sie sich zwar wortlos, doch mit wissenden Rippenstößen verständigten. Angeblich hatte Miss Newman einmal einem Glatzkopf ihre Achselhaare als Spende angeboten, nachdem er die Unverschämtheit besessen hatte, ihr zu sagen, falls sie gewillt sei, sich an das zu halten, was man in puncto weiblicher Kleidung als un-

erläßlich betrachte, solle sie sich in der Öffentlichkeit nicht in einem ärmellosen Kleid blicken lassen.

»Amerikanische Frauen sind ja doch sehr aggressiv«, sagte Tía Catalina.

»Ich möchte wissen, ob amerikanische Männer deshalb so merkwürdig sind«, sagte meine Mutter.

»Amerikanische Männer sind nicht merkwürdig«, erklärte Tía Aurora. »Sie sind einfach schüchtern.« Da sie als einzige der Familie in den Vereinigten Staaten gewesen war, wurde ihre Autorität auf diesem Gebiet nie in Zweifel gezogen.

»Nicht wie John Wayne?« fragte Tía Josefina.

»Mehr wie Mr. Magoo. Es sieht so aus, als seien sie ziemlich blind für das, was um sie herum vorgeht. Was sexuelle Beziehungen betrifft ... ich bezweifle, daß sie mehr wissen als ihre Frauen.«

»Wie tröstlich«, sagte meine Mutter seufzend.

Tía Josefina lachte. »Aber Rita, du hast dich doch in Javier verliebt, gerade weil er so auf Frauen eingeht.«

»Ich finde, Miss Newman hat zum Teil recht. Männer nehmen sich uns gegenüber auf der Straße wirklich viel heraus.« Tía Catalina senkte die Stimme. »Die *piropos* machen mir nicht so viel aus, aber ich wünschte, sie würden uns nicht anfassen.«

»Besonders am ...«, begann Tía Josefina. »Das kann sehr unangenehm sein«, endete sie.

»So einen Mann habe ich mal geschlagen«, sagte Tía Aurora.

Tía Catalina schloß sich ihr an. »Ich auch.«

Tía Josefina seufzte. »Das mögen sie gar nicht.«

»Natürlich mögen sie das nicht«, erklärte meine Mutter energisch, »aber gelegentlich müssen wir etwas tun, sonst ...« Sie schenkte sich noch eine Tasse Tee ein. »Glaubt ihr, Miss Newman ist ...?« Sie ließ die Frage herausfordernd in der Luft hängen.

»Ist was?« fragte Tía Josefina.

Die anderen sahen sie mit blitzenden Augen an. »Du weißt doch ...«, sagten sie.

Tía Josefina sah verwirrt aus. »Nein ...«, sagte sie. »Was?«

Es folgte ein Geflüster, und plötzlich quiekte Tía Josefina. »Oh! Oh! Nein, nein! Bestimmt nicht!«
Ich hatte keine Ahnung, wovon sie redeten. In der Hoffnung auf Erleuchtung kehrte ich in den Salon zurück, aber sobald sie mich sahen, verstummten sie. Es kam oft vor, daß ihre Unterhaltungen auf diese unbefriedigende Art in eisernem Schweigen endeten. Heute jedoch ging Tía Aurora einen Schritt weiter.
»Vielleicht hat Miss Newman es nicht nötig, sich ihre Weiblichkeit von jedem vorbeikommenden Penis bestätigen zu lassen.«
»Aurora!« stießen die *tías* hervor.
»Magdalena«, sagte meine Mutter, »verlaß sofort das Zimmer!«
»Aber Mamá, ich habe es schon gehört!« schrie ich und lief los, um es Emilia zu erzählen.
Sie war nicht zu Hause. Nur ihre Mutter, Lilita, war da. Sie saß unter einer Abbildung von Donatellis Maria Magdalena, einer aus Holz geschnitzten Skulptur, die in meinen Augen Lilitas trauriger, gequälter Seele ähnelte, im Halbdunkel der Abenddämmerung in ihrem winzigen Wohnzimmer. Ihre dunklen Augen waren umschattet. Ein oder zwei Strähnen ihres feinen Haars waren aus dem Netz gerutscht und lagen wie ein Schleier um ihre blassen Wangen. Sie war schlank, mit runden Schultern, und hielt die Hände dicht am Körper, als fürchte sie, sie könnten etwas Unbesonnenes tun, wenn sie sie gehenließ.
»Emilia ist beim Turnen. Sie kommt bald nach Hause«, sagte sie. »Möchtest du eine Coca-Cola?«
»Ja, bitte«, sagte ich und folgte ihr in die Küche. »Oh, Señora Lilita, Sie werden nie erraten, was meine Tía Aurora gerade gesagt hat!«
Als ich es ihr erzählte, lachte Lilita entzückt und klatschte in die Hände. »Jeder vorbeikommende Penis!« Sie hielt die Hand vor den Mund und stampfte auf. So vergnügt hatte ich sie selten gesehen. »Oh, Magdalena, wie ich Männer hasse!« sagte sie plötzlich seufzend, während das Coca-Cola aus der Flasche sprudelte und sich über ihre Hände ergoß.
»Warum?« fragte ich und befürchtete, Lilita würde merken, mit wem sie redete, und wie meine Mutter das Thema wechseln.

»Weil sie frei sind. Frei, Magda! Sie kommen; sie gehen; sie sagen, was sie wollen. Sie wählen eine Frau, gewinnen sie für sich, haben Kinder mit ihr, und ihr Leben geht weiter, während unseres ... Sie glauben, sie wissen mehr darüber, was es heißt, eine Frau zu sein, als wir. Das sagen sie uns sogar. Hast du sie reden hören? ›Frauen mögen das‹, sagen sie oder: ›Sie mögen das nicht‹ oder schlimmer noch: ›Frauen wissen nicht, was sie wollen, bis wir es ihnen zeigen!‹ Und sie machen sich über uns lustig und verspotten uns in unserer Verwirrung, weil wir wirklich nicht wissen, was wir wollen. Wie sollen wir das wissen, wenn unser Leben den Wünschen anderer gewidmet ist?«

Ich war versucht, Lilita zu fragen, ob ihr Mann sich über sie lustig mache, ob das seine Worte waren, die sie wiedergegeben hatte. Emilia hatte ihren Vater immer als friedfertigen, liebevollen Mann geschildert. Als sie die Masern hatte, hatte er jede Nacht an ihrem Bett gesessen, um zu verhindern, daß sie sich im Schlaf kratzte. Und am ersten Tag eines jeden Schuljahres begleitete er seine Tochter zur Schule, stolz auf ihr hübsches Aussehen und ihre guten Noten.

Ich wollte Lilita gerade danach fragen, als Emilia hereinplatzte. Sie trug noch ihre Turnsachen.

»Emilia!« rief Lilita. »Zieh dich sofort um, in diesen verschwitzten Sachen holst du dir noch eine Lungenentzündung!«

Emilia lachte. »Es ist heiß draußen, Mamá. Kann ich auch eine Cola haben, bitte?«

»Sobald du dich umgezogen hast. Geh jetzt!«

Emilia blieb in der Tür zu ihrem Zimmer stehen. »Wie fühlst du dich jetzt, Mamá?«

»Besser, viel besser. Ich hatte heute Kopfschmerzen, Magda«, erklärte sie. »Es kommt von der Leber.«

»Und die Männer, Lilita?« fragte ich.

Lilita lächelte, ein Lächeln, das ihr ganzes Gesicht aufleuchten ließ. Sie zwickte mich in die Backe. »Du bist ganz schön frech. Und wenn deine Mutter dich so reden hört?«

»Sie würde mißbilligend dreinschauen – so«, sagte ich und spitzte

den Mund und hob die Augenbrauen, »und mir erklären, zu ihrer Zeit hätte man Leute, die älter und besser waren als man selber, nicht beim Vornamen genannt.«
»Ich fühle mich so alt, wenn ich Señora Lilita genannt werde«, seufzte Lilita. »Also sag ihr nichts, es soll unser Geheimnis sein.«

Ein paar Tage nach der Bemerkung meiner Tante Aurora stieß ich bei einer meiner regelmäßigen Durchsuchungen nach Gegenständen von möglichem Interesse in den Zimmern meiner Kusinen auf ein Buch. Da es in einer Schuhschachtel versteckt war, war mir sofort klar, daß das Buch Informationen enthielt, die für Emilia und mich von Interesse sein würden.
Meine Kusinen, die Zwillinge Sofía und Carmen, hatten als Siebenjährige ihre Eltern, den Bruder meines Vaters und seine Frau, bei einem Autounfall verloren. Bald nach dem Unfall kamen sie zu meinen Eltern, die damals seit zehn Jahren verheiratet waren und die Hoffnung auf eigene Kinder aufgegeben hatten. Ein Jahr später wurde ich geboren.
Sofías und Carmens Zimmer waren durch ein kleines Ankleidezimmer mit schmiedeeisernem Balkon verbunden. Dort trafen sich die beiden, um Geheimnisse auszutauschen und einander um Rat zu fragen.
Emilia und ich entdeckten, daß wir über den *estrella federal* auf den Balkon klettern und alles hören konnten, was meine Kusinen sagten. So fand auf diesem Balkon das statt, was man unsere sexuelle Erziehung hätte nennen können, und dorthin zogen wir uns auch mit dem Buch zurück, nachdem wir die Jalousien geschlossen hatten.
Das Buch, das ich gefunden hatte, war so blumig geschrieben, daß wir es mehrmals lesen mußten, bis wir begriffen, daß es mit einer Beschreibung des Geschlechtsakts begann. Das einzige, was klar war, war, daß das Paar nicht verheiratet war. Der Autor meinte, die junge Frau müßte moralisch stark genug sein, den jungen Mann zurückzuweisen, und ihm hätte die Achtung vor ihr gebieten müssen, seine niederen Instinkte woanders zu befriedigen. Bei der dritten Lesung

dieser Stelle hielt ich inne und fragte Emilia, mit wem Männer es machen sollten, wenn ihnen Sex vor der Ehe erlaubt war, Frauen aber nicht. Ausgelassen meinte Emilia, sie täten es vielleicht miteinander. Wir beschlossen, meinen Kusinen diese schwierige Frage vorzulegen, wenn sie sich das nächste Mal in empfänglicher Stimmung zeigten.

Selbst in Glanzzeiten war ich bei meinen Kusinen nicht sehr beliebt. Es war noch nicht lange her, daß ich mich ihnen vollends verhaßt gemacht hatte, indem ich vom Balkon aus Wasser über die beiden geschüttet hatte, als sie mit ihren Freunden herumschmusten. Wie ich zu gegebener Zeit feststellen sollte, waren Gelegenheiten zum Schmusen selten, da Josefa es als ihre Pflicht betrachtete, unseren guten Ruf zu schützen und sich hinter den Büschen auf die Lauer legte, um sicherzugehen, daß der Anstand gewahrt wurde.

Wir wandten uns gerade wieder dem Buch zu, als wir zornige Stimmen vernahmen und die Tür zu Sofías Zimmer so heftig zugeknallt wurde, daß die Jalousien auf dem Balkon klapperten.

Wir schlugen das Buch zu und wollten gerade in den Schutz des Weihnachtssternbaums zurückklettern, als wir die Stimme meiner Mutter hörten.

»Du bist gesehen worden! Du bist gesehen worden, Sofía!« schrie sie.

»Na und? Na und? Na und?« schrie Sofía zurück. »Glaubst du, es interessiert mich, was eine Meute neidischer alter Jungfern denkt?«

»Sprich nicht so über die Schwestern deines Vaters!« schimpfte Josefa. »Sie sind deine Patentanten!«

»Sofía, versteh doch. Du bist von unserer Kusine Delia und ihren Tanten gesehen worden, wie du aus einer *casa de cita* kamst. Du kannst an einem solchen Ort nur eins gemacht haben! Wenn dich deine eigene Zukunft nicht kümmert, hättest du wenigstens an mich denken können! Deine Familie väterlicherseits hat mir immer vorgeworfen, daß ich zu nachsichtig mit dir bin! Was soll ich Javier antworten, wenn seine Schwestern ihm sagen, daß sie dich gesehen haben, als du aus einem Stundenhotel kamst?«

Sofía lachte häßlich. »Als ob er nie eines aufgesucht hätte!«
Josefa rang nach Luft und bekreuzigte sich.
»Bei Männern ist das etwas anderes!« sagte meine Mutter beschwörend. »Bitte versuch das zu verstehen. Jede Eroberung, die ihnen zur Ehre gereicht, stürzt die Frau in Schande. Und ohne deinen guten Ruf bist du nichts! Ich bin nichts, wenn du deinen verlierst.«
»*Tranquila,* Señora Rita«, sagte Josefa sanft. »Sofía wird uns keine Schande machen.«
»Das hat sie schon!«
»Oh, Tía, mach nicht so ein Drama daraus. Wir leben nicht mehr im Mittelalter. Männer haben sexuelle Bedürfnisse, und wir müssen das akzeptieren, sonst verlieren wir sie an eine andere, die das tut.«
»Sie können kalt duschen«, erklärte Josefa, »oder zu anderen Frauen gehen.«
»Die Anständigen machen das«, fügte meine Mutter hinzu.
Mit einem wütenden Aufschrei stampfte Sofía in das Ankleidezimmer und warf ihre Jacke auf den Boden.
Emilia und ich wichen in eine Ecke des Balkons zurück.
»Und was ist mit meinen sexuellen Bedürfnissen? Soll ich zu anderen Männern gehen?«
Einen Augenblick herrschte Stille. Wir hielten den Atem an und starrten durch die halboffenen Lamellen.
»Frauen sind anders«, sagte meine Mutter unbeirrt.
Josefa hob die Jacke auf und faltete sie ordentlich zusammen. »Wir müssen uns überlegen, was wir Señor Javier sagen«, meinte sie ruhig.
Was sie nicht wußte, war, daß mein Vater nach Hause gekommen war und die Treppe hochkam. Als er das Ankleidezimmer betrat, hatte er den Gürtel schon ausgezogen. Meine Mutter sah ihn und stellte sich vor Sofía, und Josefa hielt ihre Schürze vor die beiden.
»Um das hier kümmere ich mich, Javier«, sagte meine Mutter.
»Gut hast du das gemacht. Die Tochter meines Bruders ist eine *puta*!«
»Und du bist ein Hurenbock!« fauchte Sofía über die Schulter meiner Mutter hinweg.

»Sofía, *callate*«, sagte Josefa mit zitternder Stimme.
»Nein, ich bin nicht still. Er kann mich schlagen, wenn er will. Dann kann er sich mal wieder richtig als Mann fühlen. Los, Tío Javier, schlag mich für das, was du jeden Tag tust.«
Mein Vater ließ den Gürtel sinken und ging hinaus. Sofía und meine Mutter fielen auf das Bett und lagen schluchzend einander in den Armen. Josefa schloß die Tür ab, für den Fall, daß mein Vater es sich anders überlegte. Mit tränenüberströmten Wangen kam sie zur Balkontür.
Emilia glaubte, wir würden entdeckt, und packte meinen Arm, aber ich wußte, daß Josefa das nicht wollte. Sie hatte meine Anwesenheit und meine Bedrängnis so hautnah gespürt, als wäre ich mit ihr im Zimmer gewesen, und wollte mich trösten. Für den Bruchteil einer Sekunde trafen sich unsere Blicke, dann kletterten Emilia und ich über die Brüstung auf den Weihnachtssternbaum, wo wir, einander bei den Händen haltend, lange schweigend saßen.
Ich wünschte, daß Josefa nicht geweint hätte. Ihre Tränen waren ein Geschenk der Zuneigung, verschwendet an Sofías Zorn und den Stolz meiner Mutter. Aber ich wußte, daß Josefa nie so denken würde. Sie gab, weil es in ihrer Natur lag zu geben, so wie der Río de la Plata floß und der *estrella federal* blühte.
Es war die Stunde der Siesta und so still, daß wir das Rascheln der Blätter im Wind hören konnten. Emilia hob den Kopf und gab einen leisen Schrei von sich.
»Sieh mal«, flüsterte sie und deutete auf einen hoch über uns hängenden Zweig.
Leuchtend rot war ein vollkommener Stern erblüht.

Vier

Emilia und ihre Eltern lebten in dem einzigen Apartmenthaus des Viertels. Es war ein kleines Gebäude und wurde von einem Mann namens Basco beaufsichtigt. Basco lief im Unterhemd herum, woraus die Nachbarn schlossen, daß er heimliche Laster hatte. Über die Art dieser Laster erfuhren Emilia und ich nichts. Man schärfte uns jedoch ein, unter keinen Umständen mit Basco allein zu bleiben. Emilia brauchte man das nicht zweimal zu sagen. Sie mied Basco, weil sie sich instinktiv davor fürchtete, wie er sich die Unterlippe leckte und die Schenkel rieb, wenn er sie sah. War ihr Vater dabei, beachtete Basco sie nicht.

Señor Mario, ihr Vater, schlenderte jeden Morgen an meinem Haus vorbei, um sich eine Zeitung zu kaufen. Er kam zum Mittagessen nach Hause und ging am Nachmittag wieder weg, um seinen Aufgaben in der Verwaltung nachzukommen, während Lilita besorgt an der Haustür stand und auf ihren Vater wartete, der schon ein älterer Herr war und sie jeden Tag besuchen kam.

Für Lilita stand fest, daß Emilia, ihr Stolz und ihre Freude, einen Millionär heiraten würde, und wenn keinen Millionär, dann einen Mann, der so angesehen war, daß Geld bedeutungslos sein würde. Aus diesem Grund mußte Emilia Tanz-, Englisch- und Klavierunterricht nehmen. Lilita versagte sich jeden Luxus, um den Unterricht zu ermöglichen. Sie besaß ein kleines silbernes Kästchen, in dem sie jeden vom Haushaltsgeld abgezweigten *peso* und das, was ihr Vater ihr gelegentlich zum Geburtstag schenkte, verwahrte. Sie sagte Emilia, daß das Geld dazu da sei, sie angemessen auszustatten, wenn sie eines Tages einem ihrer würdigen Mann begegnen würde.

Emilia hätte das Geld gerne für eine Dänische Dogge ausgegeben.
Im Winter 1959 feierten Emilia und ich beide unseren zwölften Geburtstag mit einem Ausflug zum Vergnügungspark im Parque Rodó und Tee mit unseren Verwandten. Den Ausflug zum Parque Rodó machten wir zusammen, die Teegesellschaften fanden getrennt statt. Emilias Kusinen kamen mit Geschenken und Essen aus der ganzen Stadt, und Emilia trug ein neues Kleid aus dunkelblauem, mit glänzender roter Borte besetztem Samt. Tía Josefina backte mir eine bombastische, mit blaßrosa und lavendelfarbenen Zuckerwattemuscheln überzogene Schokoladentorte, und meine Großmutter schenkte mir eine zwölfte *esclava.* Den ersten dieser goldenen Armreifen hatte sie mir zu meinem ersten Geburtstag geschenkt. Ich verwahrte ihn zusammen mit einigen von denen, die ihm gefolgt waren, in einem Kästchen in meiner Frisierkommode. Ich konnte noch fünf tragen. Sie klimperten, als ich die Schachtel öffnete, die den zwölften enthielt.
Auch Cora feierte in diesem Jahr ihren zwölften Geburtstag. Ich wußte das, weil versehentlich Blumen bei uns abgegeben wurden, an denen eine große Karte steckte mit der Zahl zwölf und den in purpurroter, kühner Schrift geschriebenen Worten *»Que los cumplas feliz! Tío Alberto«*.
Meine Mutter trug Josefa auf, die Blumen gleich zu den Allenbergs zu bringen, und ich faßte die Gelegenheit beim Schopfe. Ich folgte Josefa in die Küche.
»Ich bring sie rüber, Josefa. Du mußt doch das Mittagessen machen.«
»So ist es, und deine Mutter mag es nicht, wenn ich es eine Minute nach eins auf den Tisch bringe.« Sie sah mich streng an. »Aber ich kenne dich, Magda. Du gehst und holst Emilia, und wenn Señora Allenberg die Blumen schließlich bekommt, sind Frösche drin.«
Ich war gekränkt. »Josefa, ich war acht Jahre alt, als ich Frösche in die Blumen für Tía Catalina gesteckt habe. Jetzt bin ich zwölf, bitte vergiß das nicht.«
Josefa schüttelte den Kopf, die ordentlich geflochtenen schwarzen

Zöpfe baumelten auf ihrem Rücken. »Ich finde da wahrhaftig keinen Unterschied, *niña.* Wie deine Sachen aussehen. Deine Jeans müssen wieder geflickt werden, und wenn es nach mir ginge, hätte Señor Ernesto freie Hand, dir das Haar ordentlich zu stutzen! Wer das Glück hat, solche kupferfarbenen Haare zu haben, sollte dankbar genug sein, sie zu pflegen. Und was …«

»Josefa«, sagte ich und küßte sie, »ich verspreche, mir die Haare von dir bürsten zu lassen, wenn du mich die Blumen rüberbringen läßt. Das heißt, du kannst sie bürsten, nachdem Pepe heute abend gegangen ist. Wenn du willst, leihe ich dir mein Parfüm.«

»Dein Parfüm!« Josefa lachte. »Als ich es letztes Mal sah, hast du den Hund damit eingerieben.« Sie entwand sich meiner Umarmung. »Versprich mir – keine Dummheiten.«

»Ich verspreche es, Josefa.«

Emilia und ich trugen den großen Strauß vorsichtig zwischen uns. Er war in weißes, mit rosa Blumen bedrucktes Papier gewickelt, das oben offen gelassen war. Zwölf Paradiesvogelblumen streckten ihre Schnäbel aus einem Lager von weißem Schleierkraut. Wir schlichen uns an Coras Haus heran, das offene Fenster im Blick, an dem Cora und ihre Mutter mit einer zierlichen Stickerei beschäftigt saßen.

»Wir bitten um Verzeihung«, sagte ich. »Diese Blumen für Cora wurden versehentlich bei uns abgeliefert.«

Coras Mutter legte die Stickerei hastig beiseite. »Wie freundlich von euch, sie zu bringen. Das wäre nicht nötig gewesen. Wir hätten sie geholt. Ich bin sofort unten.«

»Wir sind auch zwölf!« sagte ich, als Mrs. Allenberg verschwunden war.

»Hast du heute Geburtstag?« fragte Emilia.

»Ja«, antwortete Cora. »Wann war eurer?«

Wir sagten es ihr und fragten, ob sie gern ins Kino ginge.

»Und wie! Besonders, wenn es was mit Lassie gibt!«

»Hast du einen Hund?« erkundigte sich Emilia aufgeregt.

»Das geht nicht. Mein Vater ist allergisch.«

Dieser schnelle Austausch kam zu einem Ende, als die Tür aufging

und Mrs. Allenberg dankbar nach den Blumen griff. »Vielen Dank«, sagte sie.
»Nichts zu danken«, erwiderte ich. »Es war uns ein Vergnügen.«
»Also dann auf Wiedersehn«, sagte Mrs. Allenberg betont. Sie schloß die Tür und erschien Augenblicke später wieder am Fenster.
»Kann Cora zum Spielen runterkommen?« fragte ich.
Mrs. Allenberg sah erschrocken aus.
»Darf ich, Mama?« fragte Cora mit einer Stimme, die so süß war, daß Emilia und ich meinten, nie wieder sprechen zu können.
»Nein.«
»Warum nicht?«
»Sie werden dich Jüdin nennen.«
»Das bin ich doch.«
»Nicht so, wie sie es meinen, Kind.« Coras Mutter machte das Fenster zu und ließ die Jalousien herunter. Das eine auf die Straße gerichtete Auge des Hauses war geschlossen, und Emilia und ich standen da und starrten hinauf.
Tagelang machten wir Coras sanfte Stimme nach, bis unsere Mütter davon redeten, den Arzt zu holen. Diese Drohung reichte, um uns klarzumachen, daß bald genug die Zeit kommen würde, da wir wirklich die Stimmen senken und uns wie meine Kusinen Sofía und Carmen benehmen müßten, die hohe Absätze trugen und sich im Badezimmer einschlossen, um darüber nachzusinnen, wie sie ihren Anstandswauwaus entrinnen könnten. Verglichen mit ihrem heimlichen Treiben waren meine Untaten ein Klacks.
Nach dem Streit mit Sofía kümmerte meine Mutter sich nur noch um sie. Es kam jetzt häufiger vor, daß ich aus dem Zimmer geschickt wurde. Tränen und Türenknallen akzentuierten das tägliche Leben der Familie, und mein Vater, auf dessen Anwesenheit sowieso nur zum sonntäglichen Mittagessen gerechnet werden konnte, fing an, auch diesem Ritual fernzubleiben. Wenn die Frauen zusammenkamen, um über die Gartentore oder die ihre Häuser trennenden niedrigen Mauern hinweg zu schwatzen, gaben sie ihren Stimmen einen sanften Klang, gestikulierten und seufzten, tätschelten meine Mutter

und versicherten ihr, daß Sofía bald verheiratet sein und dann selber sehen würde, was es hieß, mit einer Familie fertig zu werden.
Emilia und mir wurde deutlich, daß etwas geschah in der Zeit zwischen Werbung und Ehe. Die düster dreinblickenden Ehemänner, die Tag für Tag dickbäuchig und gramgebeugt das Haus verließen, um zur Arbeit zu gehen, besaßen für uns keine erkennbare Ähnlichkeit mit den kraftstrotzenden jungen Männern, die an Straßenecken herumlungerten, jede vorbeigehende Frau taxierten und eine Atmosphäre verbreiteten, die mir, ohne daß ich sie damals hätte benennen können, Angst einflößte.
Es war jedoch nicht so, daß Jungen unser Denken beherrschten. Wir hatten den Kopf voller romantischer Phantasien, an die keins der uns bekannten männlichen Wesen heranreichte.
Cora kam unserer Vorstellung von Romantik noch am nächsten. Damals erschien es uns romantisch, abgesondert hinter einer Steinmauer zu leben und makellos aufgemacht unter Aufsicht in der Öffentlichkeit zu erscheinen.
»Es muß herrlich sein, mit einem Vater auszugehen, der so stolz auf einen ist«, sagte ich und dachte daran, wie enttäuscht mein Vater gewesen war, daß ich kein Junge war. Als Josefa ihn in Buenos Aires anrief, um ihm meine Geburt mitzuteilen, sagte er empört: »Ein Mädchen!« und legte sich wieder schlafen. Meine Mutter hatte mir diese Geschichte lachend erzählt, nicht ahnend, daß ich sie nie vergessen würde.
»Und so umsorgt zu werden«, seufzte Emilia. Ich wußte, daß sie daran dachte, wie oft sie diejenige war, die für ihre Mutter wusch und bügelte und stärkte, während Lilita, in ihrem persönlichen Labyrinth von Leid verloren, still dasaß. Emilia hatte mir oft von Lilitas nächtlichen Ausflügen erzählt – wie sie sich aus dem Apartment schlich, wenn sie glaubte, daß Emilia schlief. Emilia lag in ihrem Bett und versuchte zu schlafen, aber die Nacht war nicht ihr Freund. Sie nahm ihr die Sicherheit, daß ihre Mutter da sei. Sie brachte Todesgedanken und Verlassenheitsgefühle und Ängste, für die sie keine Worte hatte. Sie weinte in ihr Kissen, bis die Mutter zurückkam, und dann haßte

sie sich dafür, daß sie wütend war. Stundenlang hatte sie sehnsüchtig auf Lilitas Schritte und das Geräusch des Schlüssels im Schloß gewartet, und wenn es soweit war, war Emilia wütend. Wütend wegen der schlaflosen Stunden und des nassen Kissens, wütend auf sich selbst, ihre Mutter und wer immer es war, den sie besuchte. Ich meinte, daß Lilita vielleicht arbeiten ging, um das Haus zu kaufen, von dem die beiden träumten, aber Emilia schüttelte ungeduldig den Kopf und sagte, das geheime Treiben ihrer Mutter hätte bestimmt nicht nur mit irgendeinem Job zu tun.

Aber selbst unsere Familien konnten die winterliche Schönheit dieses Tages nicht verderben. Emilia sprang auf.

»Komm, wir gehen angeln!« sagte sie.

Wir zogen unsere alten Schuhe an und liefen die zwei Blocks zum Strand. Wir fingen nie etwas anderes als Winzlinge, aber wir besuchten immer einen unserer Lieblingsplätze am Fluß, eine kleine Halbinsel mit einer Anglerhütte, die aus nichts als ausgehöhltem, in der Form eines langen, niedrigen Hauses getrimmtem Buschwerk bestand.

Wir betraten die Hütte durch eine von mehreren türförmig in das dicht wachsende Gebüsch geschnittenen Öffnungen. Drinnen konnte man auf dicken Stümpfen und Ästen sitzen, von denen das Laub entfernt war, so daß sie Stühlen ähnelten, und außen konnte man Kleidung, Netze und Angelzeug aufhängen. Die Fischer waren freundlich, doch luden sie uns nie in ihre Boote ein.

Wenn es regnete, horchten wir auf das Prasseln auf dem dichten Blätterdach und sahen staunend zu, wie sich die Welt über uns in funkelnde Kristalle verwandelte, sobald die Sonne wieder herauskam.

Die Hütte war unbewohnt, abgesehen von einigen Katzen und einem Hund, dem wir eines der zum Mittagessen mitgebrachten Butterbrötchen gaben. Dann nahmen wir unsere Marmeladengläser, Schnur und trockenes Brot zum Ködern und saßen auf der Landspitze zwischen den Felsen, fingen Winzlinge und warfen sie in den Fluß zurück, bis uns das Brot ausging. Wir liefen am Ufer entlang nach Hause und sammelten von der Flut angeschwemmte Schätze – Muscheln so groß wie Stecknadelköpfe, Vogelfedern, Gräten und zusammengeschrumpelte weiße Gummiballons, die aus den ins Meer geleiteten Abwässern zur Küste zurückgefunden hatten. Wir fragten nicht, warum zuweilen so viele dieser Ballons unsere Küste zierten, sondern nahmen sie zusammen mit allem anderen, was der Fluß zu bieten hatte, verwahrten sie in einem alten Schuhkarton unter meinem Bett und nahmen uns vor, sie eines Tages aufzublasen und zu verkaufen. Dieser Plan wurde nie umgesetzt.

An einem regnerischen Tag spielten wir am Eßzimmertisch *conga*, als wir einen Schrei aus dem oberen Stockwerk hörten und die Karten fallen ließen und losstürzten, um zu sehen, was geschehen war. Blaß und erschüttert saß meine Mutter auf meinem Bett, zu ihren Füßen waren die Ballons verstreut.

»Was ist los?« fragte ich.

»Bring das raus!« stieß meine Mutter hervor.

»Sind doch bloß Ballons«, sagte ich, während Emilia sich bückte, um sie aufzusammeln.

»Faß sie nicht an!« kreischte meine Mutter.

Emilia und ich wechselten verwirrte Blicke. »Wie sollen wir sie sonst aufsammeln?«

»Nimm ein Tuch, eine Zeitung, irgendwas, aber nicht die Hände!« antwortete meine Mutter, während sie sich schwankend erhob. »Und bring diese widerlichen Dinger nie wieder nach Hause!« Sie wankte davon.

»Idiotas!« zischte Carmen von der Tür aus. »Wißt ihr nicht, was das ist?«

»Claro«, antwortete ich, »Ballons. Ich wußte nicht, daß Mamá etwas gegen Ballons hat.«

Meine Kusine lachte. »Du bist noch dümmer, als ich dachte. Das sind Gummis. Männer ziehn sie über ihren Piephahn und machen Pipi rein!«

Voller Entsetzen blickten Emilia und ich auf unsere Hände, die haufenweise gebrauchte Kondome hielten.

»Nie, nie mehr esse ich etwas, das du angefaßt hast, nie, nie mehr!« fügte Carmen hinzu und ging meine Mutter trösten.

Eines Tages sprachen Emilia und ich darüber, ob es uns jetzt, da Carmen die Ballongeschichte im ganzen *barrio* herumerzählt hatte, je gelingen würde, Coras Mutter davon zu überzeugen, daß wir der passende Umgang für ihre Tochter seien, als Miranda erschien. Miranda war eine *criada*, ein junges Mädchen aus dem Waisenhaus, das für leichte Hausarbeit bei einer Familie leben durfte.

Miranda arbeitete in dem großen Haus an der Ecke, wo die älteste Tochter, Cristina, leidend war. Ich fand sie sehr schön, die große, schlanke Cristina, die sich bleich wie ein Gespenst durchs Haus bewegte. Ihr Vater, der vernarrt in sie war, lieh Filme zu ihrer Unterhaltung aus. Ab und zu wurden Emilia und ich zu den Filmvorführungen eingeladen. Mit einer solchen Einladung kam Miranda zu uns. Wir wuschen uns die Hände und bürsteten die Haare, dann stiegen wir die Marmorstufen zu den großen Doppeltüren von Cristinas Haus hinauf. Eine Hausangestellte in Dienstkleidung ließ uns in die Eingangshalle und führte uns nach oben in den Kinosaal. Für uns war das ein Luxus, den wir zu würdigen wußten.

Vor dieser kleinen Leinwand in diesem Ballsaal im oberen Stock gestatteten wir uns zu glauben, daß wir uns in das Herz eines Mannes steppen oder, da es uns an Möglichkeiten mangelte, diese besondere Fertigkeit zu erlernen, uns die Schultern auspolstern, Busineß machen und Millionen verdienen könnten.

Cristina war immer in Weiß gekleidet und sprach kaum. Sie hatte schulterlanges braunes Haar und sehr große dunkle Augen. Ich konnte mich nicht erinnern, sie je lächeln gesehen zu haben. Sie wußte sich zu bewegen und bedeutete ihren Gästen anmutig, auf den für das kleine Publikum bereitgestellten Stühlen Platz zu nehmen. Dann horchten wir andächtig schweigend auf das Surren des Projektors und sahen uns den Film an. Meistens war es einer mit Fred Astaire, den Cristina allen anderen vorzog, verkörperte er doch eine Beweglichkeit, die ihr versagt war.

Wir wußten nicht genau, an was für einer Krankheit Cristina litt. Darüber wurde in unserer Gegenwart nicht gesprochen, und wir nahmen an, die Erwachsenen hielten uns wie gewöhnlich für zu jung, um es uns zu sagen.
Als wir an diesem Tag schweigend unsere Plätze einnahmen, schauten wir uns um und sahen Cora, die uns von der nächsten Reihe aus zuwinkte.
In der Pause schlüpften wir zu ihr hin.
»Was machst du hier?« flüsterten wir erstaunt.
»Cristinas Vater hat meinen überredet, mich herkommen zu lassen. Sie haben geschäftlich miteinander zu tun.«
»Wer ist dein Lieblingsschauspieler?«
»Randolph Scott.« Sie kicherte.
»Meiner ist Gary Cooper«, erklärte Emilia.
»Tyrone Power«, sagte ich.
Cristina sah sich nach uns um und legte einen langen Finger auf ihre feingeschnittenen Lippen.
Wir hörten auf zu reden, aber an diesem Tag lenkte uns nicht einmal Fred Astaire ab. Wir konnten es kaum erwarten, daß der Film zu Ende war, und bedankten uns schließlich eilig bei Cristina, während Cora ihre Gastgeberin küßte und ihr ein Päckchen in die Hand drückte.
»Das sind doch nicht etwa Ballons?« fragte Cristina, wobei sie Emilia und mir zuzwinkerte.
Wir waren zu beschämt, um zu würdigen, daß dies die einzige heitere Bemerkung war, die wir je von Cristina zu hören bekommen hatten.
Verwirrt klärte Cora sie darüber auf, daß das Päckchen ungesäuertes Brot enthielt.
Emilia begriff, daß Cora die Ballongeschichte nicht gehört hatte, und packte sie schnell beim Arm. Wir drei eilten davon.
»Was war das für ein Brot, das du ihr geschenkt hast?« fragte Emilia, während wir die breite Treppe zur Haustür hinuntergingen.
»Ungesäuertes. Sie ißt es sehr gern. Ich weiß nicht, wie sie darauf

kommt, daß ich ihr Ballons mitgebracht habe! Noch dazu in einem Päckchen ...«

»Wie schmeckt ungesäuertes Brot?« unterbrach ich sie.

Cora zuckte die Achseln. »Ein bißchen wie *galletas.*«

Darauf bedacht, das Thema Ballons zu meiden, fragte ich sie, ob ihre Mutter sie mit uns spielen ließe.

»Das bezweifle ich. Aber wenn ich euch zu mir nach Hause einlade, kann sie euch nicht abweisen! Kommt ihr mit?«

Emilia und ich brauchten nicht zweimal gebeten zu werden. Cora führte uns in ihr Haus und in eine andere Welt. Das Vestibül war vom Boden bis zur Decke gekachelt. Die Fliesen waren blau und weiß und mit Windmühlen bemalt. Über unseren Köpfen hingen Blumentöpfe mit Farnen wie zarte grüne Wolken.

Cora bedeutete uns, ihr zu folgen, und wir betraten das kleine Zimmer zur Straße hin, in dem sie und ihre Mutter ihre Handarbeiten machten. Jedes Fleckchen war mit gestickten Blumen bedeckt, die sich in Kaskaden erlesener Sträuße zu Boden stürzten oder in Kränzen auf den Armlehnen der Stühle ruhten. In einer Ecke stand eine Schneiderpuppe mit einem Hochzeitskleid aus Spitze, die so duftig war, daß man hätte meinen können, jemand habe Spinnweben genommen und sie zu Schaum versponnen. Emilia und ich standen davor und wagten kaum zu atmen.

»Das ist für meine Kusine Rebecca. Sie heiratet nächste Woche.«

»Ich habe noch nie etwas so Schönes gesehen«, sagte Emilia seufzend.

»Mamas Spitze ist einmalig. In Holland war sie berühmt dafür.«

In diesem Moment trat Mrs. Allenberg ein. »Cora, ich wußte nicht, daß wir Besuch haben.«

»Wir sind gerade eben gekommen. Können wir eine Limonade haben? Wir sind durstig nach dem langen Film.«

»Selbstverständlich«, erwiderte Mrs. Allenberg höflich. »Wir gehen in einer halben Stunde, um bei deinem Onkel zu essen, aber ihr habt Zeit für eine Limonade. Wollt ihr euch in den Patio setzen? Es ist dort noch ziemlich warm.«

In fast allen Häusern unseres Blocks gab es Patios, wo Reben wuchsen und Kinder Nestlinge großzogen, die sie auf dem Boden taumelnd gefunden hatten, wo bei Familienzusammenkünften Wein in großen Korbflaschen aufgetragen wurde und Paare sich gelegentlich in dem Gewirr von den hohen Mauern herabfallender Reben verlieren konnten. Der Patio der Allenbergs hatte mit denen seiner Nachbarn nur das uruguayische Wetter gemeinsam. Hier, im Zentrum dieses Hauses, dessen Ausstattung in nichts an die einheimische Kultur erinnerte, blühten Tulpen in ordentlichen Reihen entlang der Mauern, und in der Mitte befand sich ein gekachelter Teich mit Goldfischen. Unter einer ausladenden Eiche standen weiße schmiedeeiserne Gartenmöbel. Die Äste des Baums waren so beschnitten, daß sie genau darunter paßten. Eine kleine, erschreckend dünne, ganz in Schwarz gekleidete Frau brachte uns die Limonade. Das blonde Haar war zu einem strengen Knoten frisiert, und die Hände zitterten ein wenig, als sie die drei Gläser füllte.
»Hoffentlich hast du auch etwas für dich übrigbehalten, Hannah«, sagte Cora.
Die Frau antwortete nicht, aber tätschelte Coras Schulter, bevor sie ging.
»Sie ist gerade in Uruguay angekommen«, flüsterte Cora. »Sie war zwei Jahre im Konzentrationslager.«
Emilia und ich wollten gerade fragen, was ein Konzentrationslager ist, als Mrs. Allenberg aus einem Fenster schaute und etwas zu Cora auf holländisch sagte.
Cora lachte. »Pünktlich wie eine Uhr, das ist Mama. Sie sagt, ich habe noch fünfzehn Minuten.«
»Würde sie dich mit uns zum Strand lassen, nachdem wir jetzt bei euch waren?« fragte Emilia.
»Das bezweifle ich.«
»Hat sie Angst, daß dir etwas zustößt?«
»Es ist schwer zu erklären. Wißt ihr, meine Eltern mußten in einem Leichenwagen aus Holland fliehen. Sie mußten so tun, als ob sie tot wären, und alles zurücklassen – ihr Haus, ihre Möbel, alles.«

Das war aufregender als alles, was wir uns hätten vorstellen können.
»In einem Leichenwagen?« flüsterte Emilia andächtig.
»Warum?«
Cora zuckte die Achseln. »Ich verstehe es auch nicht. Es hatte etwas mit Geld zu tun.«
»Habt ihr viel?« fragte ich.
»Ich nehme an«, erwiderte Cora. »Muß wohl so sein, wenn sie uns deswegen umbringen wollten.«
Emilia wollte mehr über den Leichenwagen wissen, aber Cora konnte ihr nicht viel mehr sagen.
»Wo warst *du*?« erkundigte ich mich.
»Ich war noch nicht auf der Welt. Ich bin später geboren, in Paraguay.«
Cora erzählte uns, wie anders es dort war. Sie hatte eine indianische Kinderfrau, die ihr Guaraní beigebracht hatte, und die sie sehr vermißte. Ihre Eltern meinten, Uruguay sei so europäisch, jedenfalls im Vergleich zu Paraguay.
»Sag was auf guaraní!« bat Emilia. »Ich mag das so gerne. Wir hören manchmal im Radio Lieder auf guaraní.«
Cora lachte. »Ich weiß nicht, was ich sagen soll.«
»Sag auf Wiedersehn«, kam die Stimme ihrer Mutter vom Fenster. »Tut mir leid, Mädchen, aber Cora muß sich jetzt für ihren Onkel zurechtmachen. Bring unsere Nachbarinnen an die Tür, Liebes.«
»Wir sind immer in der Nähe«, sagte ich. »Kannst du mit einem Taschentuch winken oder so, wenn wir dich besuchen können?«
Coras Gesicht leuchtete auf. »Ja! Jetzt, wo Hannah hier ist, geht Mama manchmal aus!«
»Wir passen auf!« versprach ich. »Jeden Tag!«
Wir rasten die Eingangstreppe hinunter, bogen mit voller Geschwindigkeit um die Ecke der Backsteinmauer und stießen mit unserem Nachbarn, Mr. Stelby, zusammen, der uns packte und festhielt.
»Ihr kleinen Strolche!« sagte er. »Wenn ihr Jungs wärt, würde ich euch verhauen! Ich bin heute wieder ausgerutscht! Glaubt ja nicht,

ich wüßte nicht, warum! Ich habe gesehen, wie ihr das Trottoir eingeseift habt, bevor ich zu meinem Spaziergang aufgebrochen bin!«
Emilia und ich seiften das Trottoir vor Emilias Haus regelmäßig ein. Wir hatten es jedoch nicht auf unsere Nachbarn abgesehen, sondern auf die schwachen, von Kopf bis Fuß in Schwarz gekleideten Witwen, die jeden Tag zur Messe in die Kirche um die Ecke gingen. Aber die waren schlauer als Mr. Stelby und wechselten stets die Straßenseite, bevor sie den von uns bis zu perfekter Glitschigkeit eingeseiften Teil des Bürgersteigs erreichten. Nie tat uns jemand den Gefallen auszurutschen wie in den amerikanischen Cartoons, denen wir nachzueifern suchten.
Emilia und ich entschuldigten uns bei Mr. Stelby und entwanden uns seinem Griff. Mr. Stelby machte uns angst. Die Sorte kannte ich besser als Emilia. In der Privatschule, die ich besuchte, konnten wir uns des Gefühls, daß die englischen Lehrer uns mit Vergnügen grün und blau geschlagen hätten, nie ganz erwehren. Die strengen uruguayischen Gesetze ließen es nicht zu, daß sie die Schüler anrührten, was sie täglich in jenem Lehrerzimmer beklagten, vor dem ich jeden Monat viele Stunden stand, zur Strafe für meine Vergehen, deren größtes darin bestand, daß ich mich weigerte, in der Pause Englisch zu sprechen.
Die Stelbys waren dreißig Jahre zuvor irgendwelcher Investitionsgeschäfte wegen von England nach Uruguay gekommen und hatten aus unerfindlichen Gründen beschlossen, in einem Land zu bleiben, das zu schmähen sie nie aufhören konnten. Es war ihnen nie gelungen, Spanisch zu lernen, und sie konnten nicht verstehen, daß Tiere in der einheimischen Kultur nicht die gleiche Wertschätzung erfuhren wie in England. Ihre Nachbarn waren entsetzt gewesen, als Mr. Stelby das Geschlechtsleben seines Hundes beschnitten hatte, indem er ihn kastrieren ließ. Dieselben Nachbarn, die, wie Mr. Stelby meiner Mutter gegenüber äußerte, nichts dabei fanden, einen Wurf junger Hunde am Straßenrand auszusetzen. Meine Mutter versuchte den Stelbys zu erklären, daß in Uruguay andere Wertmaßstäbe galten, aber sie schnaubten bloß verächtlich und antworteten mit dem Ausdruck,

dessen sie sich am liebsten bedienten, wenn es um irgend etwas Uruguayisches ging: »Typisch!«
Mr. Stelbys gerechte Strafe war der Hundefänger, der mindestens einmal in der Woche mit seinem grauen Kastenwagen durch unser Viertel fuhr. Er hielt, wie Mr. Stelby bald gemerkt hatte, nicht nach streunenden Hunden Ausschau, sondern nach solchen, die gutgenährt aussahen und teure Halsbänder trugen. »Typisch!« hatte Mr. Stelby dazu gesagt. Es brachte nichts ein, Straßenköter aufzulesen. Mit Sicherheit würden sie nicht von einem dankbaren Besitzer abgeholt werden, der den Wärtern, die sich um seinen eingesperrten Liebling gekümmert hatten, ein Trinkgeld zusteckte. Wer sich einen Überblick über die Rassehundebevölkerung von Montevideo verschaffen wollte, war im Tierheim genau richtig. Rassehundebesitzer führten ihre Tiere mit Vorsicht aus, sahen sich beim Geräusch eines Wagens mißtrauisch um und ließen ihre Lieblinge nur am Strand von der Leine. Da Hunde dort nicht zugelassen waren, außer in den Wintermonaten, wenn der Strand von Menschen nicht benutzt wurde, führten Rassehunde ein behütetes Dasein.
Abgesehen von seinem Hund hing Mr. Stelby an einem kleinen schottischen Lavendelstrauch, den er in ein Stück Erde auf dem Trottoir am Bordstein gepflanzt hatte. Er achtete darauf, daß er immer ordentlich beschnitten war, lobte die gedämpften Farben seiner Blüten und begoß ihn täglich aus einer alten Aluminiumkanne, die, wie sein Besitzer, bessere Tage gesehen hatte.
Die schreienden Farben und das unkontrollierte Wachstum der einheimischen Pflanzenwelt beleidigten Mr. Stelbys Zartgefühl. Im Sommer, wenn die berauschenden Kamelien und der zarte Jasmin die Straßen mit ihrem Duft erfüllten, preßte er bei seinen Spaziergängen mit seinem Hund ein lavendelgetränktes Taschentuch vor die Nase. Und wenn in der Wintersonne die Knospen der Weihnachtssterne aufplatzten, blieb er manchmal kopfschüttelnd vor dem Baum in unserem Garten stehen und wollte nicht glauben, daß eine Pflanze so leidenschaftlich sein kann, und das auch noch im Winter.
Ein paar Tage nach unserem Besuch bei Cora erschien Mr. Stelbys

Hund unbegleitet von Mr. Stelby und begann seine selbstbestimmte Runde durch das Viertel von einem Baum zum andern, wobei er sich Mr. Stelbys Strauch für zuletzt aufhob. Gerade als Waldo mit erhobenem Schwanz nach Haus kam, das rechte Ohr aufgestellt, das linke schlaff hängend, bog der Hundefänger um die Ecke und wurde seiner ansichtig.

Waldo trottete unbesorgt auf den geschätzten Strauch seines Besitzers zu.

Der Hundefänger lächelte und machte sich daran, das Seil über seinem Kopf zu schwingen.

Wir hätten ihn warnen sollen, aber wir waren hypnotisiert von dem Seil und dem Schicksal, das Waldo zu ereilen drohte. Wir knieten einfach da, wo wir waren, die Kernseife unserer Mütter in den Händen, und glotzten.

Der Hundefänger setzte sich in Trab und warf das Lasso in demselben Augenblick, als seine Füße das von uns eingeseifte Pflasterstück berührten.

Als die schwarzen Lackschuhe des Hundefängers über den Boden schlitterten, flogen er und sein Lasso gleichzeitig, er mit erstaunter Miene auf seinen ausladenden Hintern, das Lasso säuberlich um den Lavendelstrauch, unter den Waldo sich geduckt hatte. In diesem Augenblick erschien Mr. Stelby. Er sah das Lasso, Waldo, den Lieferwagen des Hundefängers und las erst mal voller Entrüstung seinen Waldo auf. Dann wandte er sich an den Hundefänger, der sich aufrappelte und in seinem Lieferwagen einschloß.

»Usted es un rata!« brüllte Mr. Stelby. *»Esta perro es mía!«*

Der Hundefänger raste los, das eine Ende des Seils noch immer fest in der Hand. Mr. Stelby stand wie angewurzelt, während der Lavendelstrauch ausgerissen und schmählich hinter dem Lieferwagen hergeschleift wurde.

»Sehn Sie es mal so, Mr. Stelby«, sagte Emilia tröstend. »Es hätte Waldo sein können …«

Fünf

Señora Francisca wohnte Cora gegenüber, und wir waren fasziniert von ihr und ihrer Familie. Wie alle Väter in der Straße war Señor Rubén nur eine Gestalt im Anzug, die zu bestimmten Zeiten kam und ging, den Hut vor den Damen lüftete und mit seinen Geschlechtsgenossen einen höflichen und knappen Morgengruß austauschte. Señora Francisca jedoch war insofern anders als die anderen Mütter, als sie vollkommen für sich blieb. Bei Coras Mutter erschien das nur recht und billig. Es war nicht anders zu erwarten von einer Dame, die den Sabbat einhielt und in deren Haus Hebräisch gesprochen wurde. Die Juden hatten viel gelitten, und wenn sie für sich zu bleiben wünschten, konnte man ihnen das nicht vorwerfen.

Für Señora Franciscas Reserviertheit gab es nur die Erklärung, daß sie sich für etwas Besseres hielt, und das erzürnte die Mütter in unserem Block. Nichts von dem, was man über sie in Erfahrung bringen konnte, begründete Señora Franciscas Überlegenheit. Ihr Vater war Zahnarzt gewesen und ihre Mutter eine Gómez Pérez. Kein Grund, sich so aufzublasen, sagten sie. Zugegeben, ihre Töchter Raquel und Margot waren eleganter als die anderen Mädchen im Block, aber sie hatte keine Söhne. Marcos Mutter, Señora Marta, die drei hatte, liebte es, diesen Punkt herauszustreichen, und wurde eifrig bestärkt von meiner Mutter, die Sofía und Carmen ganz genauso hübsch fand wie die Arteaga-Mädchen, selbst wenn ihre Kleidung nicht aus den teuren Boutiquen des Ferienorts Punta del Este stammte.

Wenn Emilia und ich an diesen Erörterungen beteiligt waren, erklärten wir jedesmal, daß wir nicht nur äußerst gutaussehend seien, sondern beabsichtigten, beruflich Karriere zu machen. Dann erhob sich ein kollektiver Seufzer, und wenn eine unserer Mütter dabei war, wurde sie mitfühlend getätschelt, während sie uns mit melancholischen Augen betrachtete. Da wir große Stücke auf uns selber hielten, irritierte uns diese Reaktion.

An Señora Francisca waren wir von dem Augenblick an interessiert gewesen, in dem sie und ihre Familie in das Haus gegenüber von Cora gezogen waren. Sie war eine hübsche Person mit breitflächigem, blassem Gesicht, gewelltem kastanienbraunen Haar und haselnußfarbenen Augen. Sie trug hohe Absätze und enge Röcke, die ihre langen, schlanken Beine zur Geltung brachten, und sie rauchte dunkle Zigaretten aus einer weißen Ebenholzspitze. Ihr schwarzer Sealmantel und die dazu passenden Sealschuhe weckten den Neid meiner Kusinen, die meinen Vater anbettelten, er möge ihnen auch so was kaufen. Obwohl er prinzipiell nichts gegen Pelzmäntel hatte, erhob er Einwände gegen Seehundfell. Meine Mutter meinte, das liege daran, daß er einmal die Rettung eines gestrandeten und verletzten Seehunds und seine Übergabe an den Zoo veranlaßt hatte. Wegen dieser einen Gefühlsregung einem Wesen gegenüber, das nicht zu den Weibchen seiner eigenen Spezies gehörte, hatte meine Mutter ihn liebgewonnen.

Abgesehen von dem Sealmantel legten Señora Francisca und ihre Töchter eine zurückhaltende, unaufdringliche Eleganz an den Tag.

Eines Abends, als niemand unterwegs war, sah ich Lilita, wie sie versuchte, ungesehen zu der Haustür der Arteagas zu gelangen.

Es war ein kühler Abend, und ein feiner Sprühregen schimmerte in dem hellen Lichtschein der großen Straßenlaternen. Die Jalousien waren herabgelassen und die Vorhänge zur Nacht vorgezogen. Ich sah Lilita an der Haustür der Arteagas vorbeigehen. Sie blieb hinter einem großen Baum stehen, sah schnell zu ihrem Apartmenthaus hinüber, ging zurück und verschwand in dem Haus der Arteagas. Es überraschte mich nicht, daß Lilita und Señora Francisca etwas Gemeinsames hatten. Lange bevor das *barrio* es merkte, hatte ich den Verdacht, daß Señora Francisca für sich blieb, weil sie Angst hatte, und daß Lilita wußte, warum. Es war die Geheimnistuerei, die mich verwirrte. Was mochten die beiden vorhaben, wenn sie es für nötig hielten, ihre Freundschaft geheimzuhalten?

In diesem Augenblick sah ich Emilia die Straße hinunterlaufen.

»Komm schnell mit und mach keinen Lärm!« sagte ich zu ihr.

»Warum nicht?« flüsterte Emilia und folgte mir. »Wer soll uns hören? An einem solchen Abend ist doch kein vernünftiger Mensch auf der Straße!«

»Schsch! Deine Mutter ist gerade in das Arteagas-Haus gegangen!«

»Wozu?«

»Keine Ahnung! Aber ich werde es herausbringen.«

»Wie? Das klingt nach einer von deinen verrückten ...«

Ich legte einen Finger auf die Lippen und bewegte mich an der Mauer entlang geräuschlos vorwärts, bis ich das Arteagas-Haus erreicht hatte. Emilia folgte zögernd.

Die Haustür war unverschlossen. Ich zog Emilia in ein kleines, kahles Vestibül. Aus einem Zimmer oben an der Treppe drang Licht in den Gang, und das Murmeln leiser Stimmen mischte sich mit dem Rascheln des Regens im Efeu an der Hauswand.

»Sieh mal«, sagte Emilia.

»Was?«

»Das Eßzimmer. Es gibt einen Tisch und vier Stühle.«

»Ja ...?«

»Mehr nicht, Magda! Und das Vestibül ist leer. Der Kamin sieht aus, als ob da nie ein Feuer gebrannt hat.«

Ich blieb stehen und nickte bedächtig. Das Haus wirkte unbewohnt. Nichts deutete darauf hin, daß hier wirkliche Menschen lebten. Nichts Persönliches, keinerlei geschmackliche Ausschweifungen. Ich dachte an mein eigenes Haus, wo Josefas Blumenarrangements in allen Ecken und Winkeln prangten und die Rennwagenmodelle meines Vaters nicht selten den Eßzimmertisch verunzierten, was meine Mutter zu einem ungeduldigen Zungenschnalzen wegen seines kindischen Hobbys veranlaßte.

Daß alles fehlte, was man ihrer Ansicht nach brauchte, um sich wohl

zu fühlen, machte Emilia so neugierig, daß sie leise weiterging. »Es gibt nicht ein einziges Bild an den Wänden.«
»Nichts Schmückendes«, pflichtete ich bei. »Und sieh dir die Küche an!«
»Was für eine Schweinerei!«
»Es gibt keinen Herd!«
»Glaubst du, sie kocht auf dem kleinen Primuskocher da?«
»Muß sie wohl. Sie können sich kein Dienstmädchen leisten«, sagte ich. »Meine Mutter meint, es liegt daran, daß Señor Arteaga seiner Frau kein Geld gibt.«
Emilia erschauderte. »Meine Mutter sagt, er verprügelt Margot und Raquel, wenn er findet, daß sie sich wie Huren aufführen.«
»Sofía hat mir erzählt, daß er sie letzte Woche geschlagen hat, weil sie sich geschminkt haben und so auf dem Balkon saßen. Sie sagt, daß sie sich sonst abschminken, bevor er nach Hause kommt, aber an dem Tag ist er früher gekommen.« Ich sah mich noch einmal um. »Es ist trostlos und öde.«
»Übertreib nicht so. Señora Francisca weiß bloß nicht, wie man ein Haus wohnlich macht. Es ist nur ein leeres altes Haus.«
»Dieses Haus ist mehr als bloß leer.«
Es war verwahrlost. Das Leben schien hier nicht willkommen. Schwere Vorhänge vor den Fenstern sperrten das Licht aus, und es herrschte tiefe Stille.
Emilias Hand legte sich auf das Treppengeländer. Unsere Blicke trafen sich. Wir nickten uns zu und schlichen die Treppe hinauf. Die Stufen knarrten unter unserem Gewicht. Wir hielten den Atem an und befürchteten, daß jemand herauskommen und uns entdecken würde. Aber die Stimmen redeten weiter. Oben angekommen, kauerten wir uns auf die Stufe. Wir konnten Señora Franciscas Zigarette riechen und sehen, wie der Rauch aus der offenen Tür waberte.
»Wo ist er jetzt?« hörten wir Señora Francisca fragen.
»In Paraguay«, erwiderte Lilita sanft.
»Im Kampf?«

»Immer. Immer im Kampf.«
»Es ist ein einsames Leben«, seufzte Señora Francisca.
»Kennen wir das nicht, Francisca? Stell dir vor, wie einsam wir erst wären, wenn wir uns bei dem Treffen neulich nacht nicht erkannt hätten.«
»Ohne die Treffen könnte ich nicht weitermachen.«
»Glaubst du, daß wir eines Tages offen kämpfen können?« fragte Lilita.
»Ja, das glaube ich. Ich muß es glauben. Sie sagen, es ist nur eine Frage der Zeit. Alle Gruppen sind so zerstritten!«
»Über die Ziele sind sie sich einig.«
»Aber nicht über die Mittel. Und wenn wir uns da nicht einigen können, kommen wir zu nichts.«
»Manche sagen, jetzt heißt es entweder zusammengehen oder aufgeben«, seufzte Lilita.
»Es ist schwer, die Gewehre so lange zu verstecken«, sagte Señora Francisca lachend.
Emilia schnappte nach Luft und packte meinen Arm so fest, daß ich beinahe geschrien hätte.
»Hast du sie noch im Keller?«
»Ja, unter dem einzigen Ding, das Rubén nie mehr anfassen wird.«
»Was meinst du?« fragte Lilita.
»Mein Hochzeitskleid.«
Emilia konnte es nicht mehr ertragen. Mich hinter sich herziehend, eilte sie leise die Treppe hinunter und öffnete die Haustür. Als wir draußen waren, atmeten wir erleichtert auf. Wir blieben eine Weile stehen und ließen unsere Gesichter von dem Sprühregen kühlen. Unsere Herzen klopften heftig.
Der Wind schlug das Tor hinter uns zu. Wir fuhren zusammen.
»Gewehre!« platzte Emilia heraus.
»Vielleicht wollen sie eine Bank ausrauben!« sagte ich eifrig.
Emilia sah mich ungeduldig an, während sie mich über die Straße zerrte. »Sei nicht so ein Dummkopf! Sie haben von Revolution gesprochen!«

»Du meinst gegen die Regierung?«
»Natürlich! Und kannst du dir vorstellen, wie verrückt ihre Freunde auf diesen Treffen sein müssen, wenn sie alle wie meine Mutter und Señora Francisca sind?«
»Lilita ist nicht verrückt, Emilia. Sie ist bloß manchmal traurig.«
Emilia lachte bitter. Wir betraten ihr Apartment und zogen die nassen Schuhe aus. »Du lebst nicht mit ihr.«
»Nein, aber ...«
»Sie ist verrückt! Du hast keine Ahnung. Ich hab es dir nie erzählt.«
Als ich die Tränen in Emilias Augen sah, wurde mir klar, daß das, was ich immer für Lilitas Traurigkeit gehalten hatte, aus Emilias Sicht komplizierter war. »Erzähl es mir jetzt, Emilita«, sagte ich. Ich saß auf dem dunklen kleinen Sofa und winkte Emilia zu mir. Ich begann zu bereuen, daß ich Lilita gefolgt war.
»Du weißt, daß sie das Haus mitten in der Nacht verläßt. Einmal ist sie mit zerrissenen Kleidern heimgekommen. Ein andermal haben zwei Männer vor der Schule auf mich gewartet und mich verfolgt. Als ich stehenblieb, um die Straße zu überqueren, kamen sie auf mich zu und sagten, ich solle keine Angst haben, sie wollten mir nur ein paar Fragen über meine Mutter stellen. Einer von ihnen sah wie ein Ausländer aus. Seine Kleidung war teuer, und er trug einen großen goldenen Ring an einem Finger.«
»Was hast du gemacht?«
»Ich hab ihn vors Schienbein getreten und bin gerannt.«
»Sind sie dir gefolgt?«
»Ich glaube nicht. Ich habe mich erst umgedreht, als ich fast zu Hause war.«
»Hast du es deinem Vater erzählt?« fragte ich.
Emilia sah erschrocken aus. »Nein! Er würde Mamá ins Irrenhaus stecken! Sie hat mir mal erzählt, er wartet nur darauf, daß sie stirbt, damit er seine Mätresse heiraten kann.«
»Haben sie alle welche, Emilia?«
»Ich nehme an.«
»Warum?«

»O Magdalita, wie soll ich das wissen? Vielleicht liegt es daran, daß unsere Mütter es nicht verstehen, sie glücklich zu machen.«

Zum ersten Mal in meinem Leben war ich mir bewußt, daß ich Angst hatte. Warum genau, hätte ich nicht sagen können. Ich glaubte, daß, wenn Lilitas Kummer in Wirklichkeit Verzweiflung war und Señora Franciscas Stolz daher kam, daß sie etwas zu verbergen hatte, sich die Tür zu einer Welt auftat, mit der ich nichts zu tun haben wollte. Die Tías machten häufig Andeutungen im Hinblick auf eine solche Welt, aber die Tías waren zuverlässig und berechenbar, und ihr Gerede bestand aus nichts als Luft, genau wie Josefas Baisers.

Ich schlug vor, wir sollten uns eine heiße Schokolade machen und die Platters auflegen. Emilia sah mich so ernst an, daß ich das Gefühl hatte, sie irgendwie enttäuscht zu haben. Ich fragte, ob sie lieber Schellenklopfen wollte, an einem Regenabend würde niemand damit rechnen.

»Es ist Zeit, daß wir mit diesem dummen Zeug aufhören«, sagte sie.

Ich war zu gekränkt, um zu antworten. Wir hatten uns mit Schellenklopfen und Streichen vergnügt, seitdem wir befreundet waren. Unausgesprochen zwischen uns war das Wissen gewesen, daß wir solche banalen Ungezogenheiten brauchten, um die Gespenster in unserem Leben auf Distanz zu halten. Solange wir zusammen lachen konnten, konnten wir Lilitas Stimmungen und die Sorgen meiner Mutter um ihre halbwüchsigen Nichten vergessen.

Als Emilia unser Vergnügen dumm nannte, fragte ich mich, ob sie mich auch dumm fand, weil mir solche Sachen Spaß machten und weil ich an diesem Tag so etwas vorgeschlagen hatte.

Ich glaubte, ich würde losheulen, verabschiedete mich, lief nach Hause und ließ Emilia allein im Dunkeln zurück.

Sechs

Der nächste Tag dämmerte strahlend klar herauf, in der Luft lag die Winterhelligkeit, die ich so liebte – eine Klarheit, die den Wunsch in mir weckte, die Augen so weit wie möglich zu öffnen und die ganze Schönheit des Tages auf einmal in mich aufzunehmen: die im Wind schwankenden Weihnachtssterne, die spät blühenden Lorbeerbäume mit ihrem rosa- und karmesinfarbenen Gefieder und das Glitzern des Flusses.

Ich wollte die Treppe hinunterlaufen, um Emilia zu bitten, mit mir angeln zu gehen, als die Erinnerung daran, wie wir uns am Abend getrennt hatten, sich mir schwer auf die Seele legte. Vielleicht wollte Emilia auch nicht mehr angeln gehen, vielleicht war das in ihren Augen ebenfalls dumm. Ich seufzte und stieg die Treppe hinunter, die Hand auf dem Geländer, dessen dunkles, poliertes Holz ein Quietschen von sich gab.

Ich ging nach draußen, setzte mich auf die oberste Treppenstufe und beobachtete Marco und seine Brüder, die auf der anderen Straßenseite unter ihrem Wagen lagen und mit Werkzeugen laut auf das Pflaster klopften, während das voll aufgedrehte Radio Tangos spielte.

Plötzlich verharrten alle drei und starrten zur Straßenecke hin.

Dort stand eine Fremde, die zu dem dunkelblauen Straßenschild mit der weißen Beschriftung hochsah. Die Fremde war von Kopf bis Fuß in Schwarz gekleidet, es deutete jedoch nichts auf Trauer hin. Das war das Schwarz des Reichtums, das Schwarz von Ebenholz, Straußenfedern und chinesischen Lackkästchen. Sie hatte leuchtend rot bemalte Lippen, und ich nahm an, daß ihre Fingernägel die gleiche Farbe hatten. Die Hände steckten in kurzen schwarzen Spitzenhandschuhen. Ihre Augen waren hinter einer dunklen Brille verborgen.

Als sie an ihnen vorbei auf das Haus der Arteagas zuging, erstarrten die Pereira-Jungs in stummer Bewunderung. Sie klingelte energisch und wartete, wobei sie sich mit ihrem Lacktäschchen auf den Schenkel schlug.

Sekunden später wurde sie eingelassen.

Minuten später kam sie eilig heraus.

Señora Franciscas Fenster flog auf, und sie steckte den Kopf heraus, riß den Mund auf und stieß ein Klagegeheul aus. Ihre Stimme klang so tief und verwundet, daß sich mir die Härchen auf den Armen aufstellten.

Lilita kam aus dem Haus gerannt, sah ihre Freundin und lief, dicht gefolgt von Emilia, die Straße hinunter. Marco und seine Brüder zogen sich ins Haus zurück, und bald darauf erschien Señora Marta und ging zusammen mit meiner Mutter zögernd auf das Haus der Arteagas zu. Als sie näher kamen, verschwand Señora Francisca, und dann flogen diverse Sachen aus dem Fenster – Männeranzüge, Hemden, Schlipse, Unterhosen, Schuhe, ein Tennisschläger – alles fiel auf einen Haufen unter dem Baum vor der Haustür.

Als nichts mehr nachkam, gingen die Frauen langsam ins Haus, ohne zu merken, daß Emilia und ich ihnen folgten. In einer Ecke ihres leeren Wohnzimmers kauerte Señora Francisca mit bis zum Kinn hochgezogenen Knien und wiegte sich hin und her, während Tränen ihre fest zusammengepreßten Hände durchnäßten.

Die Frauen knieten um sie herum, ließen sie weinen und putzten ihr hin und wieder die Nase oder strichen ihr übers Haar. Als das Schlimmste vorbei zu sein schien, schlossen sie sich wie Blütenblätter um ihren Kummer und hielten sie im Arm. Erschöpft lehnte sie den Kopf an Lilitas Brust. Señora Marta ging, um *mate* zu machen, und kam ein paar Minuten später zurück, goß das heiße Wasser aus dem Kessel in die große Thermosflasche und rührte in dem mit Yerbablättern vollgestopften Mategefäß mit der silbernen *bombilla*, durch die der Tee gefiltert werden würde, wenn das Gefäß von Hand zu Hand ging.

»Jetzt erzähl uns, wer das war«, sagte Señora Marta, und ich fragte mich, ob sie auch mit Señora Francisca heimlich in Verbindung stand.

»Rubéns *puta*«, seufzte Señora Francisca.

»Warum ist sie zu dir gekommen?« fragte Señora Marta erstaunt, wobei sie Blicke mit den anderen wechselte.

Selbst Huren machten so etwas sonst nicht.

»Er hat sie wegen einer jüngeren Frau verlassen.«

»Und das war ihre Rache?« fragte Lilita.

»Rubén hat ihr gesagt, daß ich ihn umbringen würde, wenn ich je erfahren würde, daß meine Töchter ihretwegen in einem leeren Haus leben.«

»Und sie hofft, daß du es tust?« fragte Señora Marta ehrfürchtig.

Señora Francisca lächelte. »Ja.« Sie sah sich um, als erblickte sie das Zimmer zum ersten Mal. »Aber das mache ich nicht. Ihr werdet sehn. Ich kaufe Möbel und richte das Haus so ein wie ihrs, sie hat mir gerade Fotos gezeigt.«

Zum zweiten Mal innerhalb von zwei Tagen verließen Emilia und ich das Arteagas-Haus und waren sprachlos.

»Willst du angeln gehen?« fragte Emilia und sah scheinbar gleichgültig zum Fluß hinüber.

»Ich hole meine Sachen!« sagte ich grinsend und raste nach Hause.

Wir gingen zu den Felsen am Fluß und warfen unsere Gläschen mit Brot zum Ködern ins Wasser.

»Ich dachte immer, ich will schnell erwachsen werden«, sagte ich, während die kleinen Fische mein Glas zu umrunden begannen.

»Ich auch.«

»Es kommt mir aber sehr kompliziert vor.«

Emilia zuckte die Achseln. »Wahrscheinlich hat jedes Alter seine Schwierigkeiten.«

»Aber solche Entscheidungen … ich meine, was wird Señora Arteaga tun? Wie wird sie jetzt mit ihrem Mann leben? Und wie kann sie ohne ihn leben?«

»Ich werde dafür sorgen, daß mir das nie passiert«, sagte Emilia. »Ich werde immer für meinen Lebensunterhalt arbeiten.«

Ich schwieg lange. »Emilia«, sagte ich schließlich, »kennst du irgend jemanden, der glücklich ist?«

Emilia dachte darüber nach. »Du meinst, wie in den Filmen?«

»Ja. Du weißt doch, in den Filmen kommen einem Probleme so ... so ...«

»Einfach vor?«

»Jedenfalls einfacher zu lösen. Unsere sind so kompliziert, so groß.«

Emilia sah mich an. »Ich dachte immer, daß du glücklich bist.«

Ich nickte, unfähig zu erklären, was mich so belastete, nämlich die Verantwortung dafür, nicht als Junge geboren zu sein, der die Familie gerettet hätte.

»Es gab einmal eine Zeit«, sagte ich, »da habe ich nicht viel nachgedacht, *sabés*? Damals hatten die Probleme der Familie nichts mit mir zu tun. Aber eines Tages habe ich Sofía und Carmen reden gehört, und jetzt weiß ich, daß es meine Schuld ist, wenn meine Mutter und mein Vater sich ständig Sorgen machen.«

»Was hast du getan.«

Ich zuckte die Achseln, als ich mich daran erinnerte, was meine Kusinen gesagt hatten.

»Tío Javier hat mir erklärt, daß wir dieses Jahr nicht mit unseren Freunden nach Copacabana fahren können«, hatte Sofía gesagt.

»Warum nicht?« fragte Carmen.

»Er meint, er muß für unsere Hochzeiten sparen. Und ich stelle mir vor, daß selbst Magdalena jemanden finden wird, der sie heiratet, wenn sie alt genug ist. Jedenfalls muß Tío Javier für alles zahlen, und er sagt, er kann das nicht, wenn er uns jedes Jahr nach Copacabana schickt.«

»Ich wünschte, Magdalena wäre ein Junge gewesen«, seufzte Carmen.

»Das tun alle.«

»Ich glaube, ich bin ihnen eine Last«, sagte ich zu Emilia. »Sie wollten einen Jungen.«

In den nächsten Tagen war es ungewöhnlich still im *barrio.* Die Nachbarn behandelten die Arteagas mit Anteilnahme und Zartgefühl.
Schließlich sammelte Señora Francisca ihre Töchter um sich und klärte sie über ihren Vater auf. Zusammen gingen sie zu dem teuersten Antiquitätenhändler von Montevideo und statteten ihr Haus mit der vergangenen Pracht alter spanischer Villen aus. Sobald die Möbel geliefert und die Rechnungen an Señor Rubéns Firma gegangen waren, ließen sie die Schlösser auswechseln und verboten ihm das Haus.
Eines Abends stand er lange vor der Tür, klopfte leise und flehte seine Frau an, ihn einzulassen. In allen umliegenden Häusern sahen Augen von verdunkelten Zimmern aus zu. Als er keine Antwort bekam, rückte er seinen Hut zurecht, steckte die Hände in die Taschen und ging pfeifend die Straße hinunter zum Fluß.
Von diesem Tage an arbeitete Señora Francisca jeden Tag. Sie lernte maschinenstricken – Pullover, Jacken, Schals, Kleider und Schultertücher. Sie stand im Morgengrauen auf, um zu stricken, bis es Zeit war, ihre Töchter zur Schule zu schicken. Dann saß sie an ihrer Maschine, bis es dunkel wurde, und verwandte jeden Peso, den der Verkauf ihrer Sachen ihr einbrachte, dazu, die Familie mit den Annehmlichkeiten zu versorgen, die sie so lange entbehrt hatte.

Sieben

Als der Frühling kam und die Kletterrosen in unserem Garten die Mauern mit einer Fülle von Rosa bedeckten, konnte man sich wieder vorstellen, daß der Sommer kommen würde und mit dem Sommer die gesegnete Erlösung von der Schule. Bis dahin mußten Emilia und ich uns damit begnügen, an jedem Wochenende so viel Zeit miteinander zu verbringen, wie die Familienpflichten erlaubten.

Eines Samstagmorgens, als ich mein Haus verließ, um Emilia für einen Ausflug zum Zoo abzuholen, sah ich ein weißes Tüchlein aus Coras Fenster winken. Ich winkte zurück und lief hin. Cora beugte sich aus dem Fenster. »Mama ist einkaufen gegangen! Hannah soll auf mich aufpassen und sagt, an so einem schönen Tag kann ich draußen spielen!«

Ich stieß einen Freudenschrei aus und klatschte in die Hände.

»Emilia und ich gehen zum Zoo!«

»Ich komme mit!«

Sie verschwand vom Fenster und erschien in der Haustür, schön angezogen wie immer, in maßgeschneiderten hellgrauen Hosen und passender, mit schwarzem Samt besetzter Jacke.

Wir liefen die Straße hoch zu Emilias Apartment und klopften an ihre Tür. Lilita öffnete. Sie hatte ein Taschentuch um den Kopf geknotet, und eine Schürze schlotterte um ihre schmalen Hüften.

»Lilita, mirá! Es Cora!«

Emilia kam zu ihrer Mutter an die Tür. Ich fand, daß sie müde aussah. Sie hatte Ringe unter den Augen, und sie lächelte nicht, als sie uns sah. Ich fragte mich, ob Lilita in der vergangenen Nacht wieder unterwegs gewesen war.

Lilita ging schweigend in die Küche zurück, und Emilia kam heraus und zog die Tür hinter sich zu.
»Cora kann heute mit uns kommen!« sagte ich. »Hast du an das Brot gedacht?«
Emilia hielt eine Papiertüte hoch. »Hast du an das Obst gedacht?«
Ich klopfte auf meine Manteltaschen. »Bananen und Weintrauben.«
Wir nahmen einen Bus zum Zoo. Es waren nur wenige Menschen dort. Wir gingen langsam um das tiefliegende Gehege, in dem die Pampasstrauße lebten, beugten uns über die Steinmauer und fütterten sie mit Brotkrusten und schlenderten dann weiter, um das Flußpferd in seinem Bassin liegen zu sehen; aus dem trüben Wasser schauten Ohren, Nase und Augen.
Die Seehunde bellten. Emilia und Cora wollten zuschauen, wie sie gefüttert wurden.
»Ich muß erst zu Tomasito«, sagte ich.
»Wer ist Tomasito?« fragte Cora.
»Der Elefant.«
»Er ist Magdalenas *novio*«, sagte Emilia.
Cora lachte. »Dann muß ich ihn kennenlernen! Wann ist die Hochzeit, Magdalena?«
Ich konnte es nicht leiden, wegen des Elefanten aufgezogen zu werden. Es war mir nie gelungen, Emilia meine besondere Beziehung zu ihm verständlich zu machen. Er war hier im Zoo von Montevideo geboren, und alle Schulkinder waren aufgefordert worden, sich an einem Wettbewerb zu beteiligen, bei dem ein Name für ihn gefunden werden sollte. Ich war damals gerade eingeschult worden, und die Geburt des kleinen Elefanten und die Suche nach einem Namen für ihn waren das einzige gewesen, das die Schule erträglich gemacht hatte.
Als er mich sah, entfernte Tomasito sich von seiner Behausung und kam auf uns zu.
»Paßt auf! Paßt auf!« sagte Emilia. »Er kommt über den Graben!«
Ich lachte, schälte die Banane und warf sie Tomasito hin. Der Elefant nahm sie behutsam in den Rüssel und steckte sie sich in das Maul.

Emilia war leichenblaß. »Das war unverantwortlich, Magdalena. Er hätte rüberkommen können, und was dann?«
Der Elefant hatte aufgegessen und fing wieder an, vorsichtig den Graben zu erkunden. Emilia sprang zurück. »Er glaubt, wir haben noch mehr Bananen! Lauft! Lauft!«
Ich schüttelte den Kopf. »Er glaubt das nicht.« Ich sprang über das niedrige Geländer und streckte den Arm über den Graben hinweg, bis der Rüssel des Elefanten meine Hand berührte. Die Wärme seines Atems auf meiner Handfläche ließ mich Emilias Bedrängnis vergessen.
»Magdalena, komm zurück!« Emilia weinte jetzt. »Ich hole einen Wärter!« Sie rannte, von Cora gefolgt, den Kiesweg hinunter.
»*Hola*, Tomasito«, flüsterte ich. »Wie geht es dir? ... Ja, ich weiß. Mir geht es genauso ... Aber sie wissen das nicht ... Ja, ich höre ihn auch. Bis nächste Woche.«
Nach einem Abschiedspuster drehte sich der Elefant um und schritt ruhig in seine Behausung zurück. Ich kletterte wieder über das Geländer und stand da und hielt die Hände zusammen, um etwas von Tomasitos sanfter Berührung zu bewahren.
Emilia und Cora kamen mit einem Wärter zurück. Ich wandte mich ihnen zu. »Ich will den Elefanten sehen«, maulte ich. »Warum kommt er nicht raus?«
Der Wärter machte ein erstauntes Gesicht und sah Emilia unter seinen dunklen Augenbrauen mißtrauisch an. Er hatte Krumen auf dem Hemd, und ich nahm an, daß er in seiner Matepause gestört worden war.
»Bist du da rübergeklettert?« fragte er und deutete auf das Geländer.
»Ich kann lesen!« erwiderte ich und machte ein beleidigtes Gesicht. »Da steht: ›Bitte bleiben Sie auf dieser Seite des Zauns.‹«
Der Wärter zog mich spielerisch am Haar und lächelte, wobei er eine große Lücke zwischen den Vorderzähnen zeigte. Ich lächelte zurück.
»Bueno, preciosa«, sagte er. »Wirf einen Stein oder so was, vielleicht kommt er dann raus.« Er ging pfeifend davon, und Emilia fiel über mich her.

»Du hast mich lächerlich gemacht!«
»Das wollte ich nicht, Emilia.«
»Bloß weil Männer blöd werden, wenn sie dich sehen, glaubst du, du kannst dir alles erlauben!«
»Das stimmt nicht! Wovon redest du?«
»Das weißt du ganz genau. Wenn Männer in deine Nähe kommen, werden sie idiotisch. Du hättest diesen Wärter fragen können, ob er dich rein*läßt*, und er hätte es getan!«
»Nein, das hätte er nicht!«
Emilia wandte sich erbittert ab. »Manchmal machst du mich so wütend, daß ich dich umbringen könnte. Warum mußt du immer zu dem Elefanten?«
»Ich verstehe den Elefanten, Emilia. Er mag mich. Ich kann nicht in den Zoo gehen, ohne den Elefanten zu besuchen. Wir kennen uns.«
»Das ist lächerlich! Elefanten sind gefährlich! Du hast kein Gespür für Gefahr! Weißt du überhaupt, wovon ich rede?«
Ihr Zorn überraschte mich. Ich schüttelte den Kopf.
»Am Strand ist es genauso! Du schwimmst zu weit raus. Die Wellen machen dir keine angst. Du fährst mit dem Fahrrad vor Bussen her!«
»Tue ich das?«
»Ja! Ja! Das tust du!«
»Ich wußte nicht, daß es dich beunruhigt.«
Emilia brach in Tränen aus. »Wenn du umkommst, habe ich niemanden mehr!«
Cora legte den Arm um Emilia und sah mich erstaunt an.
Ich war verwirrt. »Emilia, ich komme nicht um.«
»Das glaubst du! Du glaubst, daß Menschen nicht sterben!«
»Nein, nein, das ist es nicht. Natürlich sterben wir. Aber, Emilia, ich sterbe noch lange nicht. Erst, wenn du mich nicht mehr brauchst. Das verspreche ich dir.«
»Du machst dich lächerlich. Wie kannst du so etwas versprechen? Du bist nicht Gott!«
»Doch, das bin ich«, sagte ich, und Cora schnappte nach Luft. »Ich

weiß, es klingt blasphemisch, aber so meine ich es nicht. Darum liebe ich den Elefanten. Weil er weiß, daß auch er Gott ist, wie ich.«
»Manchmal glaube ich, du bist verrückt, und dann denke ich, ich bin auch verrückt, weil ich deine Freundin bin«, sagte Emilia seufzend. »Du bringst uns immer in Schwierigkeiten. Eines Tages treibst du es so weit, daß wir beide umkommen.«
Ich lachte. »Komm, wir zeigen Cora den übrigen Zoo! Sie kann nicht den ganzen Tag wegbleiben wie wir.«
Aber Cora hatte das Interesse am Zoo verloren. Sie wollte zum Strand und künftige Fluchten planen. »Ich habe beschlossen«, sagte sie, »daß ich meine Mutter einfach anlügen muß, wie die Dienstmädchen, wenn sie ihre *novios* treffen wollen.«

»Ich glaube, ich mag Cora nicht mehr«, gestand Emilia ein paar Tage später.
Es dauerte eine Weile, bis ich aus dem, was Emilia mir dann sagte, schloß, daß sie sehr gehofft hatte, Cora würde wie sie sein. Bis zu dem Tag im Zoo hatte sie sie für ein stilles, fleißiges Mädchen gehalten.
»Aber jetzt glaube ich, daß Cora genau wie meine Mutter und du ist! Ich verstehe sie überhaupt nicht! Sie hat ein nettes, sicheres Zuhause mit Eltern, die sich für nichts als Cora interessieren, und was macht sie? Sie nimmt sich vor, sie anzulügen und sich in Gott weiß was für welche Schwierigkeiten zu bringen! Und sie sah so selbstgefällig aus, als sie uns sagte, daß ihre Eltern sie nie bestrafen würden, wenn es rauskäme! Sie glaubt, hier gibt es nichts zu fürchten, anders als in Europa.«
»Und sie hat gesagt, daß hier sogar die Elefanten zahm sind.« Ich mußte lachen.
»Magda, ich will, daß du eine Minute lang ernst bist. Weißt du, wie sie es neulich angestellt hat, aus dem Haus zu kommen?«
Ich schüttelte den Kopf.
»Sie hat das Schlafmittel ihrer Mutter genommen, und zwar eine hohe Dosis, und es der armen Frau in den Tee getan. Wie hieß sie noch? Die, die in einem Konzentrationslager war?«

»Hannah?« sagte ich, mir das Lachen verbeißend.
»Richtig. Hannah. Sie sollte auf Cora aufpassen, solange die Eltern weg waren, und ist vierundzwanzig Stunden später aufgewacht und hatte keine Ahnung, was mit ihr passiert war! Oh, ich weiß, du findest so was sehr komisch, aber ich nicht! Das einzige, was Cora und ich jetzt noch gemeinsam haben, ist, daß wir uns beide einen Hund wünschen!«

Wie Frau Allenberg und Lilita wehrte auch meine Mutter sich jahrelang gegen Haustiere. Ihr englischer Vater hatte Tiere gern gehabt, und in ihrem Elternhaus wimmelte es von Hunden, Papageien und allem möglichen wilden Getier, das den großen Garten bevölkerte. Ihrer Meinung nach hatte mein Großvater mehr Aufhebens von den Würfen junger Hunde gemacht, die überall im Haus geboren wurden, als von seinen Töchtern. Meine Großmutter erklärte das damit, daß er mit den jungen Hunden im Gras herumtollen, sich balgen und die Ohren von ihnen lecken lassen konnte, wohingegen ihm seine in gestärkte Kleidchen eingeschnürten Töchter unnahbar erschienen.
Meine Mutter war als Kind von Straußen gejagt und von Wasserschweinen naßgespritzt worden und hatte sich fest vorgenommen, geschmackvoll zu wohnen, wenn sie verheiratet wäre, vielleicht mit einer weißen Angorakatze auf einem roten Samtkissen oder einem in einer Laube singenden Kanarienvogel. Es würde dort kein Platz sein für frivole Flamingos oder stachelige Gürteltiere. In ihrem Haus würden nur Menschen gebären, und nie, unter keinen Umständen sollte es Anlaß geben, darüber zu reden, wie man Läuse oder Flöhe los wird.
Sofía und Carmen hatten sie davon überzeugt, daß Goldfische sich in Gefangenschaft nicht fortpflanzten und keine Flöhe hätten. Während sich letzteres als wahr erwies, mußte ersteres ernsthaft in Frage gestellt werden, als das Aquarium bald beträchtlich mehr Fische beherbergte als die vier ursprünglich von meiner Mutter genehmigten. Mein Vater, der sich vor seiner Ehe für Tiere nur als Jagdtrophäen interessiert hatte, war durch seine inzwischen berühmte Rettung des Seehunds in

eine zoologische Vereinigung gelockt worden, die sich der Rettung der schnell verschwindenden einheimischen Wildtiere verschrieben hatte. Die Folge war, daß meine Mutter eine *chana* in ihrem Patio unterbringen mußte. Josefa hatte den großen Vogel mit seinen Krallen auf dem Rücken und seinem Basiliskenblick nur einmal angesehen und beschlossen, ihre Verwandten im Landesinneren zu besuchen, und meine Mutter, die sich seit fast dreißig Jahren auf ihre Hilfe verlassen hatte, mußte vorübergehend ohne sie auskommen.

Josefa sagte mir, daß sie nichts gegen *bichos* habe, sie achte alle wilden Geschöpfe, aber sie habe nicht das Verlangen, ihren Wohnbereich mit ihnen zu teilen.

Bald nach der Entfernung der *chana* waren Spinnen in der Badewanne aufgetaucht, und meine Mutter, Sofía und Carmen konnten es nicht mehr ertragen. Meine Großmutter, Mamasita, eilte zu ihrer Rettung herbei.

Mamasita erklärte meinem Vater, daß es idiotisch sei, den Frauen seines Hauses alle möglichen *bichos* unterzujubeln, wo er doch genausogut wie sie wisse, daß Sofía und Carmen schon beim Anblick einer Kakerlake außer sich gerieten, ganz zu schweigen von Spinnen so groß wie Wachteln. Sie schaffte Platz für seine Sammlung in ihrem geräumigen Stadthaus, und seitdem waren die *bichos* dort untergebracht, um irgendwann in den Wildpark der Vereinigung überführt zu werden.

Mamasita war der Meinung, daß kein Zuhause als komplett betrachtet werden könne, wenn es nicht mindestens von einem Angehörigen einer anderen Spezies geteilt wurde. Ihr Landsitz Caupolicán war von Eukalyptusbäumen umgeben, in denen die grünen Papageien, die den Bauern häufig das Leben schwermachten, in großen Gemeinschaftsnestern lebten. In Caupolicán durften sie nicht geschossen werden, und sie vermehrten sich dementsprechend. Jedes Jahr fielen welche aus dem Nest, und Mamasita zog sie auf der Veranda auf, bis sie zu den Eukalyptusbäumen zurückflogen. Einen von ihnen, dem es widerstrebt hatte, in sein lautes Heim zurückzukehren, hatte sie mir zu meinem fünften Geburtstag geschenkt.

Als die Aufgabe, ihre Nichten ihrer Bestimmung als Frau zuzuführen, jeden wachen Augenblick meiner Mutter beanspruchte, brachte ich Pepita ins Haus. Pepita war auf unserem Schulgelände aufgetaucht und unter ein paar Jungs gefallen, die es als willkommene Abwechslung betrachteten, einen jungen Hund zu quälen, zog sich doch das Rugbyspiel, bei dem ihre Kameraden vom Team einer anderen Schule geschlagen wurden, endlos in die Länge.
Ich hatte das Hündchen gerettet und es im Schulbus mitgenommen. Die Widerstandskraft meiner Mutter war durch einen Krach mit Carmen so weit geschwächt, daß Pepita ins Haus aufgenommen wurde und das ihre zu der allgemeinen Kakophonie beitrug, indem sie Caramba und alles, was sich sonst noch bewegte, anbellte. Pepita wuchs zu einer quirligen, freundlichen und großen Hündin heran. Wenn sie saß, hatte sie etwas Königliches. Das Fell schwarz und glänzend, die Ohren gespitzt, die Pfoten nett anzuschauen. In Bewegung war sie die Verkörperung des Chaos.
Als mein Cousin Miguel sie zuerst sah, war das bei einer der seltenen Gelegenheiten, bei denen Pepita saß. Miguel war nach der neuesten Sommermode in einen elfenbeinfarbenen Leinenanzug gekleidet und trug eine Krawatte in einem leuchtenden Blauton, den ich besonders liebte. Er wußte nicht, daß ich mitangehört hatte, wie er bei seinem letzten Besuch zu Sofía sagte, er finde mich hübscher als sie, eine Bemerkung, die Sofía geflissentlich überhörte.
Miguel lehnte am Kamin und schaute bewundernd auf Pepita herab.
»Netter Hund«, sagte er.
»Finde ich auch«, erwiderte ich.
»Deiner?«
Ich nickte.
»Sieht wohlerzogen aus.«
Ich sah Pepita an und glaubte, sie lächle mir zu. »Möchtest du mit ihr spazierengehen?« fragte ich Miguel.
Miguel war ein Modefan. Ich hatte ihn dabei beobachtet, wie er in ausländischen Zeitschriften blätterte, in denen junge Männer seinesgleichen edle Hunde ausführten oder Enten jagten, einen treuen

Vierbeiner zur Seite. Wir hatten beide die helle Haut unseres Großvaters geerbt. Miguel war stolz auf sein europäisches Erbe und machte keinen Hehl aus seiner Verachtung für seine Landsleute, die er mit abfälligem Unterton als »die Einheimischen« bezeichnete. Er war Tía Auroras jüngster Sohn und in ihren Augen ein Wunderwesen. Wer in der Lage war, ihn mit weniger liebevollen Augen zu sehen, betrachtete ihn nur als ein Wunder an Ichbezogenheit. Weitgehend einig war man sich darüber, daß er Großes vollbringen könnte, »wenn er nur wollte«. Miguel ruhte sich auf diesen zweifelhaften Lorbeeren aus und strengte sich für nichts an, abgesehen von seiner unermüdlichen Jagd auf das andere Geschlecht.
Seit kurzem interessierte er sich für Raquel, die nun, da der Vater verbannt war, auf dem Balkon saß und sich in aller Öffentlichkeit die Fußnägel lackierte, was Miguel natürlich nicht entgangen war.
»Hast du eine Leine für sie?« fragte er, während er sich hinabbeugte, um Pepita den Kopf zu tätscheln.
»Eine nagelneue. Ich habe sie noch nie gebraucht.«
Das hätte Miguel warnen sollen, aber er war zu sehr damit beschäftigt, was für eine Figur er gleich abgeben würde. Ich reichte ihm die Leine, und er befestigte sie an Pepitas Halsband. Sie stand auf, als er daran zog, und folgte ihm zur Tür hinaus.
Zufällig war Pibe, Marcos Hund, an diesem Tag auch draußen.
Pibe war ebenfalls groß und kraftstrotzend, mit Ohren, die flatterten, wenn er rannte, und hatte Pfoten wie Untertassen. Gerade als Miguel mit Pepita aus dem Haus trat und mit der Leine in der Hand nonchalant auf der obersten Treppenstufe posierte, erspähte Pibe seine Rivalin, die Familienkatze. Und die machte es wie immer, raste einen Baum mit gegabeltem Stamm hoch und sah Pibe von einem Ast aus zu, wie er an dem Baum hochsprang und in der Gabelung steckenblieb. Pepita war wie elektrisiert. Als die Katze, von Pibe verfolgt, an ihr vorbeiraste, sprang sie vorwärts und riß Miguel mit. Er passierte Raquel als elfenbeinfarbener Streifen mit schiefer Krawatte und rotierte so schnell um den Baum, daß ich dachte, er würde zu Butter.

Inzwischen fing Pibe an zu jaulen. Das war seine Art, nach Marco zu rufen, und bewirkte, daß Pepita ganz außer Rand und Band geriet. Sie schoß von neuem über die Straße, schleifte Miguel durch ein Mistpastetchen den Bordstein hoch und zurück zu Pibes Baum. Bei den Pereiras wurde ein Fenster geöffnet, und Marco sah heraus.
»Was machen Sie mit meinem Hund?« brüllte er Miguel zu, dem es verwehrt war zu antworten, da er versuchte, sich von der fest um sein Handgelenk gewickelten Leine zu befreien, während Pepita versuchte, zu Pibe zu gelangen.
Schließlich erfaßte Marco die Lage, verschwand vom Fenster und erschien bald darauf mit einer Stehleiter. Pepita sah ihn, erkannte einen Freund, beruhigte sich und lief zu ihm, um sich streicheln zu lassen. Miguel befreite sich und taumelte in unser Haus, wo er in einem Sessel zusammenbrach und nach Wasser rief.
Ich beschloß, mich rar zu machen, und ging mit Marco.
Als wir zur Tür hereinkamen, duftete es nach Señora Martas Pizza, ein Geruch, der einem das Wasser im Munde zusammenlaufen ließ.
Señora Marta war eine stattliche Frau, sinnlich und hübsch, mit einem breiten, lachenden Mund und dunklem Haar, das sie in einem lose geflochtenen Zopf auf dem Rücken trug. Sie war eine Dichterin und verfaßte Seifenopern, um das dürftige Haushaltsgeld, das ihr Mann ihr gab, aufzubessern. Sie war eine sanfte Träumerin, die während ihrer Schwangerschaften nur Shakespeare gelesen hatte, damit ihre Kinder mit einem ausgebildeten Sinn für die beste Literatur zur Welt kommen würden. Sie hatte ihre Söhne unbefangen nach Shakespeares Gestalten Marco Aurelio, Orsino und Basanio genannt, ohne zu bedenken, daß diese Namen ihren Söhnen und jedem, der es wagte, sich darüber lustig zu machen, blaue Augen, aufgeschlagene Knie und Zahnlücken einbringen würden.
Ihr Gleichmut konnte nicht einmal von ihrem Ehemann erschüttert werden, der ihr, kaum daß sie verheiratet waren, nach alter Gutsherrenmanier verboten hatte, das Haus zu verlassen, es sei denn in Begleitung von Verwandten.
Oberst Pereira hatte vor kurzem seinen Abschied vom Militärdienst

genommen. Er war ein schwerer Mann, groß und breitschultrig, mit einem schwarzen, bis über das Kinn hängenden Schnauzbart, der ihm das Aussehen eines melancholischen Piraten verlieh. Ein unbesonnener Bekannter beging einmal den Fehler, Señora Marta in Gegenwart ihres Mannes ein Kompliment zu machen. Er drehte sich um und sah mit Grausen sein eigenes Spiegelbild in der breiten, glänzenden Schneide von Oberst Pereiras Messer.

Señora Marta und ich waren dick befreundet, und sie begrüßte mich mit einem Freudenschrei und einer Umarmung.

»Ich möchte mich für Pepita entschuldigen, Señora Marta.«

»Pepita?« fragte Señora Marta zerstreut und zog ein paar Seiten ihres letzten Manuskripts aus dem aufgehenden Pizzateig.

»Sie hat Pibe wieder gejagt.«

»Oh, Pibe ...« sagte Señora Marta geistesabwesend. »Glaubst du, daß eine vierzehn- oder fünfzehnjährige *chica* sich in einen vierzigjährigen Mann verlieben könnte?«

Ich dachte an die Männer in diesem Alter, die ich kannte. »Nein«, erwiderte ich.

»Aber meiner Heldin bleibt nichts anderes übrig, sonst finde ich keinen Schluß«, sagte Señora Marta. »Und wenn er gutaussehend, reich und liebenswürdig wäre?«

Ich überdachte das noch einmal. »Kennen Sie jemanden, auf den diese Beschreibung paßt?«

Señora Marta lachte ihr wunderbar volles Lachen, ein Lachen, so gehaltvoll wie der Teig, den sie knetete, und so aromatisch wie die Kräuter, die sie mit vollen Händen über dem auf dem Herd brodelnden Zeug verstreute. »Nein!« sagte sie fröhlich. »Wenn, dann hätte ich ihn selber geheiratet!« Sie küßte mich auf den Kopf. »Du bist mir immer eine Hilfe. Wußtest du, daß ich dir in der Einführung zu meinen Stücken danke?«

»Mir?« fragte ich lächelnd.

»Ja, dir. Du bleibst doch zum Pizza-Essen, ja? Marco, komm her und hilf Magdalena beim Tischdecken.«

»Das brauchst du nicht, Marco, ich mach es schon«, sagte ich, als er widerstrebend in der Tür erschien. Er war so gutaussehend, daß es mich einschüchterte. Er hatte das dunkle Haar seiner Mutter, bloß daß seins lockig war und sein Gesicht so sanft umrahmte, wie ich es nur auf alten Gemälden gesehen hatte. Seine langen, dunklen Wimpern und die fein gezeichneten Brauen brachten seine bernsteinfarbenen Augen zur Geltung, aber es war sein Mund, den ich immerfort anstarren mußte. Damals war ich zu jung, um den Hunger zu verstehen, den er in mir weckte. Ich wußte nur, daß ich mich in Marco Aurelio Pereiras Gegenwart unzulänglich und unscheinbar fühlte. Manchmal, wenn er mit irgend etwas beschäftigt war, ertappte ich mich dabei, daß ich ihn anstarrte und mich fragte, wie ein Mensch so vollkommen schön und sich dessen so wenig bewußt sein kann. Er zeigte nicht, daß er mich bemerkte, und es sollte noch viele Jahre dauern, bis ich entdeckte, daß er oft auf seinem Bett lag und mich durch eine Ritze in der Jalousie beobachtete, wie ich zu Emilia lief oder in dem Weihnachtssternbaum saß und mein Haar in der Sonne trocknen ließ. Er sagte sich immer wieder, daß ich erst vierzehn und er neunzehn und es sowieso Unsinn sei, an mich zu denken, aber diese logischen Überlegungen hatten sein Verlangen nicht bändigen können.

»Marco Aurelio fährt heute nachmittag mit mir zum Cerro«, sagte Señora Marta. »Möchtest du mitkommen?«

Seit meiner Eskapade als Neunjährige war ich nicht mehr auf dem Cerro gewesen. »Sehr gern!« sagte ich.

»Nach dem Essen gehst du zu deiner Mutter und fragst sie. Wir fahren um vier.«

Marco verließ den Tisch, um den Wasserkrug aufzufüllen. Ich nahm mir ein großes Stück dick belegter Pizza und fragte mit gesenkter Stimme: »Warum sieht Marco heute so traurig aus, Señora Marta?«

Señora Marta seufzte. »Ich hätte ihn nicht nach einem tragischen Helden benennen sollen. Er nimmt sich alles so zu Herzen.«

»Das stimmt nicht, Mamá. Mein Name hat nichts damit zu tun, wie ich mich fühle«, sagte Marco und stellte den Krug so heftig auf den Tisch, daß das Wasser auf die karierte Decke schwappte.

»Ich hätte dich Hamlet nennen sollen. Du bist genauso launisch. Aber ich nehme an, du hättest etwas dagegen, nach dem größten Helden des englischen Theaters benannt zu werden!«

»Ein verwöhnter Prinz, der Gespenster sieht und eifersüchtig auf seinen Onkel ist, ist nicht das, was ich mir unter einem Helden vorstelle«, erwiderte Marco und brachte mich zum Starren, als er ein Glas an die Lippen führte und den Mund öffnete, um zu trinken.

»Die Jugend!« sagte seine Mutter verächtlich. »Was weißt du schon von Hamlets Gefühlen?«

»Er muß in meinem Alter gewesen sein, als er *loco* wurde. Wahrscheinlich verstehe ich ihn besser als du.«

»Und was stellst du dir unter einem Helden vor, Marco?« fragte ich.

»Harriet Tubman.«

»Was kann schon eine Frau, die Sklaven zur Flucht verholfen hat, mit dir zu tun haben, Marco Aurelio?« sagte Señora Marta und schnalzte ungeduldig mit der Zunge. »Das kommt alles nur daher, daß er mit seinem Vater aneinandergeraten ist«, sagte sie zu mir.

»Bist du das, Marco?« fragte ich und überlegte, ob es wohl Oberst Pereira gewesen war, der ihm den Bluterguß unter dem rechten Auge beigebracht hatte.

Zum ersten Mal, seitdem er an den Tisch gekommen war, sah Marco mich direkt an. »Er will, daß ich zum Militär gehe.«

»Und du willst das nicht?«

Marco schüttelte den Kopf. »Ich will Politik studieren.«

»Und uns alle reformieren«, sagte seine Mutter seufzend.

»Was hast du gegen das Militär?« fragte ich. »Es macht bestimmt Spaß, Soldat zu sein.«

»Marco Aurelio will keinen Spaß. Er will uns zu Kommunisten machen. Wie diese schrecklichen Tupamaros.«

Es war einen Moment lang still. Das Wort *Tupamaro* wurde gewöhnlich leise und vorsichtig ausgesprochen. Niemand wußte genau, wer die Tupamaros waren, aber ihr gekreuzter Stern mit einem T in der Mitte war immer häufiger auf Mauern und in Unterführungen zu sehen. Es hieß, die Tupamaros gehörten zu den rücksichtslosesten und

gebildetsten Männern und Frauen von Uruguay, und sie würden jeden Tag mehr. Ihr Ziel sei es, die Regierung zu übernehmen.
»Willst du wirklich, daß wir Kommunisten werden, Marco?« fragte ich andachtsvoll.
»Natürlich nicht«, antwortete Marco. »Obwohl es viel Schlimmeres gibt, was wir sein könnten.«
»Oh?« sagte seine Mutter. »Was zum Beispiel?«
»Wir könnten rechtsradikale Fanatiker sein wie du.«
»Er nennt mich eine Fanatikerin, weil ich den Kommunismus durchschaue.«
»Das einzige, was du durchschaust, ist die rosarote Brille, die du trägst.«
»Ich, Magdalena, glaube, daß die Vereinigten Staaten uns wirklich beistehen wollen. Denk an all die Darlehen, die sie uns geben wollen, damit wir im zwanzigsten Jahrhundert ankommen und zivilisiert werden. Marco Aurelio ist ein Zyniker. Er glaubt, hinter den Darlehen steht die Habsucht.«
»Schlimmer als das, Mamá.«
»Was könnte schlimmer sein?« fragte ich.
»Manipulation. Rockefeller bietet nicht an, uns Geld zu leihen, weil er glaubt, daß wir es dazu verwenden, uns zu verbessern. Es ist eine Hypothek auf unsere Zukunft. Sie stellt sicher, daß wir zu arm sein werden, uns selbst zu regieren, und damit hat er freie Hand, unsere Ressourcen auszuplündern.«
»Zynisch, zynisch! Ich weiß nicht, wo er das herhat«, schrie Señora Marta.

Meine Mutter hatte nichts dagegen, daß ich mit Señora Marta zum Cerro fuhr, so zog ich die Bluejeans aus und schwarze Hosen und einen roten Baumwollpullover an. Dann sah ich mich in meinem Zimmer nach einem Mitbringsel für Gabriela um. Seitdem ich ihre Hütte gesehen hatte, hatte ich jeden Haushaltsgegenstand, den meine Familie ausrangierte, an mich genommen und in meinem Zimmer gehortet, bis ich ihn an Gabriela weitergeben konnte. Im Laufe der Jahre hatte ich Gabriela Teppiche geschenkt, angeschlagenes Geschirr, einen Pfeifenständer, den einer meiner Onkel nicht mehr brauchte, ein Schachspiel, bei dem ein Turm fehlte, und als Mamasita im letzten Jahr eine neue Daunendecke für mich bestellt hatte, hatte ich ihr freudig meine alte, rosa-weiß geblümte überreicht und mir vorgestellt, wie sie ihre Hütte verschönerte und die Bewohner wärmte.

Heute hatte ich nicht viel für Gabriela. In meinem Schrank lag ein von Sofía abgelegter Hut und ein Topf mit abgebrochenem Griff. Beides schien nicht passend, und ich wollte nicht mit leeren Händen zum Cerro gehen. Auch wollte ich heute nichts Ausrangiertes mitnehmen, selbst wenn Gabriela sich immer darüber freute. Ich öffnete die obere Schublade meines Nachttischchens. Ich hatte Geld gespart, um Elvis Presleys neue Platte zu kaufen. Die Hälfte von dem, was ich hatte, würde für einen großen Blumenstrauß reichen. Wahrscheinlich hatte Gabriela noch nie Blumen geschenkt bekommen. Ich zögerte. Es würde lange dauern, bis ich das Geld wieder zusammengespart hätte. Ich befühlte die fünfhundert Pesos und stellte mir Gabrielas entzücktes Gesicht vor. Dann bürstete ich mir das Haar sorgfältiger als sonst und lief um die Ecke zum Blumenhändler. Er hatte meiner Familie fast sein Leben lang Blumen verkauft und nahm persönlichen Anteil an unseren Angelegenheiten. Immer erkundigte er sich nach Einzelheiten im Hinblick auf den Anlaß und die Empfänger der Blumen, bevor er etwas aus seinem Bestand empfahl. Als ich ihm sagte, für wen die Blumen waren, war er verwirrt. Er steckte die Hände in die Taschen seiner grauen Flanellhosen, wippte auf den Absätzen und musterte die überquellenden Behälter voller Paradiesvogelblumen, Nelken, Rosen, Lilien und Kamelien.

»Besitzt sie eine Vase?« fragte er.

»Das bezweifle ich«, erwiderte ich.

»Ich auch«, sagte er mit einem Blick auf die imposanten Lilien. »Plastikblumen führe ich nicht …«

Ich schüttelte den Kopf. »Ich mag sie sowieso nicht.«

Plötzlich strahlte sein Gesicht auf. *»Si!«* rief er. *»Claro! Las flores mejicanas!«* Er hielt einen Finger hoch, bat mich zu warten und ver-

schwand durch eine Tür hinter der Kasse. Kurz darauf streckte er den Kopf wieder herein. »Also, Señorita Magdalena, so etwas haben Sie noch nie gesehen. Ihre Frau Mutter würde sie zwar nicht bei sich zu Hause haben wollen, aber ...« Fast verdeckt von einem Strauß der größten, leuchtendsten Blumen, die ich je gesehen hatte, sprang er aus der Tür. Die Blumen waren aus Papier und ganz anders als alle wirklichen, die ich je gesehen hatte. Zweifellos genau das Richtige.
»Sie werden ewig halten!« sagte der Blumenhändler lachend. »Und nichts könnte so *alegre* sein wie diese Farben. Das wird so sein, als ob du ihr den *Carnaval* bringst.«
Ich nickte begeistert. »Aber wieviel kosten sie?«
Der Blumenhändler sah mich unter schwarzen Augenbrauen an.
»Ich habe sie schon lange ... Für meine Kundschaft sind sie zu grell ... Wieviel hast du?«
»Fünfhundert Pesos.«
»Für fünfhundert Pesos kannst du die Hälfte haben. Wie findest du das?«
Ich lächelte. »Danke, Señor Paredes. Mehr als die Hälfte könnte ich sowieso nicht tragen!«
Ich wählte sechs gigantische Blumen in verschiedenen Farben, Gelb, Rot, Purpur, Rosa, leuchtendes Blau und Orange. Die Leute drehten sich nach mir um, als ich zu Señora Marta zurückging.
Señora Marta erschien in einem langen Seidengewand, das sich im Wind blähte, als sie die Straße hinunterging, und ihr das Aussehen eines majestätischen Schiffs unter vollen Segeln verlieh. Sie war begeistert von den Blumen und sagte, sie würde morgen selber zu Señor Paredes gehen, um den Rest seines Bestands für ihr Schreibzimmer zu kaufen. Marco sagte nichts, aber lächelte mich auf eine Art an, die mich vor Freude erröten ließ.
An der Ecke stiegen wir in einen vollen Bus. Señora Marta und ich saßen zusammen vorne, Marco fand einen Platz im hinteren Bereich. Es gab viele Bemerkungen zu den Blumen, und ich mußte mehrmals erzählen, wo ich sie gekauft hatte. Señora Marta meinte, Señor Paredes könnte gute Geschäfte mit Papierblumen machen.

Der Bus kurvte durch die Randbezirke, und ich schaute mir die Häuser an, die so gepflegt waren wie das unsere, vielleicht kleiner und mit mehr Bewohnern, aber sauber und ordentlich. Erst als wir den Berg selbst erreichten, wurde die Armut offensichtlich. Plötzlich waren die Häuser in schlechtem Zustand. Verfallende Mauern sackten unter dem Gewicht von wild wuchernden Reben zusammen, und zwischen den geborstenen Platten der Bürgersteige wuchs Gras. Frei herumlaufende Pferde überquerten die Straßen auf der Suche nach Futter. Mager und klein wie die Bewohner dieser Viertel, trugen sie die gleiche störrische Unabhängigkeit zur Schau. Ihre Bewegungsfreiheit war nur eingeschränkt, wenn sie angeschirrt waren. Zuweilen hatte ich gesehen, wie ihre Besitzer sie nach des Tages Arbeit zum Fluß führten, damit sie vor dem langen Rückweg zum Berg ein Bad nehmen konnten.

»Erinnern Sie sich noch daran, wie Gabriela Emilia und mich nach Hause gebracht hat und Sie mit dem Baby weggegangen sind?« fragte ich Señora Marta.

Marco, der sich hinter uns gesetzt hatte, als der Bus leerer geworden war, beugte sich vor. »Sie hat gedacht, wir hätten es gestohlen.«

»Arme Leute«, seufzte Señora Marta. »Arme, arme Leute. Zu glauben, daß jemand ein Baby einfach nehmen und nicht zurückgeben kann.«

»Sie hat es geglaubt«, sagte Marco, »weil es passiert.«

»Aber deine Mutter würde so etwas nie tun!« rief ich.

»Nein, aber es gibt Leute, die das machen.«

»Wer, Marco?« fragte ich. »Wer würde ein Baby stehlen? Und warum?«

»Dieses Baby hätte viertausend Pesos auf dem Schwarzmarkt gebracht.«

»Marco Aurelio«, seufzte seine Mutter wieder, »woher weißt du solche Sachen?«

Der Bus kam mit einem Ruck am Fuße des Cerro zum Stehen. Marco stieg als erster aus, um seiner Mutter und mir behilflich zu sein. Der Bus fuhr an, und wir blieben einen Augenblick stehen und blick-

ten die steile, zu der Festung auf dem Berg führende Straße hoch. Marco und ich nahmen Señora Marta in die Mitte, und so stiegen wir drei den Berg hoch.
Als wir bei der Festung ankamen, holte Señora Marta Notizbuch und Bleistift aus ihrer großen Tasche und ging zu einem der den Eingang bewachenden Soldaten, um mit ihm zu reden. Ich sah ihn grinsen, als Señora Marta ihm erklärte, sie werde ihn als Vorbild für eine Figur in ihrer nächsten *radio novela* nehmen.
Marco setzte sich auf einen großen Stein, von dem aus man die Hütten überblicken konnte. Er saß so lange still, daß ich schon dachte, er sei vielleicht eingeschlafen. Ich näherte mich ihm leise, aber er regte sich nicht, und ich sah erstaunt, daß er Tränen in den Augen hatte. Mir fiel nichts anderes ein, als einen Kranz aus den überall am Abhang wachsenden Gänseblümchen zu flechten und ihm den auf den Kopf zu setzen. Er nutzte das als Vorwand, sich lachend abzuwenden und die Augen zu wischen.
»Marco«, sagte ich, »woher hast du die Verletzung an der Backe?«
Er zuckte die Achseln. »Aus der Schule. Wir hatten eine Schlägerei.«
»Hast du wieder mit den Streikenden demonstriert?«
Marco seufzte. »Ja. Wir haben mit den Zuckerrohrarbeitern demonstriert.«
»Meine Mutter sagt, wenn sie die amerikanischen Besitzer weiter verärgern, kaufen die vielleicht unser Zuckerrohr nicht mehr, und was haben die Arbeiter dann davon?«
»Du bist zu jung, um das zu verstehen, Kleine Löwin«, sagte er und zog mich am Haar.
»Hör endlich auf, mich so zu nennen«, sagte ich und schlug nach seiner Hand. »Ich weiß nicht mal mehr, warum du damit angefangen hast.«
Marco erinnerte mich daran, wie das war, als sich Schüler und Studenten vor der russischen Botschaft versammelt hatten, um gegen den Einmarsch der Russen in Ungarn zu protestieren. In der Nähe unseres Hauses liefen Gruppen von wütenden jungen Leuten durch die Straßen. Sie hatten die Frau eines russischen Botschaftsangehöri-

gen erwischt. Ich hatte sie oft vorbeigehen sehen. Sie war altmodisch gekleidet und frisiert, der graue Mantel blähte sich im Wind, und die festgeflochtenen Zöpfe waren aufgesteckt und lagen wie ein Heiligenschein um das runde, hübsche Gesicht. Soviel ich wußte, sprach die Frau nicht Spanisch, aber sie winkte mir immer schüchtern zu, wenn sie mich in dem Weihnachtssternbaum sah, und hatte mir einmal eine Süßigkeit aus dem an ihrem Arm hängenden Einkaufskorb angeboten.

Eine Gruppe wütender Studenten hatte sie in die Enge getrieben. Sie brüllten Beleidigungen und drängten sie gegen das Tor zu unserem Vorgarten.

»Du bist wie eine Furie aus dem Haus gestürzt«, sagte Marco, »und hast sie angeschrien, sie sollten sie in Ruhe lassen, und hast sie weggestoßen.«

»Sie haben mich ausgelacht.«

»Ja, Kleine Löwin, weil du so klein und so wild warst, aber sie haben sich doch zurückgezogen.«

»*Du* hast mich ausgelacht, Marco.«

»Ich war ein vierzehn Jahre alter plumper Junge, der seine Bewunderung für dich nicht anders zeigen konnte, als dir den Spitznamen Kleine Löwin zu geben und über deine Wildheit zu lachen.«

Ich merkte, wie ich rot wurde. Es war das erste Mal, daß Marco mir ein Kompliment gemacht hatte. »Erzähl mir von den Arbeitern und von Gabrielas Baby«, sagte ich, um das Thema zu wechseln.

Marco sah auf die Hütten hinunter. »Weißt du noch, wie sie Gervasio in den Arm genommen und geweint hat?«

Ich nickte.

»Als sie am nächsten Tag zu uns kam, versuchte ich, mit ihr zu reden, aber sie hatte Angst vor mir.«

»Warum? Hat sie geglaubt, du würdest ihr Baby verkaufen?«

Marco lächelte traurig. »Nein. Sie dachte, wenn ein Mann aus meiner Gesellschaftsschicht mit ihr reden will, kann das nur einen Grund haben.«

Ich sah weg.

»Es tut mir leid, wenn ich dich in Verlegenheit gebracht habe.«
Ich schüttelte den Kopf. »Schon gut. Ich möchte es wirklich wissen.«
»Ich wollte wissen«, sagte Marco, »wie ich ihr helfen kann. Wollte sie arbeiten? Wie ist sie zur Bettlerin geworden? Wo waren ihre Eltern? Wer war Gervasios Vater, und wo war er? Ich weiß nicht, warum ich mich so für die Armen interessiere. Meine frühesten Erinnerungen an diese Kartonbehausungen sind glasklar. Unzweideutig. Ich wußte immer, daß ich hierher gehöre, Magda, und nicht nach Pocitos mit seinen Alleen und uniformierten Dienstmädchen. Darum will ich Politik studieren. Ich will in der Lage sein zu helfen. Erinnerst du dich an Batele?«
»Den Präsidenten?«
»Ja. Er ist nach den Bürgerkriegen an die Macht gekommen, vor fünfzig Jahren. Seine Sozialprogramme waren vorbildlich.«
Marco erzählte mir von Bateles Volksgesundheitsprogramm, von seinen Rentenplänen und dem Kinderfürsorgeprojekt. Davon, daß er für jeden Bürger Sicherheit wollte, von der Geburt bis zum Tod. Er sprach davon, daß er selbst jetzt noch, angesichts dieser wie vergessener Schutt über den Cerro verstreuten Hütten, die von den uneingelösten Versprechen der fortschrittlichen Programme zeugten, glaubte, daß Utopia in Reichweite gewesen war, und er wollte wissen, was wir falsch gemacht hatten. Marco wollte verstehen, warum ein Land wie das unsere, das seinen Bürgern eine kostenlose Universitätsausbildung zusicherte, dessen Bevölkerungszahl trotz der Gebote der katholischen Kirche konstant blieb und das ein allem Leben zuträgliches Klima hatte, wie solch ein Staat sich im Ausland mehr und mehr verschulden und die Unterstützung in der eigenen Bevölkerung verlieren konnte.
Ich hatte keine Ahnung, was ich antworten sollte. Marco sah mich an und schien überzeugt zu sein, daß wir mit der gleichen Intensität bei der Sache waren. Er drehte sich zu mir um, und ich spürte zum ersten Mal, was für eine starke Persönlichkeit er war.
»Manchmal, wenn mein Vater mich zu unseren Ländereien im Innern mitnimmt und ich sehe, wie die *cerros* sich bis zum Horizont er-

strecken, fühle ich so einen Schmerz, daß ich nicht atmen kann. Ich muß meinen Vater bitten anzuhalten, damit ich aussteigen und auf den Wind in den Tälern horchen kann. Und nur diese schmale, staubige, sich so weit das Auge reicht auf und ab windende Straße deutet darauf hin, daß dort einmal Menschen waren. Über mir lassen die *gavilanes* sich vom Wind tragen, unter mir wogt das Gras, das hier und da von einander zublökenden Schafen gesprenkelt ist. Mein Vater sieht das alles nur als etwas, das man ausplündern kann. Ich sehe den Garten Eden und will ihn unbedingt beschützen. Mein Vater ist ein Ausbeuter.« Marco hielt inne und sah mich durchdringend an. »Hast du überhaupt eine Ahnung, wovon ich rede?«

Ich nickte bedächtig. Es war mir sehr wichtig, das Richtige zu sagen. Ich wollte ehrlich sein, fürchtete jedoch, daß er mich, wenn ich zu schnell mit meinen eigenen Gedanken herausplatzte und ihn wissen ließ, daß es mir so ging wie ihm, für kindisch halten und sich von mir abwenden und mich allein zurücklassen würde, ohne die Klarheit und Leidenschaftlichkeit dieses Augenblicks, in dem ich mich ihm so nahe fühlte.

»Ich verstehe den Schmerz. Ich fühle ihn auch, wenn wir ins Landesinnere fahren. Einmal habe ich bei meiner Großmutter allein ein Flüßchen erkundet. Ich sah eine Schildkröte, und Fische schwammen neugierig bis an meine Beine heran. Ich lag unter einem Baum und hatte das Gefühl, etwas sehr Kostbares gefunden zu haben, das ich beschützen wollte. Ich wußte nicht, daß es andere Menschen gibt, die auch so empfinden.«

»Meine Mutter hält es für Melancholie. In Wirklichkeit ist es Verzweiflung. Verstehst du, Kleine Löwin, manchmal glaube ich, daß uns nicht mehr zu helfen ist. Ich glaube, wir haben unsere eigene Zerstörung schon so weit vorangetrieben, daß niemand uns retten kann. Und doch weiß ich jedesmal, wenn ich zum Cerro komme, daß ich es versuchen muß.«

»Ist das der Grund, warum du demonstrieren gehst?«

»Das ist der Grund, warum ich lebe, Kleine Löwin. Weil wir, hilflos, wie wir sind, doch einer des andern einzige Hoffnung sind. Bei der

letzten Demonstration starb ein Kind. An Unterernährung. ›Unmöglich!‹ sagen die Politiker. ›So etwas gibt es nicht in Uruguay. Wir sind die Schweiz von Südamerika!‹ Weißt du, was die Arbeiter fordern? Einen Achtstundentag und angemessene Entlohnung.«
»Warum bekommen sie das nicht?«
»Weil billiger Zucker wichtig für die Wirtschaft des Nordens ist und diejenigen, die ein Vermögen mit aus Lateinamerika importiertem Zucker verdienen, sich nicht darum scheren, wie es den Arbeitern in den Zuckerrohrfeldern geht. Die Sklaverei mag geächtet sein, aber die Sklavenhaltermentalität ist es nicht. Und im Norden haben sie zwei Arten von Zucker entdeckt. Die eine, die wir produzieren, süßt das, womit wir unsere Mägen füllen, und die andere, die sie produzieren, vergiftet unsere Seelen.«
»Erklär mir das.«
»Ich glaube, Magdalena, daß Amerikaner und Europäer so erfolgreich sind, weil sie eine Möglichkeit gefunden haben, die Sinne dadurch zu betäuben, daß sie sie befriedigen. Wenn du den Menschen einreden kannst, daß sie materielle Güter brauchen, um glücklich zu sein, und dann dafür sorgst, daß diese Güter verfügbar sind, was dir Gelegenheit gibt, dich zu bereichern, hast du eine Möglichkeit gefunden, das Denken der Menschen auf eine Weise zu kontrollieren, um die jeder Ideologe dich beneiden würde.« Marco stand plötzlich auf. »Genug. Ich lasse mich hinreißen.« Er lachte. »Meine Brüder sagen, wenn ich mit diesem Thema anfange, langweile ich sie zu Tränen. Und ich möchte keinen Anlaß geben zu irgendwelchen Tränen in Augen, die die Farbe des Himmels über den Hochmooren in der Dämmerung haben.« Er wandte sich ab. »Wo wohnt Gabriela? Wir sollten ihr jetzt die da bringen.« Er deutete auf die im Gras neben mir liegenden Blumen.
Ich wollte noch nicht aufhören. Wir hatten gerade erst angefangen. Er sollte am Abhang sitzen und ewig mit mir reden. Aber ich wußte nicht, wie ich ihn zum Bleiben bewegen konnte.
Gemeinsam sammelten wir die Papierblumen auf, und ich nahm ihm den Gänseblumenkranz vom Kopf und legte ihn auf die Erde. Ich

ging vor ihm her und sah nicht, daß er ihn aufhob und in seine Hemdtasche steckte. Das erzählte er mir sehr viel später.
Seitdem ich mich mit Emilia in dem Karren versteckt hatte, waren Jahre vergangen. Ich wußte nicht mehr, wo Gabriela wohnte.
Marco lachte und ging weiter den Hügel hinunter. Er war bald von Kindern umgeben und fing an, *caramelos* zu verteilen. Die Kinder wickelten sie aus, stopften sie in den Mund und streckten die Hände nach mehr aus. Etliche hatten rote Haare. Ich fragte eins von ihnen nach Gabriela, und das Kind deutete auf eine kleine Hütte in der Nähe.
Erinnerungen stiegen auf, und ich fragte mich, ob die Tellerchen noch an Gabrielas Wand hingen. Ich war erstaunt über den Schmerz, den die Erinnerung an sie verursachte.
Wir fanden Gabriela hinter der Hütte, wo sie Babysachen in einer Wanne wusch. In der Nähe spielte ein Kleinkind mit einem jungen Hund, und zu Gabrielas Füßen lag ein Baby auf einem alten Handtuch. Inzwischen wußte ich nicht mehr, wie viele Kinder sie hatte. Sie selber hatte sich im Laufe der Jahre kaum verändert. Ihr Körper war so biegsam und ihr Haar so rot wie immer. Nur ihre Augen waren anders, sie sahen müder aus als früher, und sie lächelte jetzt hinter vorgehaltener Hand. Sie hatte etliche Zähne verloren, einen für jedes Baby, sagte sie immer.
Als sie uns sah, trocknete sie sich die Hände an der Schürze ab und kam uns entgegen. Sie war so begeistert von den Blumen, daß sie zu ihren Nachbarn lief, um sie ihnen zu zeigen. Wir paßten solange auf die Kinder auf. Nachdem sie zurückgekommen war, saßen wir im Gras und tranken *mate*, bis Marco zur Festung hochschaute und seine Mutter winken sah.
Marco und Gabriela gingen vor. Ich tat so, als ob ich mit dem Hündchen spielte, und blieb zurück, um schnell einen Blick durchs Fenster werfen zu können. Die Teller waren noch da, wie alles, was ich ihr im Laufe der Jahre gegeben hatte, einschließlich der rosa-weißen Daunendecke, unter der zwei Kinder schliefen.

Acht

Und dann kam Che.

Er sollte in der Universität sprechen, und ich war entschlossen hinzugehen. Meine Eltern verboten es mir. Che Guevara sei ein revolutionärer Terrorist, sagten sie, und wo er hinkomme, gebe es Ärger. Ich bat Marco, mich zu begleiten, aber er weigerte sich genauso strikt.

»Nein, Kleine Löwin«, sagte er. »Ich nehme dich nicht mit zu Che.«

»Wie soll ich eine bessere Bürgerin werden, wenn du mich so beschützt, Marco?«

Er lächelte sein unwiderstehliches Lächeln. »Indem du mir zuhörst.«

»Du bist nicht Che Guevara.«

»Ich bin ein besserer Tänzer«, sagte Marco lachend.

»Sei ernst, Marco.«

»Ich bin immer ernst. Wenn ich mit dir zusammen bin, lache ich gern.«

»Bin ich so komisch?«

Marco schüttelte den Kopf. »Nein, Kleine Löwin, aber du hast eine Quelle der Freude in dir, die die Freude in mir herauskommen läßt.«

»Und es würde mir große Freude machen, Che zu hören«, beharrte ich.

»Du kannst ihn im Radio hören.«

»Das ist nicht dasselbe, Marco.«

»Es ist sicherer.«

»Was kann denn schon passieren?«

»Magda, hör mir zu. Die Universität ist ganz anders als die Welt, die

du bewohnst. Du bist noch nicht alt genug, um solchen Unterschieden zu begegnen.«
»Das sagst du nur, weil du jetzt studierst und dich für wer weiß wie gescheit hältst!«
»Ich bin gescheit. Gescheit genug, um zu wissen, daß bei diesem Ereignis die Dinge außer Kontrolle geraten werden. Steine fliegen, Fensterscheiben zerbrechen. Die Polizei wird ein paar Köpfe einschlagen. Die Amerikaner werden dafür sorgen, daß ein Besuch von Che Guevara nicht friedlich verläuft. Und ich werde dafür sorgen, daß dein Kopf nicht eingeschlagen wird.«
»Wenn du bei mir bist, kannst du mich beschützen.«
Marco lachte herzhaft. Ich glaubte, er lache über mich, weil er meinen Wunsch, Che Guevara zu sehen, naiv und anmaßend fand. Marco konnte nicht wissen, daß ich mir im klaren darüber war, daß die Polizei ihn sehr genau beobachten würde. Er war ihnen schon wohlbekannt, und während er glaubte, es sei nur sein Glück, das ihn davor bewahrt hatte, verhaftet oder zusammengeschlagen zu werden, hatte Señora Marta mir eines Tages erzählt, daß ihr Mann seine Kontakte und seinen ganzen Einfluß aufbot, um Marco aus dem Gefängnis herauszuhalten, und daß sie ganz und gar nicht sicher sei, wie lange sie noch auf ihn zählen könne. Oberst Pereira meinte, es sei an der Zeit, daß Marco einen Denkzettel bekäme. Ich war wütend genug auf Marco, um ihm das zu erzählen, bis mir unser Nachmittag auf dem Cerro einfiel. Ich erinnerte mich daran, wie er gesagt hatte, er wolle nicht der Anlaß für Tränen in meinen Augen sein, und wußte, daß auch ich ihn niemals bewußt verletzen wollte.
Ich war jedoch entschlossen, Che zu hören, also versuchte ich Emilia zu überreden mitzugehen. Emilia interessierte sich nicht nur nicht für Che, sondern lehnte ihn vehement ab. Lilitas nächtliche Ausflüge hatten nicht lange nach jenem Gespräch mit Señora Francisca aufgehört, und Emilia glaubte, daß ihre Mutter die heimlichen Aktivitäten aufgegeben habe. Sie wollte nichts tun, was Lilitas Interesse an einer Revolution wieder hätte wecken können. Erst die Entdeckung, daß ihre Mutter an der Planung von Ches Besuch beteiligt gewesen war,

brachte sie dazu, mich zu begleiten. Sie hörte ein Telefongespräch mit, bei dem es um die Vorbereitung dieses Besuchs ging, und stellte ihre Mutter zur Rede, die alles abstritt und ihr versicherte, die Vorbereitungen, von denen sie gehört habe, hätten nichts mit Che zu tun. Emilia glaubte ihr nicht. Sie beschloß mitzukommen, um ihre Mutter womöglich auf frischer Tat zu ertappen.
Ich sagte meiner Mutter, daß ich mit Emilia zur Rambla gehen würde, wo wir in einer der Teestuben Tee trinken wollten. Um Emilias Gewissen zu beruhigen, gingen wir tatsächlich Tee trinken, bevor wir mit dem Bus ins Zentrum fuhren.

El Che wurde mit Spruchbändern begrüßt, von denen viele die Einmischung der *Yanqui* in Lateinamerika verurteilten. Einige spielten auf die CIA an, eine Organisation, von der Emilia und ich nichts wußten.
Die Studenten vor den Universitätsgebäuden waren in euphorischer Stimmung. Sie kletterten auf die Laternenpfähle, die Statuen, die Marmorsäulen, schwenkten Fahnen und jubelten Che Guevara auf seinem Weg zur Aula zu. Er sah gut aus, trug eine olivgrüne Uniform und machte kein Getue. Wir folgten der Menge nach drinnen. Der Jubel dauerte minutenlang und war so laut, daß Emilia sich die Ohren zuhielt. Als Che die Arme über den Kopf hob, wurde die Menge still, und es war nur noch ein gelegentliches Türenknarren zu hören.
»Compañeros«, sagte Che, und der Jubel brach von neuem los. Er sagte ein paar Worte, und schon erhoben sich wieder die Stimmen, die es nach der durch ihn verkörperten Macht verlangte. Er forderte uns auf, uns zu erheben und nein zu sagen, nein zu den Reichen und ihren Interessen, zu den »Gorillas« vom Militär und ihren Nazimethoden und zu dem hoch im Norden kauernden Riesen, immer bereit, die Stimme des Volkes zu unterdrücken, sobald er seinen Profit bedroht sah.
Dann wurde er ruhiger und mit ihm die Menge, die spürte, daß er etwas Wichtiges sagen würde.

»*Compañeros*«, begann er, »trotz allem, was wir gelitten haben, trotz des Unrechts, das uns täglich angetan wird, obwohl wir dabeistehen und zusehen müssen, wie Hunger und Armut unsere Länder verwüsten, trotz all dem ist es falsch, zu den Waffen zu greifen, solange Reformen noch auf legalem Wege möglich erscheinen. Wir müssen diese Demokratie ernst nehmen und dürfen nicht die ersten sein, die schießen.«

Die Menge seufzte auf.

»Wir wollen«, fuhr er fort, »o ja, wir wollen den anderen antun, was uns angetan worden ist, und den Stiefel der Unterdrückung vom Fuß der *Yanquis* und ihrer Lakaien reißen. Aber wir dürfen das nicht tun. Nicht, solange wir reden können wie die zivilisierten Menschen, die wir sind. Nicht, solange wir uns an die Yanqui-Verfassung halten können, die ihre Repräsentanten auf diesem Kontinent täglich verletzen. Nicht, solange wir stolz dastehen und sagen können – wir sind ein freies Volk! Das Bild der Labilität und Unfähigkeit zur Demokratie, das man von uns gezeichnet hat, ist ein vom Maler geschaffenes Bild – es ist der Yanqui-Maler, der täglich in die Politik und ökonomische Stabilität der großen Staaten Lateinamerikas eingreift und nur diejenigen unterstützt, die die Ideologie heraustrompeten, die er hören will, und den täglich begangenen Menschenrechtsverletzungen gegenüber beide Augen zudrückt. Zeigen wir ihnen, daß wir die demokratischen Regeln weitaus besser verstehen als sie und ihre eigenen Mittel gegen sie anwenden in unserem friedlichen Kampf für Freiheit und Gerechtigkeit für alle!«

Ches Rede kam zum Ende, und die Leute jubelten, fielen einander in die Arme und warfen ihre Hüte an die Decke. Che entspannte sich und lächelte zum ersten Mal. Als er der noch immer jubelnden Menge zum Abschied zuwinkte, hallte ein Schuß im Saal wider. Unter den Studenten brach Panik aus. Emilia und ich standen weit weg von der Bühne und konnten nicht sehen, wer getroffen worden war. Die Menge um uns herum wandte sich und drängte auf den Korridor hinaus, die breite Treppe des Universitätsgebäudes hinunter auf die Straße. In der Annahme, es seien Krawalle ausgebrochen, trat die be-

rittene Polizei in Aktion. Hufe klapperten auf dem Pflaster, Säbel wurden gezogen, und Emilia und ich wurden von einer Menschenflut mitgerissen.
Als die Verfolger näher kamen, versuchte die Menge zu fliehen. Die Hufe und die Schreie waren immer deutlicher zu hören. Einmal wurden wir beinahe getrennt, als eine von Panik ergriffene Frau sich zwischen uns zu drängen versuchte. Wir klammerten uns aneinander und schafften es, miteinander zu rennen, bis wir an einer dunklen Seitenstraße vorbeikamen. Ich bog ab und zog Emilia mit mir. Beinahe wären wir über ein Mädchen gefallen, das sich auf allen vieren im Rinnstein krümmte. Für einen Augenblick erstarrten wir, hypnotisiert von dem Blut, das aus dem Kopf des Mädchens in eine glänzende Lache zu unseren Füßen tropfte. Wir nahmen sie bei den Armen und versuchten, sie hochzuziehen, da sahen wir, daß es Cora war.
»Geht weg! Geht! Sie kommen euch nach!« drängte Cora uns.
Wir hörten wieder die Schreie und das Hufgetrappel hinter uns.
»Geht! Lauft!« sagte Cora, aber Emilia und ich hielten sie fest; halb zogen wir sie, halb stießen wir sie in den Schutz eines Hauseingangs. Leute rannten an uns vorbei, die wütend auf sie zureitende Polizisten mit Steinen bewarfen. Sie verschwanden um die nächste Ecke, und wir drei kauerten zitternd vor Kälte und Angst beieinander, bis der Lärm in der Ferne verebbte.
»Was sollen wir tun?« flüsterte Cora.
»Hier können wir nicht bleiben«, sagte Emilia. »Du brauchst einen Arzt.«
Ich streckte den Kopf aus dem Hauseingang. »Ich versuche, ein Taxi zu finden.«
»Ich komme mit!« schrie Emilia.
»Du mußt bei Cora bleiben. Ich finde Hilfe. Wenn ein Polizist mich anhält, sage ich ihm, daß ich einkaufen war und nicht mehr aus dem Zentrum rausgekommen bin, als die Krawalle losgingen.«
Ich trat in das dunkle Seitensträßchen hinaus. Ich sah den Mond, der kalt und bedrohlich auf Coras Blutlache schien. Ich zitterte und zog

die Jacke fest um mich. Die meisten Straßenlaternen waren zerschlagen, und es war dunkel, wohin ich mich auch wandte. Ich glaubte, die 18 de Julio befinde sich zu meiner Linken. Die Hauptstraße war gewöhnlich bis in die frühen Morgenstunden hinein belebt. Ich stellte mir ihre freundlichen Straßenverkäufer und lachenden Menschen vor, um den Mut zu finden, in die bedrohliche Dunkelheit hinauszutreten. Meine Absätze klapperten laut auf dem Pflaster, als ich mich dem Schild über mir an der Mauer näherte. Ich sah hoch, um den Straßennamen zu lesen. Ich hatte recht gehabt. 18 de Julio lag vor mir zu meiner Linken. Ich ging zwei Blocks weit, ohne jemanden zu sehen, und fing schon an, ruhiger zu werden, als hinter mir ein Motorrad aufheulte.

»*Alto!*« sagte der Polizist. »An die Wand! Los! Mach schon!«

»Ich hab mich verlaufen!« schrie ich. »Die Menge hat mich eingekeilt. Was war denn los?«

»An die Wand! Sofort!« und der Polizist packte mich am Handgelenk und schleuderte mich gegen den Beton. »Spreiz die Beine!«

»Herr Polizist, ich ...« Ein Aufschrei blieb mir in der Kehle stecken. Seine Hände waren unter meinem Rock und fummelten zwischen meinen Beinen herum. Seine Finger drangen in mich ein. Der Schmerz ließ mich herumfahren und ihm mit aller Kraft mit der Messingschnalle meiner Handtasche ins Gesicht schlagen. Er taumelte und stürzte, eine Hand an seinem blutenden Mund. Bevor er sich erholen konnte, trat ich ihm in den Bauch, schleuderte die hochhackigen Schuhe von mir und rannte an dem aufgerissenen Pflaster entlang auf die Lichter vor mir zu.

»Hier! Hierher!« rief eine Stimme aus einem offenen Hauseingang. Ohne zu denken, warf ich mich in die halbdunkle Öffnung, hinter der sich eine Gruppe von Leuten zusammendrängte. Ich fiel, sie bedeuteten mir, still zu sein, und die Tür schloß sich hinter mir. Augenblicke später fuhr ein Motorrad an dem Fenster über unseren Köpfen vorbei. Ich erstarrte vor Angst und sah die anderen an, zwei junge Männer und eine Frau, deren Augen in dem engen Flur, in dem wir kauerten, genauso angsterfüllt waren wie meine.

Als der Motorradlärm sich entfernte, seufzten wir erleichtert und bewegten uns wieder.
»Ich muß Hilfe holen«, sagte ich, »meine Freundin ist verletzt.«
»Wo?«
»Ein paar Blocks weiter unten, auf der Gabato.«
»Wir bringen dich hin«, sagte einer der jungen Männer. »Wo sind deine Schuhe?«
»Ich hab sie weggeschleudert, damit ich laufen konnte.«
»Laura, gib ihr deine«, sagte der Junge zu dem Mädchen.
»O nein, danke, ich kann barfuß gehen«, sagte ich.
Laura lachte. »Vielleicht am Strand von Punta del Este.«
»*Vamos*, Laura, sie ist noch ein Kind.«
»Die Reichen lernen früh, uns auszunutzen.«
»*Dale*, Laura«, mischte sich der andere junge Mann ein. »Du wohnst in der Nähe, und die Füße der Kleinen bluten.«
Laura warf das Haar zurück und beugte sich vor, um die Schuhe auszuziehen. Trotz des Halbdunkels konnte ich sehen, daß es billige und abgetragene Turnschuhe waren. Vielleicht hatte sie nur dieses eine Paar. »Ich bringe sie dir wieder«, sagte ich. »Wo wohnst du?«
Laura sah mich mit Augen an, die so alt waren wie die Armut.
»Da, wo deine Mutter dich nie hinlassen würde.«
»Gehn wir«, sagte der Junge noch einmal. »Julio, *venís*?«
»*Vengo*, Fernando«, erwiderte er, nahm die Schuhe von Laura und zog sie mir an. *»Bueno, nena«*, sagte er sanft und band sie zu.
Die Schuhe waren mir zu klein. Ich zuckte zusammen, als wir drei vorsichtig auf die Straße hinaustraten. Auf der Flucht vor dem Polizisten hatte ich nicht darauf geachtet, wo ich hintrat, und mir die Füße an den Glasscherben der zerschlagenen Straßenlaternen verletzt.
»Wer bringt Laura nach Hause?« fragte ich.
Julio lachte. »*Sie* hat *uns* beschützt!«
»Ich muß ein Taxi finden.«
»Das kannst du vergessen. Die sind alle zu Hause und hören sich die Krawalle im Radio an. Wo wohnst du? Carrasco oder Pocitos?«

»In Pocitos.«
»Ihr werdet zu Fuß gehen müssen. Ist deine Freundin schlimm verletzt?«
»Ich weiß nicht. Ihr Kopf blutet.«
»Ich seh sie mir an«, erklärte Fernando.
Julio lachte wieder. »Er glaubt, er ist schon Arzt. Im zweiten Studienjahr.«
Wir gingen schweigend an den Mauern entlang, wobei wir uns alle paar Sekunden umdrehten.
»Wer ist heute erschossen worden?« fragte ich. »Doch nicht Che?«
Julio schüttelte den Kopf. »Einer von uns. Warst du da?«
»Natürlich! Was ist passiert?«
»Die Russen werden sagen, die Amerikaner waren es«, erwiderte Julio achselzuckend.
»Und die Amerikaner werden die Russen beschuldigen«, fügte Fernando hinzu.
»Aber warum? Warum ist ein Student erschossen worden?«
»Weil Che für Zurückhaltung eingetreten ist. Wenn es uns gelingt, den Reichtum ohne Blutvergießen umzuverteilen, so wie er es fordert, wird ganz Lateinamerika ans Volk fallen.«
»Wer hat also den Studenten erschossen?«
Julio und Fernando wechselten einen Blick. »Die Mächtigen«, sagten sie.
Diese Antwort befriedigte mich nicht. Ich wollte mehr wissen, aber wir waren angekommen, und ich sah Emilia, die besorgt aus dem Hauseingang spähte.
»Wo ist das Taxi? Was ist passiert?«
Ich sagte es ihr.
»Ihr habt mir heute abend das Leben gerettet«, sagte ich zu den beiden jungen Männern gewandt.
Sie grinsten. »Nicht das Leben, aber bestimmt deine Ehre! Dieser Bulle war scharf!«
Scham überkam mich. Ich merkte, wie ich rot wurde. »Habt ihr gesehen, wie er …?«

»O nein, nicht genau, nein, nein!« sagte Fernando hastig.
»Wir haben gesehen, wie er dich angehalten hat, und wir wußten … Verstehst du, du bist ein Mädchen und … Also, wir wußten es eben, das ist alles.«
Ich ergriff die ausgestreckten Hände. »Danke.«
»Wie heißt du?« fragten sie.
»Magdalena Ortega Grey.«
»Ortega Grey? Wie die Grundbesitzer?«
»Ja.«
»*Ay, ay!* Das sagen wir den andern lieber nicht!« Sie lachten.
»Na ja, schöne Mädchen haben ein Recht, gerettet zu werden, selbst wenn sie Ortega Grey heißen! Seid jetzt vorsichtig. Bleibt in den Nebenstraßen, wo es dunkle Ecken und Korridore gibt.«
Fernando warf einen Blick auf Coras Kopf. »Die Wunde muß genäht werden, aber sie schafft es nach Hause.«
Die beiden winkten und verschwanden in der Nacht.
»Wissen deine Eltern, daß du alleine unterwegs bist, Cora?« fragte ich, als wir drei Arm in Arm in den rauhen Wind hinausgingen.
Cora schüttelte den Kopf. »Natürlich nicht! Ich habe ihnen gesagt, daß ich zur Synagoge gehe.«
Ich merkte, daß ihre Stimme sich verändert hatte, und erinnerte mich daran, wie Emilia und ich vor langer Zeit versucht hatten, so wie Cora zu sprechen, mit singender Sanftmut. Jetzt klang ihre Stimme hart und böse.
»Ich mußte Che sehen! Es war ein historisches Ereignis!«
»Warum interessierst du dich für ihn?« fragte Emilia. »Ich fand ihn ziemlich merkwürdig.«
Cora sah sie erstaunt an. »Ich bin Sozialistin. Das sind wir alle in der Familie. Die Sozialisten haben meine Eltern in Holland gerettet. Sie haben alles riskiert, um sie heil aus Europa rauszubringen. Als ich hörte, daß Che sprechen würde, mußte ich kommen.«
»Was hat er mit dem Krieg in Europa zu tun?« beharrte Emilia, immer noch erstaunt.
»Nichts. Aber Che steht für dieselbe Sache wie die Sozialisten dort.«

»Wir werden alle eine Menge Ärger kriegen«, sagte ich seufzend. »Unsere Mütter glauben, wir wären mit Freundinnen zusammen zum Teetrinken gegangen.«

Wir kamen unter einer Straßenlaterne vorbei, und ich sah, daß Cora sehr blaß war. »Emilia, da drüben ist eine Bank. Laß uns einen Augenblick hinsetzen.«

»Wir werden erfrieren!«

»Cora muß sich ausruhen.« Ich zog meine Jacke aus und legte sie über Coras Beine. So saßen wir aneinandergedrängt auf einer kleinen, dunklen Plaza. Ich hörte Coras Zähne klappern.

»Magdalena, es ist sehr spät«, sagte Emilia bittend. »Ich muß nach Hause.«

»Es tut mir leid«, sagte Cora. »Das ist alles meine Schuld. Ihr wäret schon zu Hause, wenn ihr euch nicht um mich hättet kümmern müssen.«

Ich half ihr hoch. »Wir haben dich so lange nicht gesehen. Es ist schön, wieder zusammen zu sein. Sogar so. In ein paar Tagen lachen wir darüber.«

»Wenn deine Eltern dir noch mal erlauben, uns zu treffen«, fügte Emilia grimmig hinzu.

»Oh, das werden sie. Ich sage ihnen, daß ihr mir das Leben gerettet habt. Außerdem lassen sie mich jetzt etwas mehr raus, weil Papa will, daß ich beim Frauenverein der Synagoge mitarbeite. Ich nutze die Gelegenheit, um zu Vorlesungen zu gehen.«

Wir liefen über eine Stunde. Coras Kopfwunde fing wieder an zu bluten. Ich versuchte, meinen Schmerz zu ignorieren. Zum ersten Mal erlaubte ich mir, daran zu denken, was der Polizist getan hatte. Seine Hände waren grob gewesen, und ich war noch immer benommen davon, wie schnell er meine Unterwäsche beiseite geschoben hatte und mit dem Finger in mich eingedrungen war. Ich wollte den brennenden Schmerz wegwaschen und nie mehr daran denken. Ich war dankbar für die Kälte und den Wind, der mir in den Ohren weh tat. Emilia schien in ihrer eigenen Welt versunken, Cora zu schwach, um noch zu reden. Meine geliehenen Schuhe hatten die Schnittwunden aufgescheuert, ich hinkte und hielt mich an Emilia fest. Ihr lief die Nase, die sie ab und zu wütend mit ihren Handschuhen putzte.

Wir verließen die Nebenstraßen, um den kürzesten Weg über Bulevar España zu nehmen. In dieser Nacht war es still auf dem Bulevar, es gab kaum Verkehr. Wir begegneten einigen Fußgängern, von denen ein oder zwei stehenblieben, als sie Coras Zustand bemerkten, und ihre Hilfe anboten. Beim dritten Angebot nahm ich an und bat um Unterstützung bei der Suche nach einem Taxi.

Emilia gab dem Fahrer eine Adresse an, die einen Häuserblock weit von uns entfernt war. Wir wollten bei unserer Ankunft im *barrio* keine Aufmerksamkeit erregen.

Als wir endlich da waren, mußten wir wieder laufen. Wir hatten es bis hierher geschafft, und nun schien dieser letzte Block sich endlos hinzuziehen.

»Los«, sagte ich. »Es ist nicht weit.« Wir gingen, ohne stehenzubleiben, bis wir die Ecke erreicht hatten. Unser Haus war hell erleuchtet.

»Oje!« sagte ich. »Sie warten auf mich.«

»Bei uns ist es dunkel«, sagte Emilia.

»Bei uns ist ein Fenster erleuchtet«, seufzte Cora.

Wir umarmten einander. Es verlangte uns nach der Wärme und Behaglichkeit unserer Häuser, aber wir brauchten einander auch.

»Irgendwann müssen wir ihnen gegenübertreten«, sagte ich.

»Kommt ihr mich morgen besuchen?« fragte Cora.

Emilia und ich nickten. »Und ruf uns heute nacht an, wenn du uns brauchst.«

Nach einem letzten Händedruck trennten wir uns. Cora hielt sich meinen Schal an den Kopf und eilte mit klappernden Absätzen auf ihr Elternhaus zu. Sie drehte sich um, winkte ein letztes Mal und verschwand.

Ich seufzte und zuckte die Achseln. »Auf geht's«, sagte ich und machte mich an den Gartenmauern entlang auf den Weg nach Hause, während Emilia die Tür zu ihrem Apartment aufschloß und in die Dunkelheit hineintrat.

Ich wurde sofort mit einer Wärmflasche ins Bett geschickt. Josefa machte ein Tablett für mich zurecht. Mir wurde gesagt, daß mein Vater über mein Betragen informiert werden würde, sobald er nach Hause käme. Das hieß einfach, daß meine Mutter erleichtert war, mich wieder zu Hause zu haben, und keine Ahnung hatte, wie sie sich zu meinen Vergehen stellen sollte. Es konnte Tage dauern, bis mein Vater nach Hause kam, und bis dahin wäre alles vergessen.
Ich war lange im Badezimmer, aber ich konnte mich noch so viel waschen, das Brennen zwischen meinen Beinen hörte nicht auf. Und wenn er etwas zerrissen hätte? Würde ich dann bluten? Und wenn ja, mußte ich zum Arzt, und wie sollte ich ihm sagen, was mir passiert war? Würde er es ansehen wollen? Ich fühlte mich schon gedemütigt genug.
Egal, wie lange ich mich wusch, ich fühlte mich schmutzig. Das Telefon klingelte, während ich Körperpuder über mich schüttete, in der Hoffnung, daß ich mich durch den frischen Geruch nicht mehr so schmutzig fühlen würde. Schließlich gab ich es auf und legte mich ins Bett. Ich hätte gern die Füße an der Wärmflasche gewärmt, aber die Schnitte taten zu weh. Meine Mutter kam, als ich gerade meinen Kakao austrank.
»Eben hat Mrs. Allenberg angerufen. Sie bringen Cora ins Krankenhaus. Sie wollten sich dafür bedanken, daß du Cora nach Hause gebracht hast.« Sie setzte sich aufs Bett.
Ich war nicht daran gewöhnt, daß meine Mutter so genau nachforschte.
»Was war los, Magdalena?«
»Das ist eine lange Geschichte, Mamá. Kann ich dir das morgen erzählen?«
Meine Mutter schien auf einer Antwort bestehen zu wollen, als eine Sirene die nächtliche Stille zerriß. Einen nicht enden wollenden Augenblick lang dachte ich, die Polizei sei gekommen, um mich wegen dem, was ich einem der Ihren angetan hatte, zu verhaften. Meine Mutter eilte zum Fenster und sah hinaus. Es sei ein Krankenwagen, sagte sie, der vor Emilias Apartmenthaus halte. Ich sprang aus dem

Bett, warf einen Mantel über das Nachthemd und war zur Tür hinaus, bevor meine Mutter mich zurückhalten konnte.
Als ich zu Emilias Haus kam, wurde gerade eine Bahre herausgetragen. Emilia ging still weinend nebenher.
Über den dunklen Decken war Lilitas kleines Gesicht zu sehen. Die Augen waren geschlossen, das Kinn hing schlaff herunter. Ich lief zu Emilia. Meine Mutter kam hinzu.
»Was ist passiert?«
»Das sage ich dir später«, erwiderte Emilia.
»Soll ich mitkommen?«
»Nein. Bleib da und sag Papá, daß wir im Italienischen Krankenhaus sind.« Sie stieg hinter der Bahre in den Krankenwagen und wurde davongefahren. Sie sah älter aus, als sie war, und unheilbar müde.
Meine Mutter und ich gingen in das Apartment und setzten uns auf die Stühle neben der Eingangstür.
»Magdalena, was genau ist heute abend passiert?« fragte meine Mutter von neuem. »Weich nicht wieder aus.«
»Du meinst Lilita?«
»Nein. Ich denke, wir wissen beide, was mit Lilita passiert ist. Ich meine dich.«
Zu meiner eigenen Überraschung erzählte ich ihr alles.
»Mehr hat er nicht gemacht?« fragte sie.
»Nein.«
»Wenn der mir zwischen die Finger kommt! Das Schwein! Ich könnte ihn umbringen.«
»Es ist vorbei, Mamá. Ich möchte es vergessen. Ich muß doch nicht zum Arzt, oder?«
»Wir werden sehen, wie es dir morgen geht. Ich hoffe, das war dir eine Lehre. Du hast noch Glück, daß diese Studenten nicht zu Ende gebracht haben, was der Polizist angefangen hat. Wußte er, wer du bist? Hat er nach deiner *cédula* gefragt?«
»Nein. Ich hatte meinen Ausweis sowieso nicht dabei.«
»Das hätte ihn vielleicht zurückgehalten. Du solltest nie ohne deinen Ausweis weggehen. Na ja, so wie die Dinge liegen, ist es besser, daß

unser Name nicht an die Öffentlichkeit gekommen ist. Für die Presse wäre das ein gefundenes Fressen gewesen.«
»Wieso denn?«
»Du bist sehr naiv, Magdalena. Was glaubst du, warum diese Studenten dir geholfen haben?«
»Als sie mir halfen, hatten sie keine Ahnung, wer ich bin.«
»An der Art, wie du gekleidet bist und dich gibst, merken die sofort, daß du keine von ihnen bist. Wahrscheinlich taucht morgen einer von ihnen hier auf und bittet deinen Vater um einen Job.«
»Glaubst du das wirklich?«
»Ich kenne diese Leute, Magdalena. Sie nutzen alles und jeden aus.«
Wir hörten Señor Marios Schlüssel im Schloß. Er war erstaunt, uns zu sehen, und nahm schnell den Hut ab. Meine Mutter sagte ihm, daß seine Frau im Krankenhaus war. Er fuhr sich mit der Hand durch das dichte, dunkle Haar. »Es tut mir leid, daß Sie sich bemühen mußten«, sagte er. »Emilia hätte einen Zettel hinterlassen sollen.«
»Es war keine Mühe«, sagte meine Mutter. »Können wir noch irgend etwas tun?«
»Nein, nein. Ich kümmere mich um alles.«
»Möchten Sie etwas essen?«
»Nein, ich habe gegessen, vielen Dank.«
»Dann gehen wir jetzt nach Hause. Bitte lassen Sie uns wissen, wenn wir irgend etwas tun können.«
»Ja. Nochmals vielen Dank. Das war sehr freundlich von Ihnen.«
Wir gingen schweigend nach Hause. Sie wartete, bis ich wieder im Bett war, und gab mir einen Gutenachtkuß.
»Du hast recht«, sagte sie. »Am besten vergißt du, was geschehen ist.«
Aber ich merkte, daß ich es nicht vergessen konnte. Ich konnte nicht nur das, was mir selber geschehen war, nicht aus dem Gedächtnis streichen, sondern sah dauernd Emilias entsetztes Gesicht vor mir, als wir mit der Menge rannten. Ich wußte, daß ich es mir nie verziehen hätte, wenn ihr meinetwegen etwas zugestoßen wäre.

Am nächsten Tag besuchte ich Lilita im Krankenhaus. Sie sah zerbrechlicher aus denn je. Emilia hatte die Nacht in ihren Kleidern verbracht, und ihre sonst ordentlichen Sachen waren zerknittert und verknautscht. Als ich kam, sah sie weg und beschäftigte sich damit, Münzen für den Bus zu zählen. »Ich fahre nach Hause, um mich umzuziehen. Kannst du bleiben, bis ich zurückkomme?«

Ich nickte. »Solange du willst.«

Wir gingen zusammen aus dem Zimmer. »Was ist passiert, Emilia?«

»Sie hat versucht, sich umzubringen. Ich hätte dasein müssen. Ich weiß nicht, ob ich weiter mit dir befreundet sein kann, Magda. Du machst immer so verrückte Sachen.«

»Du hast mir gesagt, Lilita würde gestern nicht zu Hause sein!«

»*Ya sé, ya sé.* Ich weiß, daß ich das gesagt habe, es ist wirklich nicht deine Schuld, aber ...«

Ich legte meine Hand auf ihren Arm. »Geh nach Hause und zieh dich um. Ich habe gestern auch etwas gelernt, Emilia. Ich werde dich nie wieder in Gefahr bringen. Das verspreche ich.«

Emilia lächelte schwach. »Ich passe auf, daß du dieses Versprechen hältst, Magda.«

Lilitas Zimmer hatte etwas Ätherisches. Vor dem Fenster hingen schlichte weiße Vorhänge, durch die die Abendsonne auf die weißen Wände und die Decke schien, die Lilitas schmächtigen Körper bedeckte. Ihr dunkles Haar flutete über die weißen Kissen, und ihre Augen hatten etwas Verschwommenes, Undefinierbares, als ob sie mich unter Wasser ansähe. Ich nahm ihre kalten Hände und küßte sie. Die hervortretenden Venen betonten die Blässe ihrer Haut.

»Sie haben ihn umgebracht, Magdalena; sie haben meinen Juan umgebracht«, flüsterte sie.

»Wer war Juan, Lilita?«

»Er war mein Freund. Der einzige Mann, dem ich je ganz vertraut habe. Meine Eltern waren nicht einverstanden mit ihm, so haben wir uns in der Bibliothek getroffen, um miteinander zu reden. Ich habe ihn sehr geliebt. Und er hat sich so um mich gekümmert, Magdalena. Er war besorgt, wenn meine Füße naß wurden oder wenn ich im

Kino weinte. Und sie haben ihn umgebracht, Magda; sie haben ihn umgebracht!« sagte sie schluchzend.
Ich legte mich aufs Bett und nahm Lilita in die Arme. Ich spürte ihr Rückgrat wie eine Reihe von Kieselsteinen unter dem weichen Stoff ihres Nachthemds. »Wer hat ihn umgebracht, Lilita?«
»Stroessners Leute. Er ist nach Paraguay gegangen, um mit den Rebellen zu kämpfen, und sie haben ihn erwischt.«
In meinem Kopf herrschte ein ziemliches Durcheinander. Ich wünschte, ich hätte in der Schule besser aufgepaßt, als wir Paraguay durchnahmen. »Wer ist Stroessner?«
Lilita erschauerte. »Ein Teufel. Ein Diktator, beliebt bei den Amerikanern, gehaßt von allen freiheitsliebenden Menschen.« Sie setzte sich plötzlich auf und zog mich zu sich hoch. »Hier passiert etwas. Etwas Wichtiges. Eines Tages wirst du dich entscheiden müssen. Wenn dieser Tag kommt, sollst du dich daran erinnern, wie Juan gestorben ist.«
»Ja, Lilita.«
»Sie haben einen Haken durch seinen Kiefer gebohrt und ihn aus einem Flugzeug hängend über den Urwald geflogen, wo seine Kameraden sich versteckten. Und dort haben sie ihn fallen lassen.«
Tränen liefen ihr über die Wangen. »Hast du eine Ahnung, wie dumm ich bin? Hast du je davon gehört, daß jemand sein einziges Kind zu dem Glauben erzieht, daß nur die Ehe mit einem reichen Mann Sicherheit bietet, und gleichzeitig dafür kämpft, die Reichen abzuservieren?« Sie lachte unbändig. »Kein Wunder, daß mein Mann mich für wahnsinnig hält!« Sie packte meinen Arm. »Hör zu, Magda. Hier werden schreckliche Dinge geschehen. Ich habe dich und Marco Aurelio reden gehört. Du bist der Typ, der es nicht fertigbringt, dabeizustehen und zuzusehen. Ich war einmal wie du, und ich weiß Bescheid. Aber Emilia ist anders. Sie hat nicht die Empörung, die man für eine Revolution braucht. Marco Aurelio hat sie. Du weißt es noch nicht, aber du hast sie auch. Versprichst du mir, daß du Emilia daran hindern wirst, sich euch anzuschließen?«

»Ich habe Emilia schon gesagt, daß ich sie nie wieder in Gefahr bringen werde. Sie war gestern meinetwegen unterwegs.«
Aber Lilita hörte nicht zu. »Versprich es mir!« schrie sie und grub ihre Nägel in meine Arme.
»Ich verspreche es.«

Neun

Unser fünfzehnter Geburtstag stand bevor. Emilia und ich hatten uns seit unserer Kindheit darauf gefreut. Wir hatten miterlebt, wie Sofía und Carmen und Emilias zahlreiche Kusinen ihre Vorbereitungen für dieses Fest trafen, Kleider aussuchten, Einladungen drucken ließen und den Eröffnungswalzer mit ihren Vätern probten. Monate davor und danach standen sie im Mittelpunkt der Aufmerksamkeit.

Da unsere Geburtstage nur Tage auseinanderlagen, schlugen Emilia und ich unseren Müttern eine gemeinsame *fiesta de quince* vor. Sie stimmten bereitwilliger zu, als wir gedacht hätten. Die Inflationsrate lag bei vierhundertundzweiundzwanzig Prozent, und so kam es meiner Mutter gelegen, daß sie die Kosten für das Fest teilen konnte. Und Lilita war erleichtert, die Verantwortung nicht allein tragen zu müssen. Sie war so abgemagert aus dem Krankenhaus gekommen, daß ihre Haut beinahe durchsichtig war. Oft sah ich Emilia, wie sie ihre Mutter bei Tisch anschaute, wenn sie in ihrem Essen stocherte.

»Wie aufregend!« rief Tía Catalina. Die *tías* schickten sich an, Josefas Teekuchen zu sich zu nehmen. »Daß die letzte meiner Nichten ihren fünfzehnten Geburtstag feiert! Es muß ein besonders denkwürdiges Fest werden!«

»Dieser Übergangsritus kommt mir vor wie aus dem Mittelalter«, sagte Tía Aurora.

Tía Josefina lachte schallend. »Im Mittelalter hat Uruguay noch nicht existiert!«

»Natürlich hat es existiert, *tonta.*«

»Nicht als zivilisiertes Land, meine ich!«

»Existiert es jetzt als zivilisiertes Land?« fragte meine Mutter grimmig.
»Sei dem, wie es sei«, sagte Tía Aurora, »Spanien und England gab es. Und von dort kamen diese sogenannten zivilisierten Traditionen.«
»Sollte das ein Carnaval-Tee sein?« erkundigte sich Tía Catalina.
»Was um Himmels willen ist ein Carnaval-Tee?« fragte meine Mutter.
»Ich weiß nicht«, erwiderte Tía Catalina. »Ich dachte nur, weil Aurora im Kostüm gekommen ist.«
Tía Aurora stellte langsam die Teetasse ab. »Sieh genau hin, Catalina. Falls es deiner Aufmerksamkeit entgangen sein sollte, nachdem du hier sechzig und ein paar Jahre lebst ...«
»Achtundfünfzig«, verbesserte Tía Catalina.
»Neunundfünzig bestimmt«, sagte Tía Josefina. »Ich bin achtundfünfzig, und wir sind keine Zwillinge, wie du weißt. Wenigstens glaube ich das nicht ... Mamasita hat nie etwas davon erwähnt ...«
»Wie ich sagte«, fuhr Tía Aurora fort, »falls es deiner Aufmerksamkeit entgangen sein sollte: hierzulande trägt man *bombachas.*«
»Männer ja, aber doch nicht Frauen.«
»Du irrst dich wie gewöhnlich, Catalina. Frauen tragen häufig Gauchohosen zum Reiten.«
»Bist du zu Pferd gekommen? Wenn dem so ist, habe ich das verpaßt.«
»Miss Newman und ich haben beschlossen, es ist höchste Zeit, daß Frauen anfangen, bequeme Kleidung zu tragen. Und es gibt kein bequemeres Kleidungsstück als *bombachas.*«
»Miss Newman?« rief meine Mutter aus. »Ich dachte, sie ist tot!«
»Tot?« sagte Tía Aurora. »Wie kommst du darauf?«
»Durch dich. Ich erinnere mich genau, daß du gesagt hast, ihr Liebhaber hätte sie umgebracht.«
In diesem Augenblick kam Caramba hereingeflogen, und die Tías, meine Mutter und ich hoben die rechten Arme über die Köpfe. Caramba schien unentschlossen und kreiste länger als gewöhnlich.
»So ist Miss Newman denn zur Modeberaterin geworden? War es

auch ihre Idee, daß du dich mitten im Sommer ganz in Schwarz kleidest?« erkundigte sich Tía Josefina. »Sie hätte beim Unterrichten bleiben sollen.«

»Sie ist bei dem geblieben, was du so roh Unterrichten nennst«, erwiderte Tía Aurora gereizt und warf eine Serviette nach Caramba, der sich auf der Teehaube niederließ. »Blöder Vogel. Jetzt tut mir die Schulter weh. Ich trage Schwarz, um dagegen zu protestieren, daß unsere Regierung die diplomatischen Beziehungen zu Kuba abgebrochen hat.«

»Was geht das dich an?« fragte Tía Catalina überrascht.

»Es ist ein weiteres Anzeichen dafür, daß die Vereinigten Staaten den Daumen auf uns haben.«

»Das sagen die Kommunisten jedesmal, wenn irgend jemand Stellung gegen sie bezieht«, erklärte meine Mutter.

»Diesmal, *hermanas*, würde es uns wohl anstehen, darauf zu hören. Denkt an Panama.«

»Was hat Panama damit zu tun? Das ist Hunderte von Meilen weit weg!« sagte Tía Catalina.

»Die USA kassieren Geld von Schiffen, die durch den Panamakanal fahren«, antwortete Tía Aurora ungeduldig. »Dieses Geld verwenden sie zur Finanzierung ihrer School of the Americas – unter dem Deckmantel dieser ›Schule‹ werden künftige Militärführer dazu ausgebildet, jeden zu vernichten, der die US-Profite aus Lateinamerika bedrohen könnte.«

Die Tías schnappten nach Luft und waren still.

»Paß auf, wo du so was sagst«, erklärte meine Mutter schließlich.

»Die Leute werden dich für eine Kommunistin halten!« rief Tía Josefina.

»Wenn Panama zu weit weg ist, um euch zu beunruhigen«, fuhr Tía Aurora fort, »denkt an Brasilien. Kaum hatte Präsident Goulart angekündigt, daß er die Ölraffinerien verstaatlichen und die Agrarpolitik des Landes reformieren wolle, wurde er gestürzt! Dasselbe ist in Bolivien passiert! Was muß noch geschehen, damit wir zur Vernunft kommen?«

»Können wir jetzt Magdalenas Geburtstag weiterplanen?« fragte meine Mutter.
Tía Aurora hob die Hände in einer Geste der Verzweiflung.
»Ich zahle für die Einladungen«, erklärte Tía Josefina. »Wollt ihr Silber- oder Goldbuchstaben, Liebes?«
»Emilia und ich möchten bitte Gold, Tía Josefina«, antwortete ich.
»Wer ist Emilia?«
»Meine Freundin, mit der zusammen ich Geburtstag feiere.«
»Ach ja! Das ist doch die, deren Mutter versucht hat, sich um die Ecke zu bringen«, sagte Tía Josefina fröhlich.
Die anderen seufzten.
»Ich zahle die Miete für den English Club«, sagte Tía Catalina.
»Emilias Eltern werden sich selbstverständlich an diesen Kosten beteiligen«, fügte meine Mutter hinzu.
»Ich zahle für die Musik«, warf Tía Aurora ein. »Wenigstens ist das Geld nicht total verschwendet. Künstler muß man unterstützen.«
»Hast du dein Kleid schon entworfen, Magdalena?« erkundigte sich Tía Catalina.
»Vielleicht sollten wir erst Miss Newman konsultieren«, warf Tía Josefina ein.
»Wir haben den Stoff«, sagte ich. »Er ist sehr hübsch. Duftig und mit Silbersprengseln. Über den Schnitt bin ich mir noch nicht ganz im klaren. Etwas mit einem tiefen Ausschnitt im Rücken und einem weiten Rock, glaube ich.«
»Welchen Fotografen nehmt ihr?«
»Das haben wir noch nicht entschieden. Kannst du jemanden empfehlen?« fragte meine Mutter.
»Miss Newman macht ausgezeichnete Fotos. Das ist ihr Hobby«, sagte Tía Aurora.
»Wirklich?« sagte meine Mutter nervös und wünschte offensichtlich, sie hätte nicht gefragt.
»Und wenn sie diesen *fiesta de quince*-Unsinn auch nicht billigt, so hat sie sich doch erboten, ihr beträchtliches Können kostenlos in unseren Dienst zu stellen.«

»Was billigt sie nicht, Tía Aurora?« fragte ich.
»Die ganze Angelegenheit. Daß man Geld dafür verschwendet, ein armes Mädchen vorzuführen, damit eine Horde Jungs sie beglotzen kann. In jungfräulichem Weiß. Der erste Tanz mit dem Vater, und dann kommen die Männer und klatschen ab. Sie sagt, es hat sexuelle Bezüge.«
»Was meint sie mit sex…«
»Gleichwie«, unterbrach meine Mutter. »Magdalena bekommt ihre Party zum fünfzehnten Geburtstag, egal, was Miss Newman darüber denkt.«
»Es erstaunt mich, daß Javier sich das leisten kann. Ich habe gehört, daß er neulich erst viel Land verkauft hat«, äußerte sich Tía Catalina.
»Seine Investitionen haben ihm jüngst erhebliche Summen eingebracht«, sagte meine Mutter.
»Fährt er noch einen Rennwagen?«
Meine Mutter funkelte ihre Schwester an. »Ich glaube ja. Ein Mann hat ein Recht auf sein Hobby.«
»Hast du nicht gesagt, Miss Newman würde umsonst arbeiten, Tía Aurora?« fragte ich. »Das wäre doch eine große Ersparnis, Mamá …«
»Das wäre es wirklich. Die Preise, die Fotografen heutzutage verlangen, sind empörend! Aber ich habe keine Proben von Miss Newmans fotografischem Können gesehen.«
»Doch, Rita«, sagte Tía Aurora. »Erinnerst du dich an die Fotoserie von der Ausstellung im Prado? Du hast sie in meinem Haus gesehen.«
»O ja!« sagte meine Mutter. »Sie war ausgezeichnet!«
Meine Mutter hatte uns von diesen großartigen Fotos erzählt, Fotos von Gauchos und ihren Pferden, prämierten Rindern und Schafen und den Besuchern der Schau. Die Fotografin hatte die Atmosphäre der alljährlich stattfindenden Schau so eingefangen, wie meine Mutter es noch nie gesehen hatte.
Es war nicht schwer, sie davon zu überzeugen, daß Miss Newman Emilias und meiner *fiesta de quince* gerecht werden würde.

»Wer war der junge Mann, mit dem du geredet hast, als wir ankamen, Magdalena?« fragte Tía Josefina.

»Marco Aurelio Pereira. Unser Nachbar.«

»Oh, einer von den armen Jungs mit der verrückten Mutter!«

»Sie ist nicht verrückt, Tía Josefina. Vielleicht ein bißchen exzentrisch.«

»Meine Liebe, mein Dienstmädchen hört sich ihre Hörspiele an. Ich versichere dir, die Frau ist ziemlich verrückt«, beharrte Tía Josefina. »Neulich war da so eine Episode mit einem Soldaten, der seine *novia* mitten in der Nacht in die Festung brachte, um ihr auf einer Kanone den Hof zu machen. Wir wissen alle, was *das* symbolisiert …!«

»Ich nicht«, sagte ich.

»Das will ich hoffen!« warf Tía Catalina ein.

»Ich war dabei, als sie den Soldaten interviewt hat«, sagte ich.

»Ist das eine wahre Geschichte?« japste Tía Catalina.

»Ich weiß es nicht«, antwortete ich. »Ich habe ihr Gespräch nicht gehört. Ich habe mich mit Marco Aurelio unterhalten.«

»Schon wieder Marco Aurelio. Na ja, abgesehen von dem absurden Namen und der verrückten Mutter ist er ein schmuckes Kerlchen!« kicherte Tía Josefina.

Alle *tías* murmelten Beifälliges über Marcos körperliche Vorzüge.

»Was macht sein Vater?« erkundigte sich Tía Aurora.

»Er ist Oberst außer Diensten«, antwortete meine Mutter.

»Könnte schlimmer sein. Ist er auch verrückt?«

»Er ist reichlich merkwürdig«, sagte meine Mutter. »Furchtbar eifersüchtig. Verbietet seiner armen Frau, das Haus allein zu verlassen und solchen Unsinn.«

»Kann ich ihm nicht vorwerfen, wenn sie sich wie ihre Figuren verhält«, sagte Tía Catalina.

»Sie sollte das Ungeheuer erschießen«, erklärte Tía Aurora.

»Haben sie noch mehr Kinder?«

»Noch zwei Söhne«, sagte ich.

»Sind das auch *churros*?« fragte Tía Josefina begierig.

»Sie sind sehr gutaussehend«, erwiderte ich. »Aber nicht so … nicht

so …« Ich fand nicht die richtigen Worte, um zu sagen, was Marco war. »Sie sind nicht so ungewöhnlich«, sagte ich schließlich.
»Gehst du diesen *Carnaval* auf viele Parties, Magdalena?« fragte Tía Catalina.
»Ich möchte schon!« erwiderte ich.
Ich erhoffte mir viel vom *Carnaval.* Seit dem Zusammentreffen mit dem Polizisten an dem Abend, an dem Che Guevara seine Rede gehalten hatte, fühlte ich mich unsauber. Vielleicht würden die Wasserkämpfe mich reinigen, mir meine Abenteuerlust wiedergeben; vielleicht konnte ich auf den Kostümfesten die Scham maskieren, die mich überkam, wenn ich daran dachte, was geschehen war, so daß ich plötzlich ohne Grund errötete.
Ich hatte den *Carnaval* immer geliebt. Das Familienalbum war voller Fotos von durch den *Carnaval* verwandelten Familienmitgliedern. Meine Mutter, als Zigeunerin gekleidet, mit funkelnden Goldmünzen an dem roten Tuch, das sie um das dunkle Haar gebunden hatte. Onkel George als Dschingis Khan, dem die Spitzen eines schwarzen Schnurrbarts auf die Brust herabhingen; ich selber als Küken in einem eng ansitzenden, leuchtendgelben Kostüm mit einer von winzigen, weichen Federn bedeckten Haube.
Vor langer Zeit hatte Josefa mir alles über den *Carnaval* erzählt.
Ich war in die Küche gegangen, in der Hoffnung, die Kuchenschüssel auslecken zu dürfen, nachdem Josefa den Kuchen in den Backofen geschoben hatte. Statt dessen traf ich auf eine würdevolle Frau, die neben der Tür zum Patio saß.
»Magdalena, das ist meine Mutter, Doña Azul«, sagte Josefa.
Ich ging zu Doña Azul und küßte ihre Wange. »Warum heißt du Blau, wenn du so glänzend braun bist?«
Josefa und Doña Azul lachten wie zwei Echos auf dasselbe Lied.
»Meine Mutter hat gesagt, als ich auf die Welt kam, war ich blau. Darum hat sie mich Azul genannt.«
»Meine Mutter ist hier, um im *corso* zu tanzen.«
Doña Azul seufzte. »Zum letzten Mal. In diesem Jahr wird die Parade mir den Rest geben. Nächstes Jahr bin ich schon begraben.«

»Sie sagt das jeden Sommer, Magda«, versicherte Josefa, als sie sah, wie meine Augen sich weiteten.
»Diesmal stimmt es. Josefa wird mein Kostüm erben«, sagte Doña Azul, auf eine große Pappschachtel unter dem Küchentisch deutend.
»Darf ich es sehen, Doña Azul?« fragte ich.
Doña Azul ging zum Tisch und stellte den Karton darauf. Ein Dutzend Armbänder in leuchtenden Farben klimperten bei jeder ihrer Bewegungen, und ich bemerkte, wie eng ihr Rock und wie lang ihre Beine waren. Sie knotete die Kordel auf und hob den Deckel hoch. Ich stand auf einem Hocker und schaute staunend in die Schachtel. Es war nicht das erste Mal, daß ich ein traditionelles *Carnaval*-Kostüm sah, aber ich wußte auf den ersten Blick, daß dieses etwas ganz Besonderes war.
Doña Azul hob einen Federkopfputz heraus, der so groß war wie ich, und strich mit den langen roten Fingernägeln über die weißen und gelben Federn. »Meine Urgroßmutter hat ihn mir hinterlassen.«
Josefa streckte die Hand über meine Schulter hinweg aus, um die Perlen zu berühren, in denen die Federn ruhten. »Die Federn sind viele Male ersetzt worden, Magda, aber die Perlen sind so alt wie die Erinnerung.« Sie nahm meine Hand und legte sie auf die hölzernen Perlen. »Die Urgroßmutter meiner Urgroßmutter trug sie, als ihr Dorf überfallen wurde. Sie kam im Laderaum eines Sklavenschiffs hier an, mehr tot als lebendig.«
Ich sah zu Josefas ernstem Gesicht auf. »Was ist aus ihr geworden?«
»Sie wurde zusammen mit den anderen verkauft. Sie und noch ein paar aus ihrem Dorf blieben hier in Montevideo, und es gelang ihnen, ihr Dorf mit Musik und Tanz lebendig zu erhalten. Einmal im Jahr, zum *Carnaval*, gaben ihnen ihre Besitzer für ein paar Tage die Freiheit. Sie kamen zusammen, um zu kochen, zu singen, zu tanzen und sich an ihre Vorfahren und deren Geschichten zu erinnern. Die Herren mochten das Essen und die Musik, und so gaben sie den Sklaven die Dinge, die sie brauchten, um die Kostüme und die Trommeln zu machen. So entstanden der *candombe* und die *murgas.*«

Der *candombe* war, wie ich vor langer Zeit erfahren hatte, ein Tanz, der die starrsten Körper nachgiebig machen konnte. Jedes Jahr, wenn der Sommer sich seinem Ende zuneigte, kamen die *murgas* vom Berg und aus den *barrios* im Norden, um die Vergangenheit in den Straßen von Montevideo wieder aufleben zu lassen. Manchmal waren es nur Männer, die alle die langen afrikanischen Trommeln ihrer Vorfahren schlugen. Manchmal waren es auch gemischte Gruppen, die von Tänzerinnen angeführt wurden. Fenster und Türen flogen auf, und die Menschen strömten heraus, um sich vom *candombe* erfassen zu lassen. Hüften wurden geschwenkt, und Füße wirbelten auf dem Pflaster; Busen hüpften, und Arme winkten, Matronen, Männer, junge Frauen und Kinder folgten der hämmernden Einladung der Trommeln. Der *candombe* konnte als einsames Vergnügen allein getanzt werden; er konnte ein Flirt sein oder die Erfüllung. Doña Azul erzählte mir, daß Tänzer, die sich ihm ganz hingaben, nie mehr von ihm lassen konnten, denn der *candombe* spricht zu den Eingeweiden und ist so organisch wie der Herzschlag.
Als in diesem Jahr die Trommeln in der Ferne ertönten, sprang ich vom Bett und stieß die Läden auf. Die späte Morgensonne schien herein, und ich hob die Hand, um die Augen zu beschirmen. Sie kamen! Ich kleidete mich schnell an und rannte die Treppe hinunter in die Küche.
»Josefa! Eine *murga* kommt!«
»Ich hab es gehört! Ich hab es gehört! Ich mache nur die *crema de chocolate* für Caramba fertig, und dann komme ich!«
Caramba liebte die Trommeln auch, aber nicht so sehr, daß sie auf ihren Pudding verzichtet hätte. Er lief auf ihrer Stange hin und her, und ich öffnete im Vorbeirennen seine Käfigtür. »Es ist eine *murga*, Caramba!«
Caramba flog in die Küche, wo sie Josefas Kopf umkreiste, bis die Köchin den Pudding in Carambas Tasse schüttete und ihn ihr hinstellte.
»Warte, bis es abgekühlt ist! So warte doch, Caramba! Du wirst dir die Zunge verbrennen!« mahnte Josefa und warf die Schürze ab.

Die Trommeln kamen näher.
Emilia war draußen. Sie führte Lilita an der Hand.
Marco und seine Brüder hatten die Hemden ausgezogen und banden sich die Schuhe am Bordstein auf. Señor Mario kam, die Krawatte zurechtrückend, aus dem Haus. Es war Zeit für ihn, zur Arbeit zu gehen, aber die Trommeln waren fast da.
Cora war am Fenster und flehte ihren Vater an.
Mr. Stelby schloß seine Läden.
Die *murga* kam um die Ecke, als Señora Marta im *Carnaval*-Kostüm erschien. Ihr üppiger Busen steckte in einem leuchtendroten, mit glitzernden Münzen besetzten Oberteil. Auf dem Kopf trug sie einen im Wind wippenden Regenbogen aus Straußenfedern. Ihr Rock bestand aus bunten Rüschen, deren Farben miteinander zu verschmelzen schienen, als sie auf die Straße hinauswirbelte, von ihren tanzenden Söhnen umgeben wie von einem Ring aus Feuer.
Einen Augenblick lang glaubte ich, ich würde in diesem Jahr nicht tanzen können. Die Stelle in meinem Innern, die der Polizist mit seinen groben Fingern verletzt hatte, brannte mehr denn je. Dann sah ich Marco. Die Trommeln und seine Schönheit besaßen eine so reinigende Kraft, daß ich die Arme hochwarf und mich meinen Hüften überließ. Das Brennen nahm mit jedem Trommelschlag ab, an seine Stelle trat ein heilender Schweiß.
Lilita tanzte vorbei. Sie lachte mit ihrem Mann zusammen und sah jung und sorglos aus. Ich wußte, daß ich dieses seltene Bild von ihr immer behalten wollte.
Marco nahm meine Hand und wirbelte mich herum, bis ich meinen Kopf einen Augenblick auf seine Schulter legen mußte, um wieder zu Atem zu kommen. Mit jeder unserer Bewegungen wollte ich noch mehr mit ihm verschmelzen. Ich wußte nicht mehr, ob es mein Körper war oder seiner, der den Takt hielt, ob es seine Haut war oder meine, die Hitze ausstrahlte, wann immer wir uns berührten. Manchmal hielt er einen quälenden Abstand, lächelte mich an und verschränkte seine Finger mit den meinen und zog mich näher, damit er seine Hände auf meine Hüfte legen und spüren konnte, wie sie

sich bewegte, während mein Rock seine nackten Beine streifte. Einmal wurden wir von der Reihe von Tänzern aneinandergedrückt, und ich spürte die flaumige Flamme seines Atems auf meiner Schulter, als er meine Haut mit seinen Lippen streifte. Ich beugte mich in seine Berührung hinein, aber die sich schlängelnde Reihe bewegte sich zu schnell, und wir wurden getrennt, als alle, die da waren, um die Laternenpfähle und Bäume herumtanzten, vorbei an Coras Tür. Sie und ihr Vater kamen heraus, um sich uns anzuschließen. Herr Allenberg sah verwirrt aus, aber Señora Marta nahm seine Hände und legte sie auf ihre Hüften, und von da an war er einer von uns, seine kleinen Füße berührten kaum das Pflaster, und hinter ihren Spitzengardinen lächelte seine Frau.

Gelächter ertönte, und die Trommler zögerten den Abgang hinaus und bewegten sich nur langsam weiter, als spürten sie ein geheimes Verlangen nach Heilung in dieser Straße. Zurück blieb die Erinnerung an Erlösung und der Schweißgeruch in der Luft, während sie den Herzschlag Afrikas in ein anderes Viertel brachten, um die Menschen dort an die Ursprünge der Menschheit zu erinnern.

In der Zeit vor der *fiesta de quince* hatte Josefa mich zu wöchentlichen Anproben beim Schneider begleitet. Sie traf Verabredungen mit Ernesto und verhandelte mit den Lieferanten für das Büfett, die sie schmeichlerisch, fett und schnell wie die Fliegen umschwärmten und Bilder von Delikatessen schwenkten, die nur sie zuzubereiten wußten.

Josefa wählte *empanadas*, kleine golden gebackene Blätterteigpasteten mit einer süßen Fleischfüllung, *milanesas*, zu winzigen Vierecken aufgeschnittene Rindfleischscheibchen mit krossen Semmelbröseln, das Fleisch so zart, daß es wie Butter im Mund zerging, kleine heiße Würstchen und Häppchen mit allem möglichen, von papierdünnem Schinken bis zu sahnigem Mais, überbackene Meeresfrüchte, in Muscheln serviert, und *masitas* jeder Art – von den herzförmigen, klebrigen *palmitas* bis zu den *jesuitas*, die ich am liebsten aß, hauchdünne Blätterteigschichten, zusammengehalten von *dulce de leche*, die

hergestellt wird, indem man Milch mit Zucker kocht, bis das Ganze karamelisiert und die Konsistenz und Farbe von Erdnußbutter annimmt.
Emilia und ich kamen früh an und wurden von einem Kamerablitz überrascht, als wir aus dem Taxi stiegen.
Nach dem, was meine Tanten mir über Miss Newman erzählt hatten, hatte ich sie mir als robuste Frau mit burschikosem Gebaren vorgestellt. Ich war erstaunt, von einer kleinen Blonden mit strahlendem Lächeln begrüßt zu werden. Miss Newman war von unseren Kleidern begeistert, fand, daß unsere Farben auf bezaubernde Weise kontrastierten, und ließ uns vor dem schwarzen schmiedeeisernen Gitter am Eingang des Clubs posieren.
Als wir den Club betraten, sahen wir, daß Señor Paredes sich übertroffen hatte. Girlanden von Kamelien dufteten über unseren Köpfen. Geflechte von weißen Nelken und roten Rosen zogen sich durch die Mitte der langen Serviertische, und in jeder Ecke ragten Lilien empor.
Emilia und ich suchten die Toilette auf, um uns zu vergewissern, daß das Haarspray den über die Rambla blasenden Wind überstanden hatte. Miss Newman folgte uns.
»Einige meiner besten Fotos sind auf Toiletten entstanden«, sagte sie.
Emilia und ich sahen sie überrascht an.
»Oh, seien Sie nicht schockiert«, sagte sie. »Ich meine nicht, wenn die Leute in der Kabine sind! Aber was sie vor den Toilettenspiegeln machen, spricht Bände.«
Emilia und ich murmelten etwas wie, das sei ja höchst künstlerisch, und gingen schnell hinaus zu Josefa. Sie trug ihr bestes dunkelblaues Taftkleid und gab den Musikern gerade Anweisung, sie sollten zu spielen anfangen, während sie sich um die Familienfotos kümmerte. Füße klopften, und Hüften wiegten sich, aber unter Josefas wachsamem Auge wagte niemand zu tanzen, bevor Emilia und ich den Ball mit einem Walzer mit unseren Vätern eröffnet hatten. Josefa war entschlossen, sich an die Traditionen der *fiesta de quince* zu halten, und

gebot schon bald Miss Newman Einhalt, die die Idee gehabt hatte, uns in kleinen zwanglosen Gruppen posieren zu lassen. Josefa stellte uns erst mit unseren Familien auf und dann miteinander und erklärte Miss Newman, sie werde später noch genug Zeit für ihre modernen Ideen haben. Miss Newman rächte sich, indem sie Josefa dabei aufnahm, wie sie das Aufstellen dirigierte. Als die ersten Gäste ankamen, waren die beiden schon offen verfeindet.

Eingeladen war zu acht Uhr, was bedeutete, daß die meisten Gäste zwischen halb neun und neun eintrafen.

Ich war acht Jahre alt, als Sofía und Carmen ihre *fiesta de quince* feierten. Mein Vater hatte außergewöhnlich gut ausgesehen, als er, im dunklen Anzug und weißen Hemd, die Zwillinge abwechselnd durch den Ballsaal wirbelte. Ich hatte immer gedacht, wenn ich dran wäre, würde ich so gut tanzen wie er, und mein Vater würde von mir sagen, was er von meiner Mutter sagte, es sei, als tanze er mit seinem eigenen Schatten. Aber am Tag zuvor hatte das Telefon geklingelt. Mein Vater wurde geschäftlich in Rio de Janeiro aufgehalten und würde nicht bei uns sein.

Als meine Mutter mir das beibrachte, tat ich so, als sei es mir egal. Achselzuckend drehte ich mich langsam weiter, während der Schneider zu meinen Füßen kniete und den Saum meines Kleides anpaßte.

»Wer macht es?«

»Wir werden den armen Onkel George dienstverpflichten müssen«, erwiderte meine Mutter.

Trotz seiner Aversion gegen das Tanzen tat Onkel George mannhaft seine Pflicht und geleitete mich auf die Tanzfläche, neben Emilia, deren Vater stolz strahlte und sich die Stirn mit einem weißen Taschentuch wischte, als das Orchester die »Blaue Donau« anstimmte. Zu meines Onkels und meiner eigenen Erleichterung mußte er nicht lange leiden. Wie die Tradition es verlangte, traten die anwesenden jungen Männer einer nach dem anderen zum Abklatschen an, und Emilia und ich wurden von mindestens einem Dutzend verschiedener Tänzer herumgewirbelt, bis die letzten Akkorde erklangen.

Marco war mein erster und letzter Partner, und als der Tanz zu Ende war, küßte er mich flüchtig auf die Wange und wünschte mir alles Gute zum Geburtstag. Ich hatte ihn mehrere Wochen nicht gesehen. Er hatte die zwei Jahre *preparatorio* hinter sich und war in den Militärdienst eingetreten, da der Oberst ihm ein Ultimatum gestellt hatte. Seine Geduld mit Marcos politischen Eskapaden sei zu Ende. Er müsse entweder zum Militär oder das Haus verlassen. Señora Marta war zusammengebrochen und hatte ihren Sohn angefleht. Was konnte er schon verlieren, fragte sie, wenn er es ein oder zwei Jahre versuchen würde? Wenn er es wirklich nicht ertragen konnte, würden sie sich etwas einfallen lassen. Bis dahin könnte er wie ein anständiger junger Mann zu Hause bleiben und müsse nicht als Ausgestoßener seiner eigenen Familie leben. Marco hatte nachgegeben. Ich neckte ihn mit seinen kurzen Haaren, und Miss Newman fotografierte ihn, wie er mit der Hand über die gestutzten schwarzen Locken fuhr.

Er grinste. »Warte, bis ich Offizier bin; dann kann ich sie ein bißchen länger wachsen lassen.«

»Oh, und wann wird das sein?« fragte ich.

»Früher, als du denkst. Wenn ich schon im Militär festsitze, mache ich das Beste draus.«

Den Rest des Abends tanzten Emilia und ich Foxtrott, Tango und Rock and Roll. Hin und wieder wurden die Paartänze von einer *farándula* unterbrochen, die damit begann, daß alle Anwesenden gleich welchen Alters und welcher Größe eine lange Kette bildeten. Dann formierte sich die Kette zu einem großen Kreis mit Emilia und mir in der Mitte. Wir wählten beide einen Partner und verließen ihn, um uns wieder in den Kreis einzureihen, aus dem er eine andere Tänzerin wählte, die er verließ, damit sie das gleiche tun konnte. Selbst Miss Newman wurde in diesen Tanz mit einbezogen, und so war er das einzige nicht auf Fotos festgehaltene Ereignis des Abends. Die Musik war flott, und danach wurden große Mengen Cidre und Coca-Cola getrunken, während die Tänzer Atem schöpften und das Orchester eine Pause machte. Die Männer versammelten sich draußen, um zu rauchen und die Krawatten zu lockern, die Frauen drängten sich im

Waschraum der Toilette, um ihr Make-up aufzufrischen, Locken hochzustecken und die hochhackigen Schuhe für ein paar erlösende Augenblicke auszuziehen. Einige der reizvollsten Fotos unserer Freundinnen entstanden bei dieser Gelegenheit, als sie fröhlich darüber lachten, daß eine Fotografin ihnen auf die Toilette gefolgt war, um sie dabei aufzunehmen, wie sie sich die Füße massierten.

Obwohl man diese Bälle nur besuchte, wenn man eingeladen war, kam es doch vor, daß junge Männer einen nicht eingeladenen Freund mitbrachten. Wenn er richtig gekleidet war und sich den bei solchen Anlässen geltenden Regeln entsprechend benahm, war der Freund willkommen. Hin und wieder gab es als pervers geltende junge Männer, die es ablehnten zu tanzen, und so hielten die solche Veranstaltungen überwachenden Matronen stets Ausschau nach möglichen Partnern für die Mauerblümchen.

So ein junger Mann war ziemlich spät gekommen und stand rauchend am Büfett, bis er Marco entdeckte. Marco freute sich, ihn zu sehen, und umarmte ihn. Er fand Emilia und mich und machte uns miteinander bekannt.

Mein Herz schlug plötzlich schneller. Jaime Betancourt war so groß wie Marco, schlank und sehr dunkel. Er hatte kräftige, feinfühlige Hände und ein zaghaftes Lächeln, das er mit Vorsicht und nicht zu oft sehen ließ. Er strahlte einen gewissen Ernst aus, und seine hellgrünen, dunkel bewimperten Augen sprachen von Wärme und Offenheit. Wir reichten uns die Hände, und er bat mich um den nächsten Tanz. Als er den Arm um mich legte, lächelte er ein wenig.

»Marco hat mir erzählt, daß Sie in der Luftwaffe sind«, sagte ich.

»Ja.«

»Fliegen Sie gerne?«

»Ja.«

Es schien ihm zu genügen, daß wir tanzten, und ich unternahm keinen weiteren Gesprächsversuch. Offensichtlich hatte er mich aus Höflichkeit aufgefordert und nicht, weil er mich kennenlernen wollte. Dieser Verdacht erhärtete sich, als er mich zu Marco zurückbrachte und Emilia um den nächsten Tanz bat.

»Er ist nicht gerade ein glänzender Gesprächspartner«, sagte ich säuerlich zu Marco.
»Das ist er sehr wohl, wenn ihn das Thema interessiert! Er ist großartig und ein meisterhafter Schachspieler.«
»Offenbar gehöre ich nicht zu den Themen, die ihn interessieren. Er hat ganze zwei Worte zu mir gesagt.«
Marco schaute mich aufmerksam an. »Das ist kein Mann für dich, Kleine Löwin.«
Ich wurde rot. »Was fällt dir ein? Woher willst du wissen, wer der richtige Mann für mich ist?« Marco sah aus, als hätte ich ihn ins Gesicht geschlagen, aber ich konnte mich nicht entschuldigen, weil es mir zu peinlich war, daß er mich durchschaut hatte.
Ein paar Tage später erhielt ich zu meiner Verwunderung einen Brief, der auf dem Luftwaffenstützpunkt in der Nähe von Montevideo aufgegeben worden war. Er steckte in einem einfachen weißen Umschlag, auf dem mein Name und meine Adresse in ordentlichen Druckbuchstaben stand.
Jaime Betancourt schrieb kurz, um sich für das Fest zu bedanken und zu sagen, daß er, auch wenn er glaube, daß wir wenig gemeinsam hätten, sich doch zu mir hingezogen fühle und mich während seines nächsten Urlaubs anrufen werde. Ich konnte über so viel Anmaßung nur lachen und antwortete ihm nicht. Als er am nächsten Wochenende anrief, war ich nicht zu Hause. So vergingen mehrere Wochen, bis ich wieder von Jaime hörte. Es kam ein großer Blumenstrauß zusammen mit einer Einladung zum Tanzen am nächsten Samstag. Er wollte Freitag anrufen, um zu fragen, ob ich Zeit hätte.
Zu meiner großen Überraschung gab meine Mutter ihre Erlaubnis. Sofía hatte vor kurzem mit ihrem letzten Freund Schluß gemacht, und Carmen hatte sich einen neuen zugelegt. Meine Mutter war ständig damit beschäftigt, eine von beiden zu trösten, und hatte keine Zeit, mich wegen Jaime zu befragen. Sie nahm an, daß wir mit Freunden zusammen ausgingen, und dachte nicht mehr daran. Das nutzte ich aus. Ich meldete mich bei Ernesto an und ließ meine widerspenstigen Locken so in Form bringen, daß sie sich nicht mehr zu rühren

wagten. Als Jaime am Freitag anrief, war ich gut vorbereitet. »Sie haben natürlich recht«, sagte ich. »Wir haben nichts gemeinsam. Sind Sie sicher, daß Sie Ihre Zeit damit verschwenden wollen, mich zum Tanzen auszuführen?«

Er lachte überraschend spontan. »Ja.«

»Na ja, einmal kann nichts schaden.«

Am nächsten Abend um zehn Uhr holte er mich ab. Schweigend verbrachten wir mehrere Minuten auf dem Rücksitz eines Taxis, bis wir vor einem schmalen, fensterlosen Gebäude hielten. Ich war entschlossen, nicht als erste zu reden, und Jaime schien nicht das Bedürfnis zu haben, etwas zu sagen. Ich war zum ersten Mal in einem *boite.* Sofía hatte mich darauf vorbereitet, daß es drinnen stockdunkel sein würde. Um die kleine Tanzfläche herum gab es Tische und Nischen, die in den Tiefen des Clubs verschwanden. Vor der hinteren Wand spielte eine Band. Jaime wählte eine Nische im hinteren Bereich und bestellte zwei Coca-Cola.

»Ich habe gehofft, Sie würden das Haar offen tragen«, sagte er.

Ich war sprachlos. Meine Frisur hatte mich das Taschengeld für eine Woche gekostet, und ich erwartete, gesagt zu bekommen, ich sähe königlich, majestätisch, zumindest aber hübsch aus.

Jaime nahm meine Hand und führte mich auf die Tanzfläche. Die Band spielte den Platters-Song »One in a Million«, und mein Herz schlug im Takt mit der Musik. Es schien ganz natürlich, daß Jaime mich dicht an sich zog, seine Wange warm an der meinen. Als der Song zu Ende ging, öffnete er meine Hand und küßte die Innenfläche. Wir kehrten zu der Nische zurück, und ich hatte die Genugtuung zu sehen, daß es ihn genauso gepackt hatte wie mich. Dunkelheit umfing uns, und sein Mund preßte sich auf meinen. Ich ließ mich gehen und küßte ihn leidenschaftlich. Jaime zog sich zurück.

»Das reicht«, sagte er und griff mit zitternder Hand nach seiner Cola. »Laß uns gehn.« Er warf Geld auf den Tisch, und wir gingen schweigend.

Wir überquerten die breite Rambla zum Strand. Der Fluß lag kalt

und feindselig glitzernd im Mondschein. So abweisend hatte ich ihn noch nie gesehen.
»Ich kann mich jetzt nicht binden«, sagte Jaime. »Erst recht nicht an dich. Du stehst für alles, was ich an diesem Land verabscheue.«
»Wie kannst du wissen, wofür ich stehe?«
Er lachte bitter. »Ein Ball im Englischen Club. Alle Großgrundbesitzer des Landes versammelt. Privatschule. Was weißt du schon?«
»Sag mir, was sollte ich wissen?«
»Mein Vater ist Schneider. Wenn dein Vater das wüßte, dürfte ich euer Haus nicht mehr betreten.«
»Und was hast du aus heute abend gelernt?«
»Daß ich noch ein größerer Narr bin, als ich dachte.«
»Also dann bin auch ich eine Närrin. Ich weiß nicht, warum du so wütend bist, Jaime, aber ich wünschte, du würdest mich wieder küssen.«

In den folgenden Wochen erschloß er mir seine heimliche Wut, die ihm als Ansporn für seinen Ehrgeiz gedient hatte. Er erzählte mir, wie das war, so arm zu sein, daß er mit Zeitungspapier unter den fadenscheinigen Pullovern zur Schule gegangen war, um die Kälte abzuhalten. Wie das war zu wissen, daß er intelligenter war als seine Lehrer, immer die besten Noten zu haben und doch zu wissen, daß der einzige Weg, der ihm offenstand, wenn er weiterkommen wollte, der zum Militär war. Er wäre gerne Arzt geworden, hatte jedoch beschlossen, daß er seinen Eltern die finanzielle Bürde nicht aufladen konnte.
»Die Universität ist kostenlos.«
Jaime lachte bitter. »Ja, Magdalena, aber nicht Essen, Kleidung und Bücher.«
»Oh.« Ich sah beschämt zu Boden. Hatte ich nicht zugehört? Doch, aber er hatte über eine Art von Armut gesprochen, von der ich nicht die leiseste Ahnung hatte. Einen Moment lang dachte ich daran, ihm zu sagen, er möchte nicht mehr kommen, aber als ich mich ihm zuwandte, sah er mich an, und seine ganze Wut hatte sich in Luft aufgelöst.

Er nahm mein Gesicht zwischen sein Hände. »Als ich dich zum ersten Mal sah, wußte ich, daß ich verloren bin. Jedesmal, wenn ich dich berühre, schwanke ich zwischen Panik und Verlangen. An die Panik bin ich gewöhnt, das Verlangen macht mir angst.«
»Mir auch«, flüsterte ich. Die Mischung von Liebeswerben und Analyse verwirrte mich. Was wollte er von mir?
»Würdest du mich heiraten, wenn ich dich darum bitten würde?« fragte er.
»Ist das eine Frage oder ein Antrag?«
Jaime lachte mit plötzlicher Freude. »Bloß eine Frage!«
Ich seufzte frustriert. »Dann brauche ich nicht zu antworten.«
Ich merkte, daß seine Unberechenbarkeit einen Teil seiner ungeheuren Anziehungskraft ausmachte. Immer wenn ich dachte, ich hätte ihn ein wenig kennengelernt, zeigte er eine Seite von sich, die ich noch nie gesehen hatte, und zog mich tiefer in das Labyrinth seiner Persönlichkeit. Daß ein so komplexer Mann mich interessant fand, machte ihn unwiderstehlich. Ein Teil von mir wollte von Jaime weglaufen, aber meine Füße steckten tief in dem nassen Sand, und ich konnte nichts tun, als ihn ungeduldig abschütteln und vom Wasser weggehen. »Erzähl mir vom Fliegen«, sagte ich.
»Fliegen ist wie Liebemachen. Es befreit. Das Flugzeug wird zu einem Teil von mir, und ich kann es machen lassen, was ich will. Ich kann es über den Wolken dahingleiten oder Purzelbäume schlagen lassen. Ich kann es mit einer einzigen Berührung aufsteigen lassen. Und die Freiheit! Besonders, wenn ich alleine fliege. Ich könnte starten und fliegen, bis der Sprit alle ist, und mich dann einfach im Meer verlieren. Und wenn ich nicht bekomme, was ich will, werde ich das eines Tages tun.«
»Was willst du, Jaime?«
»Geld. Macht. Geld.«
»Und wie willst du das erreichen?«
Jaime ließ den Sand durch seine langen Finger rinnen. »Ich weiß es nicht. Ich gehe in die Vereinigten Staaten. Ich werde nicht mein Leben lang arm sein.«

Ich fragte mich, ob er um mich warb, weil er sich meiner bedienen wollte, um voranzukommen. Ich fühlte mich verpflichtet, ihm zu sagen, daß meine Familie in finanziellen Schwierigkeiten sei. Jaime lachte, und mir wurde wieder einmal klar, wie relativ das, was ich sagte, war. Verglichen mit seiner Familie war meine immer noch reich.
Meine Mutter war sicher, daß sie wußte, worauf er aus war. Wir besaßen etwas Unbezahlbares: einen alten, hochangesehenen Familiennamen und Einfluß – von der Art, die Geld alleine nicht kaufen konnte. Es war der Einfluß durch Beziehungen, die so alt waren wie die spanische Kolonie selber; von einem Familiennetz, das sich bis in die höchsten Kreise von Regierung, Finanzwelt und Diplomatie erstreckte. Meine Mutter und Jaime wußten beide, daß sie ihn durch ein paar Telefongespräche mit Leuten zusammenbringen konnte, die ihm den Weg in die USA ebnen und ihn, wenn er einmal dort war, bei denjenigen einführen konnten, die ihm ein Visum und Vorstellungsgespräche verschaffen würden. Sie sprachen kaum miteinander. Ihre Feindschaft war absolut und unausgesprochen. Jaime bat um die Erlaubnis, seine Beziehung zu mir auf eine förmliche Basis stellen zu dürfen. Meine Mutter willigte in einen zweistündigen Besuch einmal in der Woche ein, aber ich bemerkte eine neue Falte zwischen ihren Augen. Es geschah nicht oft, daß sie sich mit einer Entschlossenheit konfrontiert sah, die so rigide und unflexibel wie ihre eigene war. Sie hatte Jaime einmal angesehen, ihr durchdringender und kritischer Blick war auf seinen gleichermaßen arroganten getroffen, und sie hatte den Aufsteiger in ihm gesehen. Jaime verkörperte alles, was sie mißtrauisch machte; sie verkörperte alles, was er als degeneriert verabscheute.
Wenn sie von Jaime sprach, hatte meine Mutter eine Art, die Nase um ein winziges bißchen anzuheben, als ströme er einen unangenehmen Geruch aus, den sie nicht einzuatmen wünschte. Er dagegen knackte mit den Gelenken, als bereite er seine biegsamen Finger auf ihren aristokratischen Hals vor. Am meisten erschreckte es mich, wenn sie einander anlächelten. Es war mehr ein Zähnezeigen als ein Lächeln. Sie kämpften so hart um mich, daß ich mich zu fragen be-

gann, ob sie mich liebten. Sie schienen nicht zu merken, wie sehr es mich verletzte, daß ihr persönlicher Kampf ihnen wichtiger war als ich.

In den Monaten von Jaimes Werbung war Marco nicht da. Ich vermißte ihn so sehr, daß ich mich einfach unter den *estrella federal* setzte, sein Haus anstarrte und hoffte, daß er auf magische Weise erscheinen würde. Er tat es kaum. Seine Mutter erzählte mir, daß er auf dem Militärstützpunkt beschäftigt war, als potentielle Führungskraft betrachtet und von den Freunden seines Vaters lanciert wurde. Immer wieder erinnerte ich mich an unseren letzten Wortwechsel bei meiner *fiesta de quince* und wünschte, ich könnte ihn rückgängig machen. Was hatte er bei Jaime und mir gesehen, daß er sich so geäußert hatte?

Es war mir nicht in den Sinn gekommen, daß ein junger Mann, der fünf Jahre älter war als ich, in mich verliebt sein könnte. Jaime war drei Jahre älter, und selbst das schien manchmal sehr viel zu sein. Außerdem war Marco so vollkommen – gutaussehend, intelligent, witzig und zartfühlend. Daß ich von jemandem wie ihm geliebt werden könnte, schien unmöglich. Ich dachte, er würde eine der von mir beneideten dunkelhaarigen Schönheiten wie Emilia heiraten. Eine von den Selbstsicheren, die an den Stränden von Punta del Este entlangspazierten, als gehöre ihnen die Welt. Vielleicht fühlte ich mich von Jaime angezogen, weil er mich als eine der Stolzen, Selbstsicheren betrachtete, wohingegen Marco mich bis in mein verschüchtertes Inneres durchschaute. Ich hatte da selber noch nicht genau hingesehen, und ich war voller Angst und Mißtrauen gegenüber einem Menschen, der mich besser zu kennen schien als ich mich selber.

Es bedurfte nur weniger Worte, um Jaime zu vermitteln, daß sein Traum, für eine amerikanische Fluggesellschaft zu fliegen, zu einem bestimmten Preis zu verwirklichen wäre. Meine Mutter ließ durchblicken, daß sie alles erledigen würde, wenn er mich aufgäbe. Jaime erwog, darauf einzugehen, sein Glück zu machen und mich dann doch noch zu heiraten. Er versuchte, mich dazu zu überreden, meiner Mutter zu sagen, ich hätte Schluß gemacht, bitte sie aber trotzdem, ihm ein Visum zu verschaffen. Ich weigerte mich. Obwohl meine Familie mich als so etwas wie einen späten Einfall zu betrachten schien, einen Menschen, über dessen Anwesenheit sie dauernd erstaunt waren, als sei ich unerwartet und ohne die gebührenden Empfehlungen bei ihnen aufgetaucht, war es mir außerordentlich wichtig, was sie von mir dachten, und ich wollte es ihnen recht machen. Was genau mich davor bewahrte, Jaimes Einfluß ganz zu erliegen, weiß ich nicht, aber es trieb ihn dazu, mich gnadenlos zu befragen. Wäre ich bereit, meine Familie um seinetwillen aufzugeben? War ich so mutig? Ich vermied es stets, seine Fragen zu beantworten, indem ich immer wieder erklärte, meine Familie würde ihn mit der Zeit akzeptieren.

Jaime war drauf und dran, ein Ultimatum zu stellen und das Angebot meiner Mutter anzunehmen, als er während eines Urlaubs von zwei missionierenden Mormonen besucht wurde. Sie sprachen kaum Spanisch und waren erfreut, als Jaime, der sein Englisch mit meiner Hilfe verbessert hatte, in ihrer Sprache mit ihnen redete.

Missionierende Mormonen waren in Uruguay unverkennbar. Egal wie heiß es war, streiften sie paarweise in dunklen Anzügen mit amerikanischem Schnitt, weißen Hemden und Schnürschuhen durch die Straßen von Montevideo. Sie trugen Bürstenhaarschnitte, die bei Uruguayern nicht in Mode waren, und sprachen kaum Spanisch, auf jeden Fall nicht genug, um über Religion zu diskutieren. Sie lebten in einem großen, teuren Wohnkomplex im vornehmsten Vorort der Stadt zusammen und schickten ihre Kinder in die teure Englische Schule. Dort freundeten sie sich mit anderen Ausländern an, da ihre Lebensgewohnheiten für Uruguayer so unbegreiflich waren, daß der Umgang mit ihnen den meisten jungen Leuten verboten war.

Jaime interessierte sich nicht im geringsten für Religion, aber er ließ sich nie eine Gelegenheit entgehen, sich im Englischen zu üben. Er bat sie herein. Ohne sich etwas dabei zu denken, sprachen sie während ihres Besuchs davon, daß einige ihrer Konvertiten Visa für die USA erhalten hatten. Sie verbrachten zwei Stunden bei Jaime und gingen hoffnungsvoll.

Der Übertritt zum Mormonentum würde ein heikler Schachzug sein. Seine Familie würde entsetzt sein, und seine wenigen Freunde würden annehmen, daß er das bißchen Verstand, das sie ihm zubilligten, verloren hatte. Und ich erklärte ihm, daß er, der jetzt schon bei meiner Mutter persona non grata war, als Mormone überhaupt keine Chance mehr hätte, sie von seiner Tauglichkeit für unsere Familie zu überzeugen.
In der Zwischenzeit machte meine Mutter ihre eigenen Pläne. Die Tradition verlangte es, daß ich nach Europa geschickt wurde. Sofía und Carmen waren, von Tía Josefina als Anstandsdame begleitet, da gewesen, und ich war mit Sicherheit alt genug, es ihnen nachzutun. In einer Anwandlung von Knauserigkeit erklärte mein Vater, derzeit könne er eine Europareise für mich nicht in Betracht ziehen. Meine Mutter schäumte ein oder zwei Tage lang, dann stattete sie, in ihr elegantestes Chanel-Kostüm gekleidet, dessen tiefdunkles Rosenrot ihr braunes Haar leuchten ließ, dem amerikanischen Botschafter einen Besuch ab, und der freute sich, sie über die Möglichkeiten der Teilnahme an einem Schüleraustauschprogramm zu informieren.
Dann beschloß sie, daß ich bei meinem Auslandsaufenthalt glücklicher sein würde, wenn Emilia mich begleitete. Nachdem sie mit den Lanconis geredet hatte, bekamen Emilia und ich Formulare, und meine Mutter achtete darauf, daß wir sie richtig ausfüllten.
Ich war verwirrt. Ich hatte nie daran gedacht, von zu Hause wegzugehen, um mich weiterzubilden. Sofías und Carmens Europareise war nur zum Vergnügen gewesen. Die Vereinigten Staaten waren von der Ortega-Familie bisher nicht als ein Mekka der Bildung betrachtet worden. Einige meiner Cousins hatten in England studiert, einer hatte sich nach Australien gewagt, aber uns verband nichts mit den USA. Meine Mutter schien jedoch entschlossen. Und Emilia war begeistert. Ohne das Austauschprogramm würde sie wahrscheinlich nie in die USA kommen.
Nachdem sie die Antragsformulare persönlich bei »Jugend für Verständigung« abgegeben hatte, schenkte meine Mutter Jaime sogar

ein Lächeln, als er seinen Abendbesuch machte. Sie richtete es auch so ein, daß sie ein paar Augenblicke mit ihm allein war, während ich ihm ein Glas Wasser holte. Jaime berichtete mir später, sie habe ihm gesagt, sie würde dafür sorgen, daß er mich nie wieder sehen würde, wenn er mich davon abhielte, in die Staaten zu gehen.

»Was hast du gesagt?« fragte ich ihn.

»Ich habe ihr gesagt, daß ich nicht die Absicht habe, dich zurückzuhalten. Sie hat mich darauf hingewiesen, daß du nicht dumm bist und mich eines Tages durchschauen wirst. Ich weiß genau, was sie gemeint hat. Sie denkt, ich bin ein Glücksjäger, ein Aufsteiger. Ich war wütend, Magdalena, und das habe ich ihr gesagt. Nicht meinetwegen. Ich habe keine Angst vor dem, was du sehen würdest, wenn du mich, wie deine Mutter es wünscht, durchschauen könntest. Du würdest Ehrgeiz sehen, ja, aber auch Liebe. Und ich bin wütend, weil sie nicht begreift, daß du um deinetwillen geliebt wirst, nicht wegen des Geldes und der gesellschaftlichen Stellung, auf die sie so viel Wert legt. Du glaubst mir doch, nicht wahr? Du hast nie gedacht ...«

Er bemerkte, daß ich wegsah, und drehte mich zu sich herum. »Magdalena ...«

»Ich weiß, daß du mich liebst, Jaime«, sagte ich. »Aber ich habe mich gefragt ...«

»Hat sie so viel Einfluß?«

»Versetz dich in ihre Lage, Jaime. Du hast dich nicht darum bemüht, daß sie dich mag. Sie kennt dich kaum.«

»Ich billige ihr zu, daß sie mich ein wenig kennt«, erklärte er lächelnd. »Sie hat gesagt, daß sie dem amerikanischen Botschafter gegenüber meinen Namen erwähnt hat und daß mir während deiner Abwesenheit kein Visum erteilt würde.«

»Hattest du vor, eines zu beantragen?«

»Natürlich! Wir könnten in den USA heiraten und nie hierher zurückkommen!«

»Jaime, das ist verrückt!«

»Na ja, jetzt ist es sowieso nicht möglich. Aber deine Mutter hat mir auch gesagt, daß der Botschafter einen guten Freund hat, der bei einer großen Fluggesellschaft angestellt ist, und wenn ich ein Visum beantrage, nachdem du zurück bist ...«

»Wird es ohne weiteres ausgestellt?«

»Das konnte der Botschafter nicht versprechen, aber ...«

»Laß mich raten. Wenn du nächstes Jahr ein Visum bekommst, ist der Botschafter bereit, dich mit seinem Freund bei der Fluggesellschaft bekanntzumachen?«

»Genau.«

Zehn

Sobald bekannt geworden war, daß ich in die Vereinigten Staaten gehen würde, kamen die *tías* zusammen, um mich an ihren Erkenntnissen im Hinblick auf Auslandsreisen teilhaben zu lassen.

»Ich zum Beispiel«, erklärte Tía Catalina, »hebe meine alte Unterwäsche für solche Gelegenheiten auf. Wenn man auf Reisen ist, kann Wäschewaschen und Trocknen schrecklich lästig sein. Ich werfe meine alten Ihr-wißt-schon-was einfach jeden Tag über Bord.«

»In einem Flugzeug ist das nicht so leicht, Catalina«, bemerkte Tía Aurora.

»Oh, fliegt Magdalena denn?« fragte Tía Catalina erstaunt.

»Ja, Tía Catalina«, erwiderte ich.

»Oh, nun, dann habe ich zu diesem Thema nichts mehr zu sagen.«

»Ich werde dir meinen Geldgürtel leihen«, sagte Tía Josefina. »Du kannst deinen ganzen Schmuck darin verwahren, und niemand kann ihn dir wegnehmen, es sei denn, er schlägt dich vorher nieder.«

»Danke, Tía«, sagte ich.

»Sie haben keine Bidets, weißt du«, sagte Tía Catalina, an ihrem Tee nippend.

»Keine Bidets?« wiederholte Tía Josefina verwundert.

»Nein«, bestätigte Tía Aurora. »Ich weiß von Miss Newman, daß man sie nur gelegentlich in den Häusern der sehr Reichen findet.«

»Was für Geschenke bringst du deiner Familie mit, Magdalena?« erkundigte sich Tía Catalina.

»Nimm keine Teewärmer«, warf Tía Josefina ein. »Aurora hat aus irgendeinem nur ihr selbst bekannten Grunde Teewärmer mitgenommen, obwohl jeder, der halbwegs bei Verstand ist, weiß, daß Amerikaner nur Kaffee trinken, und die Amerikaner hielten sie für Hauben und setzten sie auf.«

»Traurig, aber wahr«, seufte Tía Aurora.

»Ich glaube, Mamá gibt mir die Sachen mit, die typisch für Uruguay sind.«

»Ich wußte gar nicht, daß wir Streiks und Unfähigkeit verpacken können«, sagte Tía Josefina.

Tía Aurora funkelte sie an. »Sie haben dort auch Streiks! Wenn du Konversation machst«, sagte sie, sich wieder an mich wendend, »mußt du sehr aufpassen. Politik und Religion sind tabu.«

»Und Sex«, fügte Tía Josefina hinzu.

»Was gibt es noch zu besprechen«, wollte Tía Catalina wissen.

»Du wirst auch feststellen«, fuhr Tía Aurora fort, »daß Amerikaner dir, kaum daß ihr euch kennengelernt habt, die persönlichsten Fragen stellen werden.«

»Miss Newman hat mich gefragt, ob mein Vater mehr als eine Geliebte hatte«, sagte Tía Catalina geziert. »Sie glaubte mir nicht, als ich ihr sagte, daß er keine hatte.«

»Wahrscheinlich hätte Mamasita ihn umgebracht«, sagte ich lachend.

»Du wirst auch feststellen«, fuhr Tía Aurora unbeirrt fort, »daß du dir, wenn du den Wagen eines amerikanischen Mannes auch nur erwähnst, die gesamte Geschichte des Automobils anhören mußt, angefangen von seiner Erfindung über jede Verbesserung bis heute. Wenn du dann noch wach bist, wird er mit einem bis ins kleinste gehenden Bericht über die Geschichte jedes Teils seines besonderen Automobils fortfahren.«

»Wie wir von unserer lieben Miss Newman wissen«, sagte Tía Josefina, »sind amerikanische Frauen ausgiebig mit sich selber beschäftigt.«

»Recht so«, sagte Tía Aurora defensiv, »sonst kräht ja kein Hahn nach einem.«

»Du wirst ihr Englisch gräßlich finden«, fügte Tía Catalina hinzu. »Sie halten nicht auf Bildung. Wenn sie reden, scheint es ihnen nur

darauf anzukommen, die Grundregeln der Grammatik möglichst zu mißachten.«
»Wir sollten Magdalena helfen, indem wir bis zu ihrer Abreise nur Englisch mit ihr sprechen«, erklärte Tía Aurora. »Jedenfalls, wenn Mamasita nicht dabei ist ...«
Alle Tías sprachen fließend Englisch. Darauf hatte mein Großvater, der in London geboren war, bestanden. Ich hatte oft die Geschichte gehört, wie er als junger Mann aus England weggegangen war, weil er es satt hatte, von seiner Familie gegängelt zu werden, die ihn unbedingt als Geistlichen sehen wollte. Er hatte seinen Vater überredet, ihm eine Jahresrente von etlichen tausend Pfund Sterling auszusetzen, in deren Genuß er im Jahr darauf von seinem fünfundzwanzigsten Geburtstag an kommen sollte, und war dann an Bord des ersten Schiffs gegangen, das ihm in seiner Unerfahrenheit seetüchtig erschien. Als der Kapitän ihm sein Ziel nannte, sagte Ernesto Grey achselzuckend, daß der Río de la Plata ihm recht sei.
Als das Schiff drei Monate später festmachte, wußte er, daß er die richtige Wahl getroffen hatte. Er kannte weder die Sprache noch die Kultur, in die er sich hineinbegab, aber er wußte auf den ersten Blick, daß er es mit einer blühenden Stadt zu tun hatte. Es war im Jahr 1902, als er in Montevideo an Land ging und eine Ranch kaufte. Er ließ sich nieder, um Rinder zu züchten, hatte Erfolg und eroberte ein paar Jahre nach seiner Ankunft das Herz von Aurelia Ponce de Aragón, einem lebenslustigen siebzehnjährigen Mädchen, das ihn trotz der Einwände ihrer Eltern heiratete. Mamasita hat mir erzählt, daß die beiden Familien sich bei der Hochzeit kennenlernten und stillschweigend übereinkamen, daß sie so etwas nicht noch einmal erleben wollten.
Mein Urgroßvater war entsetzt, daß die zukünftige Frau seines Sohnes ihm an Bildung in nichts nachstand, viel las und noch dazu ermuntert wurde, in aller Öffentlichkeit ihre Meinung zu sagen. Er kam zu dem Schluß, die Ehe mit einer solchen Frau werde seinen Sohn ins Unglück stürzen.
Meine englische Urgroßmutter mißbilligte die Überschwenglichkeit,

die ihr von den neuen Verwandten ihres Sohnes entgegengebracht wurde. Ihre Umarmungen verstörten sie und brachten ihre sorgfältig arrangierten Spitzen in Unordnung.
Es war offensichtlich, daß Mamasitas Eltern der Ansicht waren, ihre Tochter heirate unter Stand, was die Greys verblüffte: die Tatsache, daß sie Engländer waren, hätte genügen sollen, ihre Überlegenheit zu begründen. Es folgte ein Wettstreit im Hinblick auf die Kosten der Hochzeit. Die Tradition verlangte es, daß Mamasitas Eltern sie trugen, wozu sie gewillt und in der Lage waren. Ernests Eltern ließen es sich jedoch nicht nehmen, dem jungen Paar ein Haus in Montevideo zu bauen.
Wie Mamasita mir in einem unbedachten Moment offenbarte, lachten sie und Ernest über das alles und machten weiter, was sie fast vom ersten Augenblick ihres Kennenlernens an gemacht hatten. Sie trafen sich alle paar Tage am Strand, um nackt im Río de la Plata zu schwimmen und sich auf Ernests Cape im Sand zu lieben. Kaum war ihr dies entschlüpft, setzte meine Großmutter sich kerzengerade auf und packte meinen Arm. »Vergiß das! Wovon rede ich? Das ist vielleicht das einzige, woran du dich erinnern wirst, wenn du an mich denkst! Erzähl das nie deiner Mutter oder deinen Tanten!«
Ich versprach es, und das Geheimnis schuf eine besondere Verbundenheit zwischen uns.
Nach dem Tod meines Großvaters drohte meine Großmutter, das geräumige Haus zu verkaufen, das vor fünfzig Jahren für sie gebaut worden war, aber sie tat es dann doch nicht, weil ich das Haus gern hatte und Mamasitas Lieblingsenkelin war.
Das Haus lag in der Mitte eines großen Parks und war von Palmen umgeben, die zu erklimmen Mamasita von ihrem Gärtner, Don Leopoldo, gelernt hatte. Meine Mutter hörte nicht auf, sich darüber zu grämen, daß meine Großmutter mit siebzig bessere Beine hatte als sie mit fünfzig. Mamasitas Beine waren lang, schlank und vollkommen geformt, wohingegen meine Mutter ihre dicklichen Fesseln und üppigen Waden unter kunstvoll zugeschnittenen Röcken zu verbergen trachtete. Mamasita hatte sich erboten, meine Mutter in die

Kunst des Palmenkletterns einzuweihen, aber meine Mutter hatte abgelehnt.

Bald nachdem ich darüber informiert worden war, daß ich einige Monate als Austauschschülerin in den Vereinigten Staaten verbringen würde, besuchte ich meine Großmutter. Ich traf sie vor dem hohen schmiedeeisernen Tor, wo sie mit Don Leopoldo stand. Sie trug Hosen und ein vor dem Bauch zusammengeknotetes Hemd. Das schwarze, glänzende Haar war zu einem verschlungenen Knoten im Nacken frisiert. Hinter dem Tor lag ein Haufen von *tacuara*, und sie und Don Leopoldo debattierten lebhaft.

»Guten Tag, Mamasita«, sagte ich.

Meine Großmutter strahlte, als sie mich sah, und küßte mich herzlich. »*Hola, corazón!* Du wirst jeden Tag hübscher! Deine Urgroßmutter hätte alles dafür gegeben, wenn ihr rotes Haar deinen Kupferton gehabt hätte. Ihrs sah aus wie geriebene Karotten und hatte auch so eine Struktur.«

»Wofür ist das *tacuara*, Mamasita?«

Sie deutete auf den hinteren Teil des Anwesens. »Wir brauchen einen neuen Zaun, und Leopoldo hat mir das hier gebracht.« Sie deutete verächtlich auf den Haufen Rohr. »Ich habe Feigenkaktus verlangt!«

»Wofür denn das?« fragte ich erstaunt. Ich war einmal in einen Feigenkaktus gefallen und wußte, wie garstig er war.

»Um die *Charrúas* fernzuhalten.«

»Die sind doch alle tot, Mamasita.«

»Ja, das sollen wir glauben. Sie warten bloß ab. Irgendwann kommen sie vom *monte* und greifen an, genau wie früher, auf dem Rücken von Wildpferden.«

Ich wechselte einen Blick mit Amapola, Don Leopoldos stattlicher Stute, die angebunden am Tor stand. Ich lächelte über ihren würdevollen Ausdruck, der jeden Lügen strafte, der sie als Abkömmling von Marodeuren bezeichnete.

Mamasita wandte sich an Don Leopoldo. »Bring es weg. Ich will Feigenkaktus. Und bring Amapola zur Küchentür. Ich habe Äpfel für sie. Für dich gibt es *empanadas.*« Sie entfernte sich mit langen Schritten in Richtung Haus.

»Was werden Sie machen, Don Leopoldo?«

Er grinste achselzuckend. »Natürlich den Feigenkaktus bringen!«

»Aber es gibt keine *Charrúas*!«

»Doña Aurelia sagt, es gibt sie. Wer will behaupten, daß es sie nicht mehr gibt, bloß weil wir sie nicht sehen können?« Er führte Amapola weg, und ich ging den Kiesweg hoch und dachte an die Geschichte über die *Charrúa,* die Mamasita mir erzählt hatte.

Das jetzt Uruguay genannte Land war ein Teil des Gebiets gewesen, das die *Charrúa* seit Jahrhunderten durchstreift hatten. Als Mamasitas Vorfahren, ein schwarzer Ire namens FitzGibbon und seine Frau Isabel, 1743 in die Provinz Río de la Plata kamen, waren die *Charrúa* eine Bedrohung für alle Siedler. Dennoch war es Charlie FitzGibbon gelungen, am Ufer des Cebollatí ein festungsähnliches Haus zu bauen und zu verteidigen. Isabel FitzGibbon hatte sich mit einem jungen *Charrúa* angefreundet, der, wie Mamasita behauptete, in sie verliebt gewesen war. Onkel George, der Familienhistoriker, sagte, das sei Unsinn, aber Mamasita beharrte darauf. Sie erklärte, ein Mann, der nicht verliebt war, hätte nichts so Schönes wie das Achatpuzzle machen können, das jetzt ihr gehörte.

Als ich das Puzzle zum ersten Mal sah, war ich neun Jahre alt. Ich war bei Mamasita in Caupolicán, ihrem Landsitz, während meine Eltern eine Brasilienreise machten. Mamasita und ich hatten den Tag zu Pferd verbracht – sie auf einem ihrer *criollos*, ich im Sattel mit einem zuverlässigen Gaucho, der schwarze Zigaretten rauchte und ein tief zerfurchtes Gesicht hatte. Als wir nach Hause kamen, ging sie sich umziehen, und ich betrachtete ihre Sammlung indianischer Gebrauchsgegenstände: Speere und Pfeilspitzen, Muschelschmuck und ein paar Stücke von etwas, das wie verschrumpeltes Leder aussah.

Mamasita kam zurück und beobachtete mich, wie ich die Sachen vorsichtig in die Hand nahm.

»Ich weiß, was das hier ist, Mamasita«, sagte ich, auf die Muscheln und Pfeilspitzen deutend, »aber was ist das?« Ich ergriff ein Stück

Leder, ließ es schnell fallen und wischte mir die Hände an den Jeans ab.
»Warum hast du dir die Hände abgewischt?« fragte Mamasita.
»Ich weiß nicht. Es gefiel mir nicht, wie es sich anfühlte.«
Mamasita nickte. »Es ist Menschenhaut. Die *Charrúa* zogen denjenigen, die sie in der Schlacht getötet hatten, die Haut vom Gesicht.«
Ich wich von der Kommode mit der Sammlung zurück. »Warum hebst du das auf?«
»Weil es Kraft hat. Genau wie das hier.« Sie ging hinaus und kam ein paar Augenblicke später mit noch einem alten Lederstück zurück. »Keine Sorge«, sagte sie. »Das ist keine Menschenhaut.« Sie schlug das Leder zurück und brachte mehrere Achate zum Vorschein, die von einem Blau waren, wie ich es noch nie gesehen hatte. Blaue Achate waren keine Seltenheit in Uruguay, aber diese waren durchsichtig, fast so klar wie Diamanten. Jede nur denkbare Schattierung von Blau schimmerte in meinen Händen. Die Steine hatten etwas so Zartes, daß ich kaum zu atmen wagte.
»Es ist ein Puzzle«, sagte Mamasita, während sie die Steine zusammenlegte. »Es heißt, daß nur die *Charrúa* sie gemacht haben. Dieses hier wurde vor mehr als zweihundert Jahren für Isabel FitzGibbon gemacht.«
Die Steine hatten zu einem Stern zusammengefunden, und die glatten Kanten fügten sich so ineinander, daß die verschiedenen Blautöne in den Achaten zur Geltung kamen. Ich konnte den Blick nicht von ihnen lassen. Von da an bat ich immer, wenn ich in Caupolicán war, darum, das Puzzle in die Hand nehmen zu dürfen. Für mich besaß es magische Kräfte, es war Geheimnis und Offenbarung. Mamasita sagte, das Puzzle und ich leuchteten beide, wenn ich es hielt.
Als ich mich der zu Mamasitas Haustür führenden Steintreppe näherte, wünschte ich, das Puzzle wäre in ihrem Stadthaus, dann hätte ich es an diesem Tage halten können.
Der Butler wartete und verbeugte sich, als ich eintrat.
»Guten Tag, Frederick.«
»Guten Tag, Miss Magdalena. Sie sehen blendend aus.«

»Danke, Frederick. Wieviel Zeit habe ich?«
Er zog eine goldene Uhr aus der Tasche seiner gestreiften Weste. »Zehn Minuten, Miss.«
Ich stieg die Treppe zu dem Zimmer hinauf, das für Mamasitas Enkelinnen bereitstand. Es war ein großer Raum mit zwei Doppelbetten und einem riesigen Eichenschrank, in dem Kleider hingen, die Mamasita für Mahlzeiten in ihrem Hause geeignet erschienen.
Ich nahm eine weiße Seidenbluse mit langen, weiten Ärmeln und einen blauen Faltenrock heraus, schleuderte die Sandalen von mir und schlüpfte in ein Paar von den flachen, schwarzen Lackschuhen auf dem Boden des Schranks. Nebenan gab es ein ähnliches Zimmer für Mamasitas Enkel. In dem Schrank dort hingen verschiedene Anzüge in diversen Größen und Farben. Als Miguel einmal ohne Jackett über dem gestärkten, hellblauen Hemd zum Abendessen erschienen war, hatte Mamasita ihn mit einem einzigen Heben der Augenbraue nach oben geschickt. Kein Mann hatte sich je ohne Jackett zu einer Mahlzeit mit ihr niedergelassen, und ihr Enkel sollte nicht der erste sein. Es war ein besonders heißer Tag. Miguel bat Frederick um eine Schere, schnitt die Ärmel von dem Jackett ab und erschien, angetan mit dem Rest, bei Tisch.
Auf dem Toilettentisch lag ein Sortiment von Bürsten mit silbernem Rücken. Ich sah mich im Spiegel an. Ich schaute heute gut aus. Mein Haar ringelte sich bis auf die Schultern, meine Zähne waren gerade, nachdem ich zwei Jahre lang eine Spange getragen hatte, und meine Wimpern wurden dunkler, so daß meine Augen besser zur Geltung kamen. Sofía hatte neulich gemeint, es könnte sein, daß ich eines Tages sogar hübsch würde.
Als der Gong ertönte, war ich schon auf dem Weg hinunter ins Eßzimmer. Der lange Tisch war mit alter spanischer Spitze und Silber gedeckt, und in der Mitte prangte eine Schale mit roten Rosen. Seit dem ersten Todestag meines Großvaters vor zwanzig Jahren hatte Mamasita jeden Morgen eine einzelne rote Rose erhalten. In der Familie wußten alle, daß die Blumen von Brigadegeneral Paz kamen, der Mamasita seit ihrer Jugend verehrte. Er war unverheiratet ge-

blieben und vom bescheidenen Leutnant, der die junge Aurelia zum ersten Mal auf einem Ball gesehen hatte, bis zu dem aufrechten, silberhaarigen Brigadegeneral aufgestiegen, den jetzt so viele fürchteten. Er besuchte sie regelmäßig, und die Vase mit den roten Rosen wurde stets in den Raum getragen, in dem sie saßen. Mamasita tat so, als wüßte sie nicht, wer sie schickte, und der General tat so, als staune er über solche Treue.

Meine Großmutter und ich saßen in Reichweite voneinander an einem Ende des Tisches. Sie hatte ein hellgraues Kleid mit langen Ärmeln angezogen und trug eine Perlenkette mit zehn Strängen eng um den Hals.

»Also. Er heißt Jaime Betancourt. Ich kenne seine Familie nicht.«

»Sein Vater ist Schneider.«

»Ein ehrenwerter Beruf.«

»Meine Mutter findet das nicht.«

»Deine Mutter ist ein Snob. Hat er gute Tischmanieren?«

Ich lächelte. »Ja.«

»Dafür hätte die Luftwaffe gesorgt, wenn seine Familie es versäumt hätte. Liest er?«

»Viel.«

»Was würdest du aufgeben, um ihn zu heiraten?«

Ich blickte von meiner Suppe hoch. »Ich weiß nicht«, erwiderte ich überrascht.

»Wenn du das weißt, kannst du dich verloben. Bis dahin versprich ihm nichts.«

»Er drängt.«

»Das tun alle jungen Männer, wenn sie verliebt sind. Sie wollen das Eigentumsrecht so schnell wie möglich haben. Gib es ihm nicht. Er wird versuchen, dich zu formen. Es ist deine Sache, dafür zu sorgen, daß du dich selber formst. Du bist viel zu intelligent, um jung zu heiraten.«

»Du warst siebzehn.«

»Das war eine andere Zeit. Damals hatte eine Frau nur die Wahl zu heiraten oder für den Rest ihres Lebens unter der Aufsicht ihrer Familie zu leben. Ich hatte Glück. Ich war verliebt, und mein Mann war reich. Pferde waren meine Leidenschaft, und er ließ mich gewähren. Ich hatte alles, was ich wollte.«

»Wie ist das, Mamasita? Alles zu haben, was man will?«

»Es macht einen bescheiden, und es befreit.«

»Soll ich nach Amerika gehen?«

»Natürlich.«

»Jaime fürchtet, daß ich ihn dort vergesse.«

»Vielleicht tust du das.«

»Meine Mutter hofft es.«

»Es ist ja nur ein Jahr. Eine wunderbare Gelegenheit, sich in eine andere Kultur hineinzufinden.«

»Erinnerst du dich an Marco Aurelio Pereira, Mamasita?«

Sie legte den Löffel nieder. »Meine Weiblichkeit müßte vollkommen weggeschrumpelt sein, wenn ich einen jungen Mann wie Marco Aurelio Pereira vergessen würde. Ich hatte gehofft, daß du dich in ihn verlieben würdest.«

»Oh.« Ich senkte den Blick. »Das ginge nicht. Er ... er ist so etwas Besonderes. Er wird jemanden wie dich heiraten. Jemanden, der rein uruguayisch ist, wie er selber.«

»Es gibt keine reinen Uruguayer. Außer den *Charrúa.* Wir andern sind alle eine Mischung. Alles Mischlinge.«

»Vielleicht. Aber die Spanier und Portugiesen sind akzeptable Mischlinge. Die aus dem Norden Kommenden nicht.«

»Für wen akzeptabel, Kind?« fragte Mamasita überrascht.

»Für Männer wie Marco Aurelio Pereira. Für Reinrassige.«

»Was du für Ideen hast. Vielleicht helfen dir die Amerikaner, die wirklich eine Tuttifrutti-Nation sind, darüber hinweg.«

Ich lachte. »Warst du schon mal da, Mamasita?«

»Nein, aber ich würde gern hinfahren. Ich bewundere die Amerikaner. Im Moment sind sie noch große Kinder, aber eines Tages finden sie zu sich, und dann können wir was von ihnen lernen.«

»Die *tías* sagen, daß sie mich mit grammatikalisch falschen Vorträgen über ihre Autos langweilen werden.«

Mamasita lachte. »Sie sind stolz auf ihre Spielzeuge. Ihr Wohlstand basiert darauf, daß sie sich und andere davon überzeugt haben, daß niemand ohne sie leben sollte.«
»Marco meint, daß uns die Habsucht eines Tages zerstören wird.«
»Das wird so sein. Bis dahin sollst du deinen Amerikaaufenthalt genießen. Ich nehme an, es wird schwer für dich sein, wenn du zurückkommst.«
»Warum, Mamasita?«
»Nun, zum einen wird deine Schulzeit vorbei sein. Du wirst Familienpflichten übernehmen müssen.«
»Ich möchte Psychiatrie studieren.«
»Gut. Ich hoffe, du tust das. Die Familie wird noch ein Einkommen brauchen. Du mußt vielleicht arbeiten, während du studierst. Ich habe gehört, deine Kusinen sind beide auf der Suche.«
Ich nickte. »Sofía fängt wahrscheinlich nächstes Jahr an zu unterrichten. Wie das mit Carmen ist, weiß ich nicht.«
»Carmen wartet auf einen Ehemann, der sie aushält. Sie sollte eine bessere Meinung von sich haben.«
»Mamá meint, Frauen sollten keine Männerarbeit machen.«
Mamasita seufzte. »Manchmal frage ich mich, wie ich zu solchen Töchtern komme. Na ja, es heißt, Verstand überspringt eine Generation. Vielleicht wirst du uns entschädigen!«

Elf

Bald erhielten Emilia und ich Briefe von unseren Gastfamilien, die uns herzlich willkommen hießen und Fotos von fremden schneebedeckten Landschaften beigelegt hatten. Emilia war begeistert, daß es in ihrer Familie eine Dänische Dogge gab.

Zusammen mit hundert anderen Teenagern gingen Emilia und ich an Bord eines Jets. Alle hatten von Freunden und Verwandten am Flugplatz überreichte Abschiedsgeschenke dabei. Blumen ließen die Köpfe hängen, und Luftballons verstellten den Blick, aber in unserem Teil der Welt war Reisen eine Gelegenheit zum Feiern und Geschenkemachen, und nur wenige Familien ließen sich durch praktische Überlegungen davon abhalten. Die Terrassen des Flughafengebäudes waren voller Menschen, die jubelten und winkten, während wir die Flugzeugtreppe hochstiegen und an Bord gingen. Emilia und ich winkten zurück, aber wir taten bloß so, als ob wir jemanden in der Menge der Zurückbleibenden kannten. Emilias Familie war von meiner dazu überredet worden, uns in aller Stille in der Wartehalle zu verabschieden, ohne Blumen oder hinderliche Ballons.

Die Stewardessen hatten es nicht zum ersten Mal mit einer Flugzeugladung von Austauschschülern zu tun und nahmen den Lärm, die Gitarren in den Gängen und unser Herumsitzen auf den Armlehnen gutmütig hin. Das Licht wurde ausgemacht, da das Flugzeug in die Nacht hineinflog, aber wir schliefen kaum. Ein paar von uns hatten schon Heimweh.

Auch wenn wir uns gerne als weltgewandt betrachteten, staunten wir doch, als wir New York City unter uns sahen, es lag da wie ein Feenland aus Lichtern in der Schwärze ringsum. Der Flugplatz erschien uns im Vergleich zu unserem riesig und verlassen, und es gab keine Arme, die uns erwarteten.

Busse standen bereit, um uns an unsere verschiedenen Ziele zu bringen. Emilia und ich trennten uns: sie fuhr gen Süden, ich gen Norden. Wir hatten nur Zeit, uns schnell zu umarmen, und dann wurde Emilias vertrautes Gesicht vom Grau alten Schnees unter einem trüben Himmel verschluckt.

Das Fehlen natürlicher Farben war etwas, an das ich mich erst gewöhnen mußte. Reklametafeln attackierten uns aus allen Richtungen, befahlen uns zu trinken, zu rauchen und ein vollkommenes Lächeln zu lächeln.

Überwältigt von unserer Kleinheit in einer unermeßlichen Landschaft aus Beton und Glas waren wir, die fünfzig Schüler unterwegs nach Michigan, zum ersten Mal seit unserer Abreise still. Nachdem wir die Stadt hinter uns gelassen hatten und durch offenes Land fuhren, entspannten wir uns und fingen wieder an zu reden. Die Busfahrt dauerte siebzehn Stunden. Schließlich schliefen wir.

Als ich in meinem leichten Mantel, mit Lederschuhen und Handschuhen aus dem Bus stieg, schien die Kälte so greifbar wie die grauen Steine der Kirche, in die wir geführt wurden. Kaffee und Doughnuts erwarteten uns. Wir stürzten uns darauf. Einige von uns holten ihre Gitarren hervor, und während wir darauf warteten, abgeholt zu werden, sangen wir Volkslieder, die an zu Hause erinnerten.

Bald kamen Familien, und ich saß da und beobachtete sie nervös. Ein Mann mit vollen Lippen und nach unten gezogenen Mundwinkeln musterte die Mädchen verstohlen. Ich hoffte, daß er nicht zu meiner neuen Familie gehörte, als eine sehr kleine Dame hereinkam. Ihre dunklen Augen blickten von einem Foto, das sie in der Hand hielt, zu den erwartungsvollen Gesichtern ringsum. Sie lächelte und strahlte Wärme aus. Sie entdeckte mich, schob den sie Begrüßenden beiseite und nahm mich in die Arme. »Da bist du!« sagte sie. »Ich bin Amanda Norton, deine Mom!«

Ich konnte mein Glück kaum fassen. Bald umarmte mich mein

»Dad«, und seine Wärme und gute Laune ließen es überflüssig erscheinen, daß er mir sagte, ich sei zwar in einem fremden Land, aber wenn es nach ihm gehe, würde ich mich nie allein fühlen.
Es war im Januar 1964, und das Land war noch erschüttert von der Ermordung Präsident Kennedys, die zwei Monate zurücklag. Die erste Astronautin, Valentina Tereschkova, war drei Tage im Weltraum gewesen, und in Südvietnam war die Regierung durch einen Militärputsch gestürzt worden.
Es fiel mir schwer, mich an die High-School zu gewöhnen. Die Lehrmethoden waren anders, aber der Unterrichtsstoff war nicht besonders schwer. Das einzige Thema, das ich nicht kannte, war das amerikanische Regierungssystem. Doch da die Antworten auf die Testfragen im multiplen Wahlverfahren vorgegeben wurden, kam ich durch, ohne viel zu lernen. Allmählich begriff ich, daß es bei dem, was ich lernte, nicht um Fakten ging, sondern um eine neue Art des Schülerlebens, was ja auch der Grund war, warum ich da war.
Das erste, was mir an meinen Mitschülern auffiel, war ihre Passivität. Sie saßen höflich da und schienen sich mehr dafür zu interessieren, wie sie aussahen und was sie unternehmen würden, als für den Unterricht. Die Mädchen trugen Make-up und Frisuren, die sie Stunden gekostet haben mußten. Ein oder zwei waren mit Hochzeitsvorbereitungen beschäftigt.
Von den Menschen, die ich während meines Aufenthalts in Michigan kennenlernte, hatte kaum jemand von Uruguay gehört. Es wurde gewöhnlich mit Paraguay verwechselt. Ganz Lateinamerika schien im Kopf der Leute zu einem labilen Gebilde mit gefährlichen Neigungen zum Kommunismus zusammengeklumpt.
Janet, meine amerikanische Schwester, versuchte mir zu helfen. »Dies ist ein stabiles Land, Magdalena. Seit dem Bürgerkrieg hat es keine Revolution mehr gegeben.«
»Ich bin nicht so sicher, ob das etwas ist, auf das man stolz sein sollte.«
»Findest du Kriege gut?«
»Nein, aber Revolutionen können ihr Gutes haben. Ich wünschte, es

würde niemand dabei umkommen, aber zu überdenken, was wir tun und nicht hinzunehmen, was die Regierung uns erzählt, ist keine schlechte Sache.«

»Manche von uns vertrauen unserer Regierung. Ist das schlecht?«

Ich zögerte. »Nein. Ich glaube, es ist ideal. Aber bist du sicher, daß sie vertrauenswürdig ist?«

Janet zuckte die Achseln. »Warum soll ich mir Gedanken darüber machen, solange sie nichts Fragwürdiges tun?«

»Was ist mit Martin Luther King und seinen Demonstrationen? Sind die nicht revolutionär?«

»Dr. King ist Pazifist.«

»Ich weiß, aber das, was er propagiert, wird Gewalttätigkeiten nach sich ziehen, meinst du nicht auch? In Alabama mußte Präsident Kennedy Truppen aufbieten. Sag mir, hast du schon mal bei einem Streik mitgemacht?«

Janet lachte. »Bei einem Streik? Wozu?«

»Tut die Regierung denn nie etwas, womit du nicht einverstanden bist?«

»Na ja, manchmal erhöhen sie die Steuern, aber was hätten wir davon, wenn wir deswegen streikten? Niemand kümmert sich darum, was Jugendliche denken.«

Ich erzählte ihr, daß Schüler und Studenten in Uruguay fast jeden Monat streikten und wir schon aus Prinzip gegen die Politik der Regierung protestierten, Slogans an die Mauern der Stadt schrieben, zu Hunderten demonstrierten, den Verkehr aufhielten und Staatseigentum beschädigten. Janet war schockiert. Sie fragte, was solche Streiks und Aufsässigkeiten für einen Sinn hätten, da ich ihr doch erzählt hatte, daß wir erst mit achtzehn wählen konnten. Diese Frage hatte mir noch nie jemand gestellt.

»Nein, ich kann noch nicht wählen, aber ich bin nicht machtlos, Janet!« sagte ich. Zu Gewerkschaften gehörte, daß sie streiken, und unsere Schüler- und Studentengewerkschaft war genauso ernst zu nehmen wie jede andere. Janet schien nicht nur unbeeindruckt, sondern irgendwie erhaben über solche Sachen.

Nicht lange danach, als der Vietnamkrieg die amerikanische Gesellschaft bis in ihre Grundfesten erschütterte, erhielt ich einen Brief von Janet, in dem sie sich an unsere Gespräche erinnerte und sich fragte, ob ihr Vertrauen tatsächlich eine Illusion gewesen sei. Mittlerweile waren zwei von Janets Freunden in Vietnam umgekommen, und Janet selber hatte angefangen, die Dinge auf die gleiche Weise in Frage zu stellen, wie ich es einst getan hatte.

Aber damals, als ich bei dieser Familie lebte, die mir die Geduld von Heiligen zu haben schien, gestattete ich mir, mich daran zu freuen, wieviel in ihrem Haus gelacht wurde, wieviel Wohlwollen und Liebe es dort gab. Ich versuchte den Rest der amerikanischen Welt zu verstehen, in der man sehr viel mehr Freiheit oder jedenfalls Eigenleben haben konnte. Junge Leute verabredeten sich und gingen allein miteinander aus. Schüler hatten Halbtagsjobs.

In Uruguay ging man ganztägig zur Schule, fünfeinhalb Tage in der Woche, und brauchte jeden Abend noch mehrere Stunden für die Hausaufgaben, und wenn man bei einer Abschlußprüfung durchfiel, mußte man auch noch im Sommer in die Schule. Abgesehen von Sport gab es keine Wahlfächer, und wir mußten so viel lernen, daß keine Zeit für etwas anderes blieb, selbst wenn es Halbtagsjobs gegeben hätte.

Als ich Janet erzählte, daß bei uns Sport das einzige Wahlfach war, konnte sie es kaum glauben. »Wie macht ihr bloß einen Abschluß, wenn ihr vier Jahre Physik, vier Jahre Chemie, vier Jahre von allem nehmen müßt?«

Später, als sie selber Lehrerin wurde, sagte Janet mir, sie wünschte, ihre Schüler würden mehr lernen und weniger Zeit für die Jobs verwenden, die sie brauchten, um ihre Autos zu finanzieren.

Bevor die neun Monate, die ich bei den Nortons verbrachte, um waren, begleitete ich die Familie bei einem Besuch des Colleges, das Janets künftiges Zuhause werden sollte. Es war das wichtigste Ereignis meines Aufenthalts. Von dem Moment an, als ich aus dem Kombi der Nortons stieg und meinen Fuß auf den eines der vielen imposanten Gebäude umgebenden Rasen setzte, wußte ich, daß es mein größter

Wunsch war, dort zu wohnen. Es war so friedlich, daß ich einen Augenblick lang einfach atmete und die Augen schloß. Ich kannte Ausbildungsstätten nur als Orte, an denen es hoch herging. Unsere mitten in der Stadt gelegenen Universitätsgebäude waren jahrelang Zielscheibe von Wut und Frustration gewesen. Die Wände waren mit Slogans bedeckt, Denkmäler beschädigt, Busse hielten mit kreischenden Bremsen und stießen schwarze Abgaswolken aus, wenn sie losfuhren. Es wurde ständig gehupt, und Blätter, Dreck und alte Zeitungen lagen in den engen Gassen herum.

Hier schlenderten Studenten in den ersten warmen Frühlingstagen mit Büchern unter dem Arm, und um sie herum blühten Blumen. Ich wollte an so einem Ort studieren, wo ich, wenigstens für eine Zeitlang, Menschenrechte und Unterdrückung und Ungerechtigkeit vergessen konnte. Ich stellte mir Lehrer vor, die sich nur dem Unterrichten verschrieben hatten und sich nicht um Politik kümmerten.

Ich hatte Janet kritisiert, weil die Welt außerhalb ihrer Grenzen ihr gleichgültig war, weil es ihr und ihren Freunden egal zu sein schien, wenn ihre Regierung eine Politik der Einmischung betrieb, und weil sie es vorzogen zu ignorieren, was in ihrem Namen in der Welt ausgestreut wurde.

Zum ersten Mal verstand ich, warum. Ich wußte, daß auch ich, wenn ich an einem so angenehmen und bequemen Ort leben würde, den Sinn für Gefahr verlieren, in geistige Unternehmungen eintauchen und alles andere vergessen würde.

Ich fand es wunderbar zu lernen und sehnte mich danach, es da zu tun, wo keine Streiks dazwischenkamen, wenn Prüfungen waren, wo die politischen Ansichten eines Schülers nicht bekannt waren und ihre Noten nicht beeinflussen konnten und wo es, wie ich von Janet wußte, die Möglichkeit gab, in einem Orchester zu spielen, in einem Chor zu singen und in einem Theaterstück aufzutreten.

Ich hatte keine Ahnung, wie die Unterschiede zwischen unseren Ländern zustande gekommen waren, und keine Vorstellung davon, ob ein System besser war als das andere, und wenn ja, warum. Ich wußte nur, daß ich, als ich in Ann Arbor stand, einen Augenblick lang wünschte, ich hätte nie von Che Guevara gehört.

Emilias große Entdeckung bestand darin, daß Religion in Amerika sehr ernst genommen wurde. Vor unserer Reise war uns nie aufgefallen, daß Religion in Uruguay etwas sehr Persönliches war. Emilia und ich gingen zwar jeden Sonntagmorgen zur Messe, aber nur weil es eine Gelegenheit bot, die Jungs aus der Katholischen Schule zu beobachten. Wir stellten fest, daß wir Nonnen und Priester stets als abartige Menschen betrachtet hatten, die wegen eines gebrochenen Herzens ins Kloster gegangen waren oder weil sie kein Interesse an Sex hatten. Die Leute, die wir kannten, hörten sich ihre Predigten und Ratschläge höflich an, wobei sie davon ausgingen, daß jemand, der nicht am Leben teilnimmt, auch nichts darüber wissen kann. Der Kirchgang war für uns ein geselliges Ereignis. Wir kannten niemanden, der an die Hölle glaubte; der Himmel, wenn es ihn denn gab, mußte allen offenstehen, warum sonst betete man zu einem gütigen Gott?

Emilia lebte bei gläubigen Katholiken, als sie zum ersten Mal nach Himmel und Hölle fragte. Sie lasen nicht nur die Schriften des Papstes, sie glaubten auch daran. Emilia war entsetzt. Das Beten vor jeder Mahlzeit konnte sie noch ertragen, aber der tägliche Gang zur Messe war eine Qual. Die wenigen Jungs, die hingingen, richteten ihre Aufmerksamkeit auf den Gottesdienst und nicht auf sie, und es gab absolut niemanden, mit dem sie hätte flirten können. Obendrein wußte sie, daß der jüngste Sohn der Familie heftig in sie verliebt war und einmal in ihrer Unterwäsche gewühlt hatte. Emilia fand das so abartig, daß sie das Land verlassen wollte.

Wir schrieben uns jeden Tag, manchmal ausführlich, manchmal nur eine Postkarte mit einem einzigen Satz.

Zwölf

Liebe Magdalena, warum sind amerikanische Väter so oft zu Hause? Ich kann meinem nie entrinnen! Er kommt von der Arbeit direkt nach Hause und ißt jeden Abend mit uns ...!!! *Emilia*

Liebe Emilia, meiner auch! Ich habe meinen amerikanischen Dad in den vier Monaten hier öfter gesehen als meinen eigenen Vater in vier Jahren. Ich glaube, daß unsere Väter zu Hause nichts mit sich anzufangen wüßten. Meiner schläft kaum noch zu Hause! *Magdalena*

Liebe Magdalena, habe ich Dir erzählt, daß meine Familie Gemüse anbaut? Von uns allen wird erwartet, daß wir ein oder zwei Stunden am Tag Unkraut jäten und uns die Fingernägel ruinieren, bloß damit wir Dinge essen können, die wir genausogut im Supermarkt kaufen könnten. Neulich nahmen wir mit unseren Tomaten an einem Wettbewerb teil. Nach den Bestimmungen mußten die Tomaten eine »übereinstimmende Erscheinung« haben (das heißt, sie sollten gleich aussehen) und sollten »ohne Schadstellen« sein. Der Geschmack wurde nicht geprüft, nur das Aussehen. Wir haben nicht gewonnen. Alles Liebe, *Emilia*

Liebe Emilia, bist Du sicher, daß Du nicht versehentlich an einem Miss-Amerika-Wettbewerb teilgenommen hast? Ha, ha! Ich habe gerade einen Brief von Deiner Mutter bekommen. Bei Kerzenlicht geschrieben. Die U.T.E.-Arbeiter streiken, und Montevideo ist ohne Elektrizität und Telefon. ich kann mir nicht vorstellen, daß das hier passieren könnte, jedenfalls nicht wegen eines Streiks. Ich weiß, daß es an der Ostküste und in Teilen von Kanada einen großen Stromausfall gegeben hat, aber das lag an einem Schalter oder so in Ontario. *Cariños, Magdalena*

Liebe Magda, seitdem ich vom Flugplatz zurückgekommen bin, habe ich nicht aufgehört, an Dich zu denken. (Ich muß hinzufügen, daß ich es versucht habe.) Ohne Dich ist alles leer. Ich verbringe die Tage in der Luft und sammle Navigationserfahrungen, oder ich bin mit dem Fahrrad unterwegs nach nirgendwo, auf der Suche nach etwas, das weit weg ist.

Alles hier erinnert mich an Dich. Die Songs, die wir mögen, das Meer, der Himmel, all das gibt mir das Gefühl, schrecklich allein zu sein.

Ich liebe Dich so, wie ich noch nie jemanden geliebt habe, und wenn ich an Dich denke, weiß ich, daß ich lebe.

Ich habe gerade gelesen, was ich bisher geschrieben habe. Ich wünschte, ich wäre ein Dichter und in der Lage, mich auszudrücken. Versteh dies nicht als Liebesbrief; es ist der armselige Ausdruck der Gefühle, die ich nicht in Worte fassen kann.

Alle hier sind niedergeschlagen und traurig, seitdem Du fort bist. Außer Josefa, die sagt, sie weiß, daß es Dir gutgeht und Du glücklich bist. Ich fragte sie, ob sie oft von Dir hört (*ich* habe bloß zwei Briefe von Dir), und sie sagte, sie hört *täglich* von Dir. Deine amerikanische Familie muß sehr reich sein, wenn sie es sich leisten können, Dich jeden Tag in Uruguay anrufen zu lassen. Josefa sah mich merkwürdig an, als ich sie fragte, ob Du angerufen hättest. Marco, der dabei war, lachte und erklärte, daß Du einen Hexenanteil in Dir hast. Er sagte, das sei Dein irisches Erbe. Wovon redet der arme Narr? Er und Josefa schienen es sehr lustig zu finden, daß ich nicht an Telepathie und dergleichen Unsinn glaube.

Marco ist stundenlang am Strand und schwimmt und ist so braun geworden, daß ich ihn fast nicht wiedererkannt habe. Er bemüht sich weiter darum, verhaftet zu werden (er hat mit den U.T.E.-Arbeitern demonstriert), und sein Vater rettet ihn immer wieder. Was für ein

Idealist. Ich kann mich nicht entscheiden, ob ich ihn für den größten Narren halten soll, den ich je kennengelernt habe, oder für einen wahren Aristokraten. Mitglied eines uns anderen überlegenen Ordens. Solange es Marco Aurelios in der Welt gibt, brauchen wir anderen uns keine Sorgen zu machen, weil wir wissen, daß er standhalten wird, treu wie Gold. Er wird die demokratischen Ideale verkörpern, die wir alle bewundern; er wird sogar für sie sterben, auf daß wir anderen gut dastehen, ohne etwas dazu beigetragen zu haben.

Würdest Du mir einen Gefallen tun? Finde die Adressen von einigen der großen Fluggesellschaften heraus. Ich möchte ihnen schreiben, um Arbeit zu bekommen. Und wenn ich als Gepäckarbeiter anfange, ich weiß, daß ich eine Anstellung als Pilot finden werde, wenn ich erst einmal da bin.

Danke für den Charlie-Brown-Cartoon – »Peanuts« gefällt mir sehr. Schick mir mehr.

Heiratest Du mich, sobald Du zurück bist? Ich bete Dich an, *Jaime*

Lieber Marco, hoffentlich hast Du meinen letzten Brief bekommen, in dem ich Dir von meiner wunderbaren Familie erzählt habe. Ich glaube, ich habe auch viel über die Kälte geklagt. Also, das ist jetzt nicht mehr so schlimm. Nach dem ersten Tag, an dem ich nach dem Heimweg von der Schule vollkommen durchgefroren nach Hause kam, brauchte ich nicht mehr zu laufen. Mom hat eine Mitfahrgelegenheit für mich gefunden und mir auch Stiefel und Fausthandschuhe gekauft. Meine Füße und Hände sehen zehnmal größer aus, als sie in Wirklichkeit sind, aber ich friere nicht mehr. Ich habe im Schnee gespielt und versucht, Schlittschuh zu laufen – die meiste Zeit habe ich auf dem Eis gesessen anstatt zu laufen!

Hast Du von den Rassenkrawallen in Los Angeles gehört? Fünfunddreißig Menschen sind dabei umgekommen.

Hast Du die Beatles in *Help* gesehen? Sehr gut!!

Ich weiß, daß Deine Brüder sich für Fußball interessieren. Was sagen sie dazu, daß den britischen Spielern vorgeworfen wird, sie hätten

die Spiele getürkt? Apropos Sport – Michigan hat den Rose Bowl gewonnen! Weißt Du, was das ist?
Bitte sag Deiner Mutter, daß ich ihr bald schreibe.
Alles Liebe, *Magdalena*

Liebe Magdalena, ich bin heute so traurig, daß ich nicht weiß, ob ich diesen Brief beenden, geschweige denn abschicken werde. Wenn ich ihn abschicke, wirst Du seine Zusammenhanglosigkeit gewiß verzeihen. Ich bin so froh, daß Du mir geschrieben hast. Deine Briefe liegen neben meinem Bett, und ich lese sie, wenn ich das Gefühl habe, daß ich lachen möchte. Deine Schilderungen Deiner Mitschüler und der neuen Tänze, die Du lernst, machen mich neidisch. Die Schüler und Studenten hier sind wütend. Aber sind sie das nicht immer? Manchmal frage ich mich, ob ihre Wut nicht genauso ein Zeitvertreib für sie ist wie Plattenhits, Kleider und Frisuren für Deine Freunde in den USA. Ärger Dich nicht über mich, aber ich finde Janets Fragen eigentlich ganz vernünftig. Haben wir mit unseren Methoden je etwas erreicht? Wie Du siehst, bin ich wirklich tiefgestimmt, wenn ich ausgerechnet die Aktionen in Frage stelle, die mir seit meinem zwölften Lebensjahr das Gefühl gegeben haben, mit anderen verbunden zu sein und ein Ziel zu haben. ich bin in diese Depression verfallen, nachdem ich mich während eines Urlaubs entschlossen hatte, mich an der Demonstration vor einem der Elektrizitätswerke zu beteiligen. Das hat mich an den Tag erinnert, als Du und Emilia Cora das Leben gerettet habt. Ja, ich weiß – Du denkst, ich übertreibe, aber ich glaube wirklich, daß sie ohne Euch an diesem Tag vielleicht gestorben wäre. (Cora sieht das auch so.)
Jedenfalls fand ich mich plötzlich nach allen Seiten hin von Polizeikordons abgeschnitten. Mein erster Gedanke war, falls sie mich nicht umbringen, tut es mein Vater, wenn er erfährt, daß ich das, was er so verwerflich findet, nicht aufgegeben habe. Sie stürzten sich mit kurzen Gummiknüppeln und amerikanischen *piñas* auf uns und lachten darüber, wie wir versuchten, ihren Schlägen auszuweichen. Ein Fotograf von ich weiß nicht welcher Zeitung oder welchem Planeten machte

Aufnahmen. Es war offenbar seine erste Demonstration, denn der arme Kerl erzählte allen, die es hören wollten, er werde das Vorgehen der Polizei an die Öffentlichkeit bringen. Sie fielen über ihn her, und als sie von ihm abließen, waren er und seine Kamera vernichtet.
Sie brachten uns im Schutz der Dunkelheit zu der Unterführung am Palacio de la Luz.
Und dort wurde mir eine der bisher bittersten Lektionen meines Lebens zuteil. Als ich in die Unterführung gestoßen wurde, legte jemand seine Hand auf meinen Arm. Es war Pepe. Ich hatte ihn nicht mehr gesehen, seitdem er vor einem Jahr oder so unseren Bezirk verlassen hat. Also, er erkannte mich und zog mich aus der Reihe. Er fragte, was ich da mache, ob ein Irrtum vorliege? Ich sagte, nein, ich hätte an der Demonstration teilgenommen. Er schüttelte den Kopf, packte wieder meinen Arm und zog mich zu einer Gruppe von Polizisten. Er sagte ihnen, wer mein Vater ist, sagte, daß er mich kennt, und sie befahlen mir, nach Hause zu gehen. Ich erklärte, daß ich bleiben wollte, daß ich zu den anderen in der Unterführung gehörte. Und sie lachten mich aus. Ich wurde wütend und versuchte, einen von ihnen zu schlagen, aber Pepe trat dazwischen und fing den Schlag mit seinem Körper ab. Ich versuchte, in die Unterführung zu kommen, aber sie ließen mich nicht.
Am nächsten Tag kam Pepe zu uns, und natürlich belohnte mein Vater ihn. Nachdem Pepe gegangen war, griff Papá nach seiner Peitsche. Ich nahm sie ihm weg und warf sie aus dem Fenster. Ich bin einundzwanzig Jahre alt, und er wird mich nie mehr auspeitschen.
Lach nicht – Pibe dachte, die Peitsche wäre für ihn geworfen worden, damit er sie jagen und damit spielen konnte. Er hat sie Gott weiß wo verloren. Er wird alt und apportiert nicht mehr wie früher!
Mein Vater scheint zu merken, daß sich etwas zwischen uns geändert hat. Er hat kaum etwas gesagt, nur daß ich seinem Namen keine Schande machen soll. Ich fürchte, daß ich das nach seinen Maßstäben oft tun werde. Jetzt weiß ich, daß er mich in all den Jahren heimlich beschützt hat. Es war nicht Glück, wie ich manchmal dachte, oder Klugheit, wie ich gern geglaubt hätte. Nur die gute alte uru-

guayische Politik. Es zählt nicht, was du tust, bloß wer du bist oder wen du kennst.
Ich möchte aus Deinen Briefen herauslesen, daß Du mir mein Dreinreden wegen Jaime auf Deiner Geburtstagsparty verziehen hast. Du bedeutest mir etwas, Kleine Löwin.
Ich habe *Help!* noch nicht gesehen. Vielleicht können wir zusammen hingehen, wenn Du nach Hause kommst. Und ja, ich weiß, was der Rose Bowl ist. Ein großes Entscheidungsspiel beim Baseball, stimmt's?
Jaime scheint nichts dagegen zu haben, wenn wir uns schreiben. Vielleicht schicke ich das hier doch ab. Meine Mutter legt ihre neuesten Gedichte bei und läßt Dir sagen, daß Du ihr fehlst.
Cariños, Marco

Lieber Marco, ich kann mir nicht vorstellen, daß Du Eurem Namen jemals Schande machen würdest. Ich bin stolz darauf, Dich zu kennen. Ich finde Dein Mitgefühl mit den Arbeitern wunderbar. Ich habe das immer gefunden, seit dem Tag auf dem Cerro, als ich Dir einen Gänseblümchenkranz aufsetzte. Du bist mein Held.
Es tut mir wirklich leid, daß ich bei meiner Party auf Dich losgegangen bin. Ich bin diejenige, die sich entschuldigen muß, nicht Du. Ich habe seitdem nicht mit Dir gesprochen, und Schreiben kommt mir sehr seltsam vor. Ich wünschte, Du wärest hier, mir fehlt das rechte Augenmaß, das Du hast. Ich versuche nicht herumzukritisieren. Schließlich bin ich selber weit davon entfernt, vollkommen zu sein, und wir leben nicht in Utopia, stimmt's? Vielleicht kannst Du mir helfen zu verstehen, warum es mir zuwider ist, in Läden zu gehen, in denen es so viele Dinge zu kaufen gibt, daß ich sie nicht einmal an einem Tag anschauen könnte. Warum stoße ich mich daran, daß wir tütenweise Sachen wegwerfen? Liegt es an dem, was Du mir an dem Tag auf dem Cerro zu erklären versucht hast, als Du davon sprachst, daß Verschwendung die Sinne abstumpft? Ich passe hier einfach nicht her. Dir würde es wahrscheinlich auch so gehen. Leidenschaft ist schwer zu finden. Du bist der leidenschaftlichste Mensch, den ich

kenne, und ich vergleiche alle anderen mit Dir. Hier sind sie sehr sentimental. Sie lieben Geschichten über Kinder, die sterben oder an schrecklichen Krankheiten leiden.
Den Schülern scheint die Regierung ziemlich egal zu sein. Ich weiß nicht, ob sie an sie glauben oder sie schlicht ignorieren. Ich hoffe, sie werden nicht enttäuscht. Sie halten sich für freie Menschen, weil sie freie Wahlen haben. Mir kommen sie eher sediert als frei vor. Es ist schwer zu denken, wenn man aus allen Richtungen mit Sachen zum Kaufen bombardiert wird. Was mich zurück zum Cerro bringt und zu dem, was Du über die beiden Arten von Zucker gesagt hast.
Emilia ist in Missouri. Ihre Familie ist sehr religiös. Meine ist sehr nett, aber das habe ich Dir schon tausendmal erzählt. Ich mag dieses Haus sehr. Sie lachen immer.
Kommst Du wirklich mich besuchen, wenn ich zurück bin? Ich würde *Help!* gerne noch einmal sehen.
Neulich ist mir klargeworden, daß meine Kindheit vorbei ist. Die Schulzeit ist vorbei. Ich habe das Gefühl, am Rande eines Abgrunds zu stehen, mir bleibt nichts anderes übrig, als zu springen. Mamasita hat vorausgesagt, daß ich mich so fühlen würde. Wenn ich nach Hause komme, möchte ich Medizin studieren, aber ich bezweifle, daß meine Familie damit einverstanden ist. Emilia möchte Rechtsanwältin werden.
Der Abschied von den Nortons wird mich sehr traurig machen.
Meine Mutter hat mir kürzlich geschrieben, um mir mitzuteilen, daß die Geschäftsangelegenheiten meines Vaters nicht zum Besten stehen und er noch mehr Land verkauft hat. Meine Kusinen haben beide Arbeit gefunden, um zum Lebensunterhalt der Familie beizutragen.
Wie geht es Lilita? Hast Du sie in letzter Zeit gesehen?
Gerade bevor Dein Brief kam, dachte ich, ich hätte mich längst dafür entschuldigen sollen, daß ich Dich wegen Jaime so grob angefahren habe. Ich könnte nicht damit leben, daß Du nicht mehr mein Freund bist. Jetzt weiß ich, daß Du mir vergeben hast, weil Du genausogut wie ich weißt, daß im Rose Bowl nicht Baseball gespielt wird.
Immer Deine *Magdalena*

Dreizehn

Das Jahr nach meiner Rückkehr war freudlos. Viele Brasilianer kamen ins Land, um der gerade errichteten Militärdiktatur zu entgehen, und Jaime und ich hatten unseren ersten großen Streit.

Jaime war von keiner der Gesellschaften, bei denen er sich als Pilot beworben hatte, angenommen worden, aber er war entschlossen, Uruguay trotzdem zu verlassen. Die Brasilianer warnten davor, daß das, was bei ihnen geschehen sei, auf einen Trend weg von der Demokratie hindeutete, und Jaime wollte Uruguay verlassen, solange es noch ging.

»Ich finde, du solltest bleiben, Jaime. Marco braucht dich. Es gibt zu wenige von euch in den Streitkräften, die sich gegen eine Intervention des Militärs aussprechen. Ich weiß, daß du Marcos Ansicht teilst.«

»Das tue ich. Ich teile alle Ideale, die er für uns hochhält. Aber ich werde nicht für Ideale sterben, Magda.«

»Warum solltest du? Wenn es genug Leute bei euch gibt, die Widerstand leisten, können die Extremisten nicht gewinnen.«

»Magda, die Übeltäter gewinnen *immer.*«

»Das glaubt Marco nicht.«

»Natürlich glaubt er das. Er weiß es so gut wie ich, aber dem blöden Kerl ist das egal. Ihm geht es nicht darum, wer gewinnt. Es ist eine Frage der moralischen Überlegenheit. Marco ist ein gefährlicher Mann, in erster Linie für sich selbst.«

Ich war entsetzt über Jaimes Zynismus und sagte ihm das.

»Magda, ich war mein Leben lang arm. Keine Regierung hat sich je um mich gekümmert, und das wird auch in Zukunft so sein. Ob es

nun eine Militärregierung ist oder nicht. Uruguay ist auf demselben Weg wie die anderen lateinamerikanischen Staaten, und Marco und seine kleine, sehr kleine Schar von Freunden sind selbstmörderische Narren, wenn sie sich dem entgegenstellen.« Er nahm meine Hände. »Hör zu, Magda. Ich habe einen Plan. Du und ich, wir trennen uns, wie deine Mutter es wünscht. Dann muß sie ihr Versprechen halten und mir zu einem Visum verhelfen. Bevor ich abreise, heiraten wir. Ich lasse dich nachkommen, sobald ich Arbeit in den USA habe.«
Ich lachte. »Sei nicht töricht. Ich bin noch nicht einundzwanzig; ich kann ohne die Zustimmung meiner Eltern nicht heiraten.«
»Ich kenne einen Richter, der es machen würde. Gegen Bezahlung.«
»Im Ernst, Jaime. Ich kann nicht weg. Ich werde hier gebraucht.«
»Von wem? Ich dachte, du willst aufs College. Du hast gesagt, du würdest alles dafür geben.«
»Ich könnte es nicht bezahlen. Weißt du, was es kostet, in den USA aufs College zu gehen?«
»Ich werde genug verdienen, um dich nach Harvard zu schicken, wenn du dahin willst.«
»Und wenn du nicht genug verdienst? Und wenn ich alles aufgebe und trotzdem nicht aufs College gehen kann?«
»Ist das alles, was dir wichtig ist? Ob du aufs College gehen kannst oder nicht? Was ist mit uns?«
»Es ist zu früh für mich zu heiraten, Jaime, wirklich. Und ich will Uruguay nicht für immer verlassen. Aufs College gehen und dann hierher zurückkommen, das vielleicht, aber du redest davon, dort zu bleiben.«
»Es ist Marco, stimmt's?«
Ich merkte, wie ich rot wurde. Ich konnte es mir nicht gestatten, irgendwelche Gefühle für Marco zuzugeben, aber mein Schweigen sagte genug.
»Du willst nicht aus Uruguay weg, weil der blöde Idiot sich in den Kopf gesetzt hat, die uruguayische Demokratie zu retten. Was um alles in der Welt kannst du dazu beitragen? Willst *du* zu den Tupamaros, ausgerechnet du!«

»Es ist nicht nur das«, sagte ich, mich abwendend.

»Oh?«

»Ich … Marco und ich …«

Jaime lachte plötzlich bitter auf. »Oh, was für ein Narr ich war. Marco und du. Natürlich. Das hätte ich wissen sollen.«

Ich wollte etwas sagen, aber er kam mir zuvor. »Ich will meine Flügel zurück.«

Er war als bester Pilot seines Jahrgangs mit goldenen Flügeln ausgezeichnet worden und hatte sie mir geschenkt, anstelle eines Verlobungsrings, den er sich nicht leisten konnte.

»Heißt das, daß wir uns trennen?« fragte ich mit seltsam fremder Stimme.

»Sei nicht so blöd. Das weißt du doch. Du hast mir mehr oder weniger gesagt, daß du einen andern liebst.«

Ich ging nach oben und nahm das Samtkästchen aus meiner Nachttischschublade. Ich sah die goldenen Flügel ein letztes Mal an und ließ das Kästchen mit einem merkwürdigen Gefühl der Erleichterung zuschnappen.

Als ich die Treppe wieder hinunterstieg, um ihm das Kästchen zurückzugeben, erinnerte ich mich daran, wie stolz Jaime die Flügel an seiner Ausgehuniform getragen hatte. Er ging ohne ein weiteres Wort. Ich blieb zurück und fragte mich, was ich mit dieser Liebe zu Marco, die ich beinahe zugegeben hatte, anfangen sollte.

Ich ging langsam in mein Zimmer und legte mich aufs Bett, um zu weinen. Es waren keine Taschentücher in meinem Nachttisch, und so stand ich auf, um eines aus dem Schrank zu holen. Hinter einigen Kleidungsstücken lag eine Tüte. Ich schaute hinein und entdeckte einen nagelneuen Mantel, an dem noch die Schilder hingen. Ich hatte ihn in Michigan für Gabriela gekauft. Mit schlechtem Gewissen mußte ich mir eingestehen, daß ich mich seit meiner Rückkehr nicht um Gabriela gekümmert hatte. Ich war so mit meinen eigenen Angelegenheiten beschäftigt gewesen, daß ich bis jetzt nicht an sie gedacht hatte.

Ich fand eine Schachtel und legte den Mantel hinein. Es war Samstag, und es gab nicht so viele Busse zum Cerro wie unter der Woche. Ich stand ziemlich lange an der Bushaltestelle, bis ein alter Bus angerattert kam. Ich stieg ein, um die lange Fahrt aus der Stadt zu machen.

Als ich mich dem Hügel näherte, erinnerte ich mich an meinen letzten Besuch dort und mußte die Zähne zusammenbeißen, um bei dem Gedanken an Marco und seinen Gänseblümchenkranz nicht zu weinen. Er mußte mich für eine Idiotin gehalten haben. Wie konnte ein Mann wie Marco mich jemals ernst nehmen, geschweige denn lieben?

Es wehte ein kalter Wind, und ich fror, als ich den Hügel zu Gabrielas Hütte hochstieg. Aus einem Loch im Dach kam Wärme verheißender Rauch, und ich ging schnell darauf zu.

Es gab keine Tür, an die ich hätte klopfen können, nur eine vor die Öffnung genagelte alte Decke. Ich rief Gabrielas Namen. Die Decke wurde sofort beiseite geschlagen, und Gabriela umarmte mich.

»Magda! Ich habe mir gedacht, daß du es bist! Ich habe aus dem Fenster geschaut, gesehen, daß jemand kommt, und zu Gervasio gesagt, das ist Magdalena! Kommt uns endlich besuchen! So lieb wie immer, aber« – ihre Finger legten sich leicht auf mein Gesicht – »traurig! So traurig! Gervasio, stell den Stuhl ans Feuer! Ja, den, den sie uns geschenkt hat! Direkt ans Feuer!«

Gervasio war jetzt ein großer Junge, hochgewachsen und hübsch. Das rote Haar war nachgedunkelt und schimmerte kastanienbraun. Er stellte den Stuhl für mich hin, ohne zu lächeln, und ich glaubte einen Vorwurf in seinen Augen zu sehen, als seine Mutter sich neben mir auf einem Hocker niederließ. Er schlug die Decke beiseite und ging hinaus.

»So«, sagte Gabriela, »erzähl mir mal, warum du geweint hast.«

»Hier.« Ich gab ihr die Schachtel, ohne auf ihre Frage einzugehen. »Das habe ich dir aus den Vereinigten Staaten mitgebracht.«

Gabriela faltete die Hände.

»Mach auf!«

Sie öffnete die Schachtel und war begeistert. Der Mantel paßte ihr

genau und stand ihr gut. Er war rehfarben und hatte einen dunklen Pelzkragen. Sie tanzte in der Hütte herum, und mir fiel ein, daß ich immer gedacht hatte, sie sehe wie ein Filmstar aus. »Gabriela«, sagte ich, ihre Wange berührend, »sind die neu?«
Sie lächelte glücklich und zeigte ein neues, vollkommen weißes Gebiß. »Kleine Aufmerksamkeit des Militärs!«
»Die *milicos* haben dir falsche Zähne gekauft?«
»Ja! Leutnant Pereira hat dafür gesorgt.« Sie klapperte fröhlich mit den Zähnen. »Die Kinder sind begeistert.«
»Wo sind die Kinder?« fragte ich, ihre Abwesenheit erst jetzt bemerkend.
»Mit ihrem Vater unterwegs. Einmal im Monat fährt er mit ihnen zum Parque Rodó.«
»Gervasio ist hiergeblieben?«
Gabriela nickte. »Er ist nicht einverstanden mit seinem Vater. Meinetwegen.«
»Weil er dich nicht geheiratet hat?«
»Ja, und weil Gervasio findet, er sollte uns ein Haus kaufen. Aber das kann er nicht. Er hat eine Frau und fünf Kinder, für die er sorgen muß. Jetzt möchte ich eine Antwort auf meine Frage«, sagte sie, zog den Mantel eng um sich und setzte sich wieder auf den Hocker. »Was ist los?«
»Mir ist klargeworden, daß ich jemanden liebe.«
»Ich hoffe, ich kenne ihn.«
»Ja, du kennst ihn.«
Sie nickte. »Das freut mich. Ihr beiden seid füreinander geschaffen.«
»Glaubst du, daß er je an mich gedacht hat?«
»Ja. Aber er hat eine Lebensaufgabe. Solche Männer sind schwer zu lieben.«
»Was glaubst du, ist seine Aufgabe, Gabriela?«
»Ich bin eine unwissende Frau, Magda. Ich habe weder die Schule noch sonst etwas zu Ende gebracht. Also ist meine Meinung nicht viel wert. Aber ich bin zu den Versammlungen gegangen. Leutnant Pereira ist oft da.«

»Meinst du die Gewerkschaftsversammlungen?«
»Es gibt auch andere. Kleine. Manche in *ranchos*, die so bescheiden sind wie meine. Männer und Frauen reden und heißen sogar uns willkommen – uns vom Cerro, meine ich. Es sind gebildete Leute, aber sie behandeln uns wie ihresgleichen. Der Leutnant hat Gervasio bei den Schulaufgaben geholfen. Weißt du, ich habe Gervasio und die anderen Kinder immer zur Schule geschickt. Meine eigene Mutter hat nicht darauf bestanden, und ich wünschte, sie hätte es getan. Ich hätte gerne eine bessere Ausbildung gehabt.« Sie schaute einen Augenblick traurig ins Feuer. »Aber Gervasio ist gut im Lesen, und der Leutnant sorgt dafür, daß er lernt. Die Leute bei diesen Versammlungen reden von Veränderung. Ich verstehe nicht alles, aber ich weiß, daß der Leutnant hoch geachtet ist. Wenn er redet, hören die anderen zu.«
»Heute hat mir jemand gesagt, daß Marco ein gefährliches Leben führt.«
»Ist es nicht immer gefährlich, Gerechtigkeit zu fordern? Nach dem, was Gervasio mir aus seinen Geschichtsbüchern vorliest, habe ich den Eindruck, daß die Leute immer sterben, bevor sich etwas ändert.«
»Glaubst du, daß das Böse immer siegt?«
»O nein!« sagte Gabriela entschieden. »O nein! Es geht immer voran! Es mag zwar so aussehen, als ob das Böse triumphiert, aber danach muß immer wieder das Gute kommen, sonst gäbe es ja keine Hoffnung für uns.« Es dampfte aus der Tülle des Wasserkessels, den Gabriela aufgesetzt hatte. Sie erhob sich, um *mate* zu machen. »Der Leutnant hat mich einmal aus seiner Hand lesen lassen«, sagte sie.
Ich sah sie interessiert an. »Ich wußte nicht, daß du aus der Hand lesen kannst, Gabriela.«
»Meine Mutter war eine *curandera*; meine Tanten können alle aus der Hand und aus den Karten lesen. Die Karten haben nie zu mir gesprochen, aber die Hände schon.«
»Was hat Marcos Hand dir gesagt?«

»Darüber kann ich nicht reden. Aber ich will dir sagen, daß ich etwas in seiner Hand sah, was ich noch nie gesehen habe. In seiner Lebenslinie fehlte ein Stück. Sie hörte ganz plötzlich auf und fing dann wieder an. Keine Ahnung, was das zu bedeuten hat. Ich habe noch keine Lebenslinie gesehen, die so stark ausgeprägt war wie seine, außer meiner eigenen. Ich wollte, daß er Kinder hat, aber es waren keine da. Jetzt habe ich schon zu viel gesagt.«
»Liest du mir aus der Hand, Gabriela?«
Aber sie ärgerte sich über sich selbst, weil sie so viel gesagt hatte, und redete an diesem Tag nur noch von anderen Dingen. Wir saßen mehrere Stunden zusammen, tranken *mate* und sprachen über die Kinder und Gabrielas Hoffnungen für Gervasio.
Wir redeten von Marco, riefen uns alle unsere Gespräche ins Gedächtnis, seine Gesten und sein Aussehen. Ich zeigte Gabriela den kleinen Elfenbeinelefanten, den er mir nach Michigan geschickt hatte. Ich trug ihn an einem Goldkettchen um den Hals, und Gabriela fragte mich, ob ich noch jede Woche in den Zoo ginge, um Tomasito zu besuchen.
»Ja. Er ist jetzt sehr groß.«
»Seid ihr noch Freunde?«
»Ja. Ich dachte, er hätte mich vergessen, nachdem ich so lange weg war. Aber er hat sich an mich erinnert.«
»Niemand von uns hat dich vergessen, Magdalena.«
»Ich war keine besonders beständige Freundin.«
»Warum glaubst du das?«
»Wie lange habe ich gebraucht, um dich zu besuchen!«
Gabriela winkte ab. »Es ist schwer, jung zu sein. Es wird so viel erwartet. Du mußt über deine Zukunft nachdenken.«
»Gabriela, ich habe keine Ahnung, was die Zukunft für mich bereithält. Darum wollte ich, daß du es mir sagst.«
Sie schüttelte den Kopf. »Das kann ich nicht. Es ist nicht immer gut zu wissen. Ich wünschte, ich hätte Leutnant Pereira nie aus der Hand gelesen. Jetzt mache ich es nicht mehr für Freunde, nur noch für Fremde. Und wenn mir nicht gefällt, was ich sehe, behalte ich es für

mich und sage ihnen nur Gutes. Das wollen sie sowieso lieber hören.«

Meine Mutter war tief befriedigt über meine Trennung von Jaime. Sie nutzte die Gelegenheit, um mir klarzumachen, daß ich schnell und auf anständige Weise Geld verdienen müsse. Der Beruf einer Sekretärin sei gesellschaftlich akzeptabel, und wenn ich mich ins Zeug legte, könne ich innerhalb von zwei Jahren Schreibmaschineschreiben und Stenografie lernen. Ich erklärte, daß ich Medizin studieren wolle, aber meine Mutter hatte keine Lust, sich Sofías und Carmens Beschwerden anzuhören. Die beiden meinten, wenn sie arbeiten müßten, sollte ich das auch. Ich verdiente es nicht, anders behandelt zu werden, bloß weil ich jünger sei.

Die Räume der Sekretärinnenschule waren schmuddelig und fensterlos. Auf einfachen Holztischen standen Reihen von Schreibmaschinen unter nackten, an kurzen Kabeln von der Decke hängenden Glühbirnen – in weite Ferne war das College meiner Träume gerückt.

An den kältesten Wintertagen machten Emilia und ich lange Spaziergänge, um die Verzweiflung niederzukämpfen, die uns überkam, wenn wir an unsere Zukunft dachten. Wir gingen wieder zu den Felsen, auf die wir als Kinder geklettert waren und wo wir von Karrieren, phantastischen Ehen und begabten Kindern geträumt hatten. Irgendwie halfen wir uns gegenseitig durch diesen trostlosen Winter. Lilita verstand unsere Verzweiflung. Wenn ihre eigene Depression nachließ, machte sie uns heiße Schokolade, backte Kuchen und redete uns zu, Einladungen anzunehmen.

Ehe wir uns versahen, kehrte der Sommer mit dröhnender Brandung zurück. Ich hatte drei Monate frei. Ich schlief entweder bis mittags oder stand im Morgengrauen auf, um barfuß die zwei Blocks zum Fluß hinunterzulaufen und die Sonne aufgehen zu sehen. Emilia und ich schwammen bei jedem Wetter und gingen viel aus. Das hatten wir Marco zu verdanken. Er besaß viele Freunde, und Emilia und ich wurden mit ihm zusammen eingeladen. Wir gingen mindestens ein-

mal in der Woche tanzen, machten Picknicks und trafen uns in dem Vergnügungspark, um Autoskooter und Riesenrad zu fahren.
Die Sonne bräunte unsere Haut und hellte unser Haar auf. Wir fühlten uns neu belebt, und ich beschloß, die Sekretärinnenschule im Schnellverfahren zu beenden. Dann wollte ich mir einen Job suchen und abends zur Universität gehen. Wenn andere das konnten, konnte ich das auch. Emilia und ich schworen einander feierlich, daß wir uns gegenseitig helfen würden, unsere Träume zu bewahren. Emilia wollte ebenfalls zur Abendschule gehen, und ich würde ihr helfen, für Lilita zu sorgen.
Als der Herbstwind trockene Blätter über das Pflaster unter Emilias Fenster trieb, arbeitete ich hart und wurde die Beste in Schreibmaschineschreiben und Stenografie.
Der Weihnachtssternbaum stand vor der Blüte, und zu Beginn der Winterzeit wiederholte sich eines Tages das Wunder der frühen Blüte. Das war gewiß ein gutes Omen. Das letzte Mal, als der Baum früh geblüht hatte, hatten wir Cora kennengelernt und waren zusammen in die Jugendzeit aufgebrochen. Diesmal erblickten wir durch die Blätter des Weihnachtssternbaums einen jungen Mann, der gegenüber an Señora Franciscas Mauer lehnte und zu Coras Fenster hochsah. Am Bordstein parkte sein Motorrad. Emilia und ich fielen beinahe von dem niedrigen Ast, der unser Gewicht jetzt kaum noch tragen konnte. Tyrone Power und Robert Taylor hatten unsere Herzen höher schlagen lassen, doch dieser hellhaarige Mann verursachte beinahe einen Herzstillstand. Hier war endlich die leibhaftige Romanze!
Ramiro war sehr groß, mit langen, schlanken Beinen, breiten Schultern und kräftigen Künstlerhänden, die in diesem Augenblick eine dünne Zigarre hielten. Später sahen wir, daß er dunkelblaue Augen, einen vollen Mund und eine edle Nase hatte.
Emilia und ich beobachteten ihn, wie er zu Coras Fenster hochblickte. Er hatte einen Gesichtsausdruck, als wären ihm gerade die sieben Weltwunder in ihrer ganzen Pracht offenbart worden. Er schien zu leuchten. Sein ganzer Körper strebte nach oben. Cora er-

schien am Fenster. Er lief über die Straße, sprang auf den kräftigen Stamm des Jasmins und streckte die Arme aus, um das herabflatternde Blatt Papier aufzufangen. Er war groß und das Fenster niedrig, so daß ihre Hände sich fast berührten. Er küßte seine Fingerspitzen, und die Vorhänge blähten sich in einer Woge von Spitze im Morgenwind.

Emilia und ich beobachteten ihn, wie er auf sein Motorrad sprang und blitzartig um die Ecke verschwand. Dann rannten wir zu Coras Haus und klingelten. Cora öffnete selber. Sie sah erregt und ängstlich aus.

»Dürfen wir reinkommen?« fragten wir.

Cora zögerte. »Nur für einen Augenblick. Ich habe Mama versprochen, daß ich lerne.«

Emilia und ich stürzten ins Haus und setzten uns mit Cora in der Mitte aufs Sofa.

»Wer ist er?« fragte Emilia.

Cora wurde rot. »Habt ihr ihn gesehen?« fragte sie unruhig.

»Cora!« sagte Emilia lachend. »Es ist heller Tag, und ein Mann, der so *churro* ist und ein Motorrad fährt, ist alles andere als unauffällig!«

»Er heißt Ramiro«, sagte Cora seufzend.

»Wo hast du ihn kennengelernt?«

»Bei einer politischen Versammlung.«

»Wie lange ist das her?«

»Drei Tage.«

»Und es war Liebe auf den ersten Blick!« sagte Emilia aufgeregt.

»Na ja, vielleicht nicht auf den *ersten* Blick, aber bald danach.«

Emilia ergriff ihre Hände. »Wie im Kino!«

»Nicht ganz. Er ist kein Jude«, flüsterte Cora und schaute sich dabei um, als könne das Haus selbst sie für ein solches Vergehen verdammen.

»Na und?« fragte ich.

»Sei nicht so ein Dummkopf«, sagte Emilia. »Was wirst du tun, Cora?«

Coras Augen füllten sich mit Tränen. »Ich weiß es nicht.«

In den nächsten Wochen beobachteten Emilia und ich, wie Ramiro jeden Tag auf seinem Motorrad kam, es unter dem großen Schattenbaum vor Señora Franciscas Haus parkte und wartete.
Solange er nicht unmittelbar vor ihrer eigenen Tür war, konnte Coras Mutter weder etwas dagegen sagen noch ihn wegbringen lassen. Er lehnte mit verschränkten Armen an dem Baum und starrte zu dem von Jasmin umwachsenen Fenster hoch, hinter dem Cora bei zugezogenen Vorhängen saß. Er wußte, daß er in diesem Haus genauso wenig Einlaß finden würde wie ein Stück Schweinefleisch. Emilia und ich waren uns einig, daß wir uns an Coras Stelle augenblicklich aus dem Fenster gestürzt hätten.
Und dann sagte uns meine Mutter eines Tages, daß Cora verheiratet werden würde.
»Sie heiratet Ramiro?« fragte Emilia begeistert.
»Ich weiß nicht, wie er heißt«, erwiderte meine Mutter. »Ein jüdischer Junge, hat Frau Allenberg gesagt, er ist Anwalt.«
»Was!« schrie ich. »Sie liebt Ramiro!«
»Wer ist Ramiro?« fragte meine Mutter.
Wir sagten es ihr, und sie schüttelte den Kopf und machte ein ernstes Gesicht. Emilia und ich versuchten Cora anzurufen, wurden aber immer abgewimmelt. Entweder hieß es, sie sei nicht zu Hause oder in der Badewanne oder im Bett. Wir schrieben ihr und bekamen keine Antwort.
Ramiro kam noch jeden Tag, nur war das Fenster jetzt immer geschlossen, der Vorhang hing schlaff, unberührt vom Wind, und der Jasmin verdorrte. Ramiro wurde dünn, seine schönen Augen umschatteten sich, und er rauchte eine Zigarette nach der anderen.
Dann verschwand er.
Emilia und ich fragten uns, ob er sich umgebracht hatte oder ob er jetzt unter dem Fenster einer anderen unerreichbaren jungen Frau stand und mit seinen blauen Augen die Vorhänge durchbohrte.
Dann änderte das Haus eines Tages seine Erscheinung. Herr Allenberg nahm eine Axt und hackte den Kletterjasmin ab, und Frau Allenberg ersetzte die wogenden Spitzenvorhänge durch schwarze

Samtstores, die den ganzen Tag geschlossen blieben.
Cora war durchgebrannt.

Emilia und ich waren nicht sonderlich überrascht von Coras Flucht. Seitdem wir sie kennengelernt hatten, hatte Cora sich nie so verhalten, wie wir erwartet hatten.
Tagelang sprachen die Nachbarn von nichts anderem. Man stellte alle möglichen Vermutungen an und war sicher, daß sie bald gefunden, die Ehe annulliert und das Baby – alle waren überzeugt davon, daß es bald ein Baby geben würde – zur Adoption freigegeben werden würde. Es wurde schon davon geredet, daß die Allenbergs ihr Haus verkaufen würden, als sich herumsprach, daß Raquel einen Millionär heiraten würde.
Alle freuten sich darüber, daß Señora Francisca endlich ihre Augen schonen konnte und nicht mehr fünfzehn Stunden am Tag zu stricken brauchte, um Essen auf den Tisch bringen zu können. Raquel wurde allenthalben gesegnet, und man freute sich mit ihr, bis Walter, ihr Bräutigam erklärte, seine Eltern bestünden auf einem Ehevertrag, in dem seine Verpflichtungen Raquel und ihren künftigen Kindern gegenüber festgelegt und die Vereinbarung getroffen werden sollte, daß Raquel im Falle einer Scheidung nichts von dem Familienvermögen bekommen würde.
Señora Francisca empfand das als demütigend, schluckte die bittere Pille aber mit philosophischem Gleichmut. Es würde keine Scheidung geben, und Raquel würde Mittel und Wege finden, ihnen irgendwie zu helfen.
Raquel nahm Emilia und mich zu dem Apartment mit, in das sie mit ihrem künftigen Ehemann einziehen würde, um uns die eigens für sie entworfenen und handgefertigten Möbel zu zeigen, die bestickten Leintücher und importierten Teppiche, alles Geschenke von der Familie und den Freunden ihres Bräutigams. Die Dienstmädchenkammer neben der Küche war bequem eingerichtet, mit einer Chintzdecke auf dem Bett und passenden Vorhängen an dem Fensterchen zum Lichtschacht. An den rosafarbenen Küchenwänden hingen

glänzende Kupferpfannen und in dem funkelnden Badezimmer flauschige weiße Handtücher. Auf dem von den Eltern des Bräutigams für das Paar eingerichteten Konto war schon genug Geld für eine Hochzeitsreise nach Europa.

Ich fragte Raquel, ob sie glücklich sei. Natürlich, sagte sie. Emilia fragte, wer der Brautführer sein würde, denn sie wußte, daß Raquels Vater nicht zur Hochzeit eingeladen war. Raquel sagte, daß der älteste Bruder ihrer Mutter diese Aufgabe übernehmen würde.

Der Hochzeitsmorgen war sonnig und klar, ein herrlicher Wintertag, genau das Richtige für eine Hochzeit. In unserem Block herrschte Aufregung.

Raquels Familie war den ganzen Tag auf Achse, sie eilten zum Friseur und zur Schneiderin, während letzte Geschenke und Telegramme gebracht wurden und die Nachbarn aus ihren Häusern kamen, um ihre Hilfe anzubieten und Señora Francisca zum wiederholten Mal zu gratulieren. Raquel war nirgends zu sehen, aber das war nicht verwunderlich. Heute war, so erzählten es die Mütter ihren Töchtern, der wichtigste Tag ihres Lebens, und sie war zweifellos damit beschäftigt, sich angemessen darauf vorzubereiten. Emilia hatte sie gesehen, als sie sehr früh am Morgen in die um die Ecke gelegene Kirche ging. Marco fügte hinzu, sie habe ernst ausgesehen. Guter Gott, riefen Emilia und ich, was erwartete er denn? Sie heiratete einen Díaz Varela! Millionen standen auf dem Spiel. Wer würde so eine Heirat auf die leichte Schulter nehmen?

Die Nachbarn gingen zusammen zur Kathedrale. Alle trugen dem Anlaß entsprechend ihre besten Kleider und saßen in Erwartung der Braut still in der Kirche. Traditionsgemäß würde sie eine halbe Stunde zu spät kommen. Der Bräutigam, dessen umfangreicher Leib in einem schwarzen Smoking steckte, erschien und wartete neben dem Altar. Auf seiner hohen Stirn glitzerten Schweißperlen. Die Kerzen wurden angezündet und leuchteten die blumengeschmückte Kathedrale bis in die letzte Ecke aus. Die Orgel stimmte das »Ave Maria« an, der Chor schmetterte los, und Raquel trat ein, majestätisch, verschleiert, herrlich, in einem mit Hunderten von Perlen bestickten

Kleid. Sie hielt den Blick gesenkt, was ungewöhnlich für sie war, und als sie an Emilia und mir vorbeiging, glaubten wir eine Träne in ihren Wimpern glitzern zu sehen.

O Raquel, schöne Raquel, sag nein! betete ich. Wenn du ihn nicht liebst, sag nein! Ich hatte genug Hollywoodfilme gesehen, um so etwas für möglich zu halten.

Feierlich begann die Hochzeitsmesse. Braut und Bräutigam standen mit dem Rücken zu den fünfhundert Versammelten, während der Priester die Hochzeitszeremonie einleitete. Nach einer kleinen Ewigkeit wandte er sich an Raquel und fragte sie, ob sie Walter zum Mann nehmen wolle. Raquel schien zu erzittern. Nach einem spannungsgeladenen Schweigen hob sie den Schleier und wandte sich dem Bräutigam zu. Ihr »Nein!« erschütterte die Dachbalken der alten Kathedrale. Señora Francisca, die neben ihr stand, griff haltsuchend um sich. Ihr Bruder legte schnell den Arm um ihre Taille.

Dem Priester gefror das gütige Lächeln im Gesicht, und dann tat er etwas, das er immer bereuen sollte. Er fragte sie, warum, und Raquel sagte es ihm. Sie sagte es Walter. Sie sagte es der ganzen Versammlung.

Am Vorabend, als sie zum letzten Mal beim Schneider war, hatte sie den Bus verpaßt und mußte einen Umweg machen. Sie kam an einem Stundenhotel vorbei, und dort sah sie im Dunkel der Veranda Walter und – hier drehte Raquel sich um und zeigte auf die erste Reihe, wo seine Kusine Graciela zu Stein erstarrt saß – seine Geliebte. Sie hatten sich leidenschaftlich geküßt und waren dann auseinandergegangen. Graciellas Ehemann erhob sich, als wolle er protestieren, doch sorgte sein Vater geschwind dafür, daß er sich wieder setzte.

Raquel schleuderte das Hochzeitsbukett zu Boden, fegte die Ringe von dem Samtkissen und schmiß Walter die Fetzen des Ehevertrags ins Gesicht. Dann drehte sie sich um und ging allein den Weg zurück, den sie gekommen war.

Zum Entsetzen aller klatschten Marco, Emilia und ich ihr Beifall.

Als wir die Kirche verließen, flüsterte Lilita Señora Marta zu, es passe zu allem, daß Raquels Vater für das Fiasko blechen müsse.

Señora Marta fand das nicht komisch. Sie hatte sich ein neues Kleid gekauft und gedacht, sie würde an diesem Abend mit der High-Society zusammenkommen und Anregungen für ihre nächste *radio novela* finden. Statt dessen hatte sie eine Geschichte, die besser war als alles, was sie hätte erfinden können, aber aus Rücksicht auf die Arteagas nicht verwendet werden konnte.

Vierzehn

Marco liebte seine Mutter sehr, war stolz auf ihr Schreiben und froh, daß er seine vielen Freunde mit nach Hause bringen konnte. Señora Marta ging dann in ihre winzige Küche und machte ihre berühmte Pizza. Nachdem sie sie auf den Tisch gebracht hatte, hielt sie hof, und die jungen Männer spielten Gitarre und sangen Liebeslieder. Jaime waren das Gitarrespielen und die Liebeslieder zu oberflächlich gewesen, aber die Gespräche mit Señora Marta und ihre Bücher hatten ihm gefallen. Sie hatte von ihrem Plan gesprochen, ein Buch zu schreiben, ein Buch, das ihre jungen Freunde gespannt erwarteten, da sie uns gesagt hatte, daß wir alle darin vorkommen würden.

Seit Raquels geplatzter Hochzeit war Señora Marta nicht so guter Dinge wie sonst. Orsino, ihr jüngster Sohn, warb um ein Mädchen, das er an einer Straßenecke in Rivera kennengelernt hatte, einer Stadt, die zu nahe an der brasilianischen Grenze lag, um Señora Martas Billigung zu finden. Man sprach dort ein verhunztes, mit Portugiesisch gemischtes Spanisch, das Señora Marta mit ihrer kastilischen Erziehung zuwider war.

Eines Tages erschien die junge Frau mit ihrer Mutter zu einem Treffen der Familien. Zwei reservierte, in Pelzmäntel gehüllte Frauen zogen für das Wochenende in Señora Martas Gästezimmer. Man kann nicht sagen, daß die drei sich gesucht und gefunden hätten. Adriana und ihre Mutter hörten lieber Seifenopern, als daß sie lasen. Orsino hielt das für einen glücklichen Zufall, der Adriana seiner Mutter lieb machen würde. Dem war nicht so. Señora Marta hatte viele Seifenopern geschrieben, aber sie hörte sie sich nie an und verkehrte nicht mit Leuten, die sich mit so etwas abgaben.

Emilia und ich verstanden nicht, warum Adriana Orsino heiraten wollte. Sie schien sich nicht besonders zu ihm hingezogen zu fühlen. Señora Marta erzählte uns, daß Adriana unbedingt in die Hauptstadt wollte, aber diese Einschätzung ihres Charakters erschien uns zu kalt und berechnend, um wahr zu sein.

An diesem Wochenende verkündete Orsino, er habe sich entschlossen, wie sein Bruder zum Militär zu gehen. Er hatte ein langes Gespräch mit Jaime, und danach wollte er ebenfalls Pilot werden. Sein Vater war außerordentlich zufrieden. Señora Marta zuckte bloß die Achseln und verringerte die auf dem Herd köchelnde Pizzasoße zur allgemeinen Verwunderung der Familie. Als ich sie fragte, was sie da mache, seufzte sie und sagte: »Paß auf. Wir werden weniger Leute zum Essen sein.«

Dann setzte sie sich auf das große spanische Sofa in dem zur Straße hinausgehenden Zimmer und wartete.

Oben wurden Türen geknallt, und wir hörten Orsinos wütende Stimme. Hohe Absätze klapperten auf der Holztreppe, und bald standen Adriana und ihre Mutter in der Tür und zogen ihre Handschuhe an. Sie entschuldigten sich dafür, daß sie früher als geplant gingen, dankten Señora Marta für ihre Gastfreundschaft und riefen ein Taxi.

Señora Marta stellte keine Fragen. Sie sah ihnen einfach zu, wie sie gingen, und verbrannte dann ein wenig Eukalyptus in einer kleinen Kupferschale, atmete den scharfen Duft ein und wedelte sanft etwas davon in meine Richtung.

Bald erschien Orsino mit geröteten Augen. »Sie hat Schluß gemacht«, sagte er.

»Soll ich gehen?« fragte ich.

Er schüttelte den Kopf, und seine Mutter legte die Arme um ihn. Er saß bei ihr, den Kopf an ihrer Schulter, und ließ sich die Tränen von ihr abwischen. Ich tätschelte ihm den Rücken.

»Ich verstehe das nicht«, schluchzte er, »wir waren so glücklich zusammen!«

»*Ya pasó, corazón*«, murmelte seine Mutter. »Sie war sowieso zu sehr auf Pelzmäntel eingestellt und hätte später wie ihre Mutter ausgesehen. Ein Weihnachtsmann ohne Bart.«

Nachdem Orsino das Haus verlassen hatte, um mit seinen Freunden Fußball zu spielen, fragte ich Señora Marta, was ihrer Meinung nach geschehen war.

»Das war eine ehrgeizige junge Frau. Orsino war für sie nur so lange interessant, wie er Ingenieur werden wollte. Als er verkündete, daß er statt dessen zur Luftwaffe gehen würde, hat sie das Interesse verloren.«

Orsinos gebrochenes Herz heilte, und am Ende des Jahres bekamen Emilia und ich eine Einladung zu dem Weihnachtsball des Luftwaffenstützpunkts, auf dem er stationiert war. Jaime, den ich seit unserem Streit nicht mehr gesehen hatte, war dort ebenfalls stationiert. Orsino versicherte mir, daß er nicht dasein würde. Der Tod seines besten Freundes habe ihn schwer mitgenommen. Der junge Mann sei bei einem Manöver umgekommen. Orsino deutete an, daß er gezwungen worden war, ein als schadhaft bekanntes Flugzeug zu fliegen, und bei einem Sturm ins Meer gestürzt war.

Als ich Orsino fragte, wie so etwas geschehen könne, erzählte er mir von Hauptmann Prego, einem Offizier, der seine Männer mit rücksichtsloser Verachtung behandelte und, was Orsino am schlimmsten fand, ein Feigling war. Er scheute Verantwortung und schob die Schuld für eigene Fehler auf seine Untergebenen. Mit einer reichen jungen Dame aus Montevideo verlobt, hatte Prego öffentlich damit geprahlt, daß er mehr als eine der Arbeiterinnen aus der bei dem Stützpunkt gelegenen kleinen Stadt geschwängert habe. Jaimes Freund hatte Prego deswegen Vorhaltungen gemacht und war damit bestraft worden, daß ihm das schadhafte Flugzeug bei Manövern unter Schlechtwetterbedingungen zugeteilt worden war.

Emilia und ich wurden zusammen mit den anderen Gästen zu dem Luftwaffenstützpunkt geflogen. Dicht nebeneinander sitzend, genossen wir den kurzen Flug. Als die Maschine gelandet war, stieg Orsino zuerst aus, um Emilia zu helfen. Ich folgte. Eine Hand im weißen Handschuh streckte sich mir entgegen. Ich ergriff sie und

sprang zu Boden. Ich sah auf, um dem Offizier zu danken, der mir geholfen hatte, und blickte in Jaimes grüne Augen. Ohne zu merken, daß wir die Nachkommenden aufhielten, starrten wir einander an, bis Orsino die Arme um uns beide legte und uns sanft beiseite schob.
Jaime zog die Handschuhe aus und ergriff meine Hände. Seine Wärme durchströmte mich. Ich war einsam gewesen in den vergangenen Monaten. Ich hatte hart gearbeitet. Ich hatte es nicht bereut, Jaimes Forderung, ihn zu heiraten und meine Familie zu verlassen, nicht nachgegeben zu haben, und mich in der mütterlichen Anerkennung meiner Entscheidung, mit Jaime zu brechen, gesonnt, aber zwischen Marco und mir hatte es immer noch keine Aussprache gegeben, und ich begann zu glauben, daß es nie dazu kommen würde.
Jaimes Augen glühten, als er mir den Arm bot und mich in den unter dem Sternenhimmel hell erstrahlenden Hangar führte, der mit farbigen, von den hohen Sparren hängenden Fallschirmen geschmückt war. Das Orchester spielte »One in a Million«, den Platters-Song, nach dem wir bei unserer ersten Verabredung getanzt hatten. Wir lachten nervös über diesen Zufall und bemerkten nicht, daß Hauptmann Prego auf uns zukam.
Der Ausdruck in den Augen von Jaimes Vorgesetzten war nicht mißzuverstehen. Jaime war soeben in seiner Achtung gestiegen. Er erwiderte Jaimes militärischen Gruß und streckte ihm dann die Hand entgegen, sah dabei aber mich an. »Bitte stellen Sie uns vor«, sagte er. »Ihr guter Geschmack ist zu loben.«
Jaime blieb in Habachtstellung und ignorierte die ausgestreckte Hand. »Die Señorita heißt Magdalena Ortega.«
Hauptmann Prego lächelte mich an und berührte Jaimes Arm, wobei er auf seine ausgestreckte Hand deutete.
»Ich habe Ihrem Rang entsprechend salutiert, Hauptmann, aber das Händeschütteln ist eine persönliche Geste der Freundschaft, zu der mich niemand zwingen kann.«
Der Hauptmann war verblüfft. Sein Lächeln wurde unsicher. »Aber, aber, Jaime, womit habe ich Sie beleidigt? Als Ihre Wahl auf Miss Ortega fiel, müssen Sie doch gemerkt haben, daß jeder Mann, der es

verdient, so genannt zu werden, sie bemerken würde. Wenn Sie nicht damit zurechtkommen, eine schöne Frau am Arm zu haben, sollten Sie ...«

»Das hat nichts mit Miss Ortega zu tun.«

»Womit denn?«

»Jorge Blanes.«

Der Hauptmann schlug Jaime mit dem Handschuh ins Gesicht. Das ging so schnell, daß ich es nicht hatte kommen sehen. »Ich schicke Ihnen meine Sekundanten«, sagte er. Dann wandte er sich an mich und verbeugte sich. »Würden Sie mir die Freude machen, mit mir zu tanzen, Miss Ortega?«

Einen Moment lang schien die Zeit stehengeblieben zu sein wie in einem Dornröschenschloß. Alle sahen mich an. Doch ich wurde nicht von einem Prinzen wachgeküßt, sondern fand mich in den Armen des Hauptmanns wieder, der seine Freunde mit einem Nicken oder Lächeln grüßte, während er mich über die Tanzfläche wirbelte. Seine Blicke wanderten umher, seine Hände hielten mich fest und leicht.

Als der Song zu Ende war, flüchtete ich und suchte Jaime. Ich fand ihn draußen. Er war dabei, sich mit zitternden Händen eine Zigarette anzuzünden. Ich nahm das Streichholz und hielt es ihm hin, dann küßte ich die Backe, die der Hauptmann geschlagen hatte. Ich wußte mittlerweile, daß ich ihn nicht liebte. Daß ich das Leben, das er sich so sehr wünschte, nicht mit ihm teilen würde. Aber ich war entschlossen, ihm zu helfen, und wenn er immer noch aus Uruguay wegwollte, würde ich meine Mutter dazu überreden, sich für ihn einzusetzen.

»Kämpfe nicht mit ihm«, sagte ich.

Er schaute mich unverwandt an, fast so, als sähe er mich zum ersten Mal. »Du verstehst das nicht.«

»Ich weiß, daß Duelle töricht und gefährlich sind.«

»In der Luftwaffe bin ich erledigt.«

»Warum?«

Jaime seufzte. »Wenn ich mich weigere, werde ich als Feigling ge-

mieden. Wenn ich die Herausforderung annehme und siege, wird Pregos Stolz es nicht zulassen, daß ich in der Luftwaffe bleibe. Er wird dafür sorgen, daß ich nie befördert werde.«
»Dann bleibt dir nichts anderes übrig, als zu verlieren, und du hast seit der Pubertät nichts Bedeutsameres mehr verloren als Kartenspiele, stimmt's?«
Jaimes Augen wurden hart. »Wie interessant, daß ausgerechnet du das sagst, der größte Verlust meines Lebens.«
»Ist dir denn dein Stolz noch wichtiger als deine Zukunft?«
»Ohne meinen Stolz habe ich keine Zukunft! Glaubst du, ich könnte Prego mein Blut lassen, ihm die Hand schütteln und das Ganze vergessen? Ich werde ihn töten, wenn nicht um meinet-, dann um Jorges willen!«
Ich lachte. Ich konnte es einfach nicht glauben. »Jaime, weißt du, was du sagst? Es geht um ein Duell! Du hast mir tausendmal gesagt, daß du Uruguay verlassen willst, weil wir hier im Mittelalter leben, und jetzt willst du dich nach einer der finstersten Traditionen richten! Was ist mit deinem Entschluß, nicht für ein Ideal zu sterben? Wir wissen beide, worum es bei einem Duell geht. Es geht nicht darum, einander zu töten; es geht um die Ehre! Prego will dich nicht tot sehen; er will den Ruhm, die Schlagzeile in den Abendzeitungen. Er will, daß seine Vorgesetzten ihm einen Verweis erteilen, während sie ihn darum beneiden, daß er die Gelegenheit hatte, für ein paar Augenblicke lang ihre eigenen törichten Träume vom Rittertum zu leben. Ich kann nicht glauben, daß du darauf reinfällst!«
»Jorge Blanes war mein Freund, Magdalena. Und Prego hat ihn umgebracht.«
Ich nahm ihn in die Arme. Das war alles, was mir einfiel. Ich bat ihn, seinen Abschied zu nehmen und das Duell zu vergessen. Mir zu erlauben, ihm zu helfen.
»Wenn ich das mache, würdest du mich dann heiraten?« Er spürte mein innerliches Zurückweichen, ehe ich etwas erwidern konnte, und legte mir die Finger sanft auf die Lippen. »Schon gut«, sagte er.
Es wurde ein Termin für das Duell festgesetzt, die Tage vergingen,

und ich hatte mehr und mehr das Gefühl, daß das alles nicht wirklich war. Duelle waren gesetzlich verboten, aber da die Zivilbehörden sich bei Militärangehörigen von Rang zurückhielten, wurden beide Männer unter Militärarrest gestellt.
Meine Mutter war entsetzt. Sie erklärte mir, ich solle mir unter keinen Umständen, nicht mal im Traum einfallen lassen dabeizusein. Es würden Reporter da sein, die gespannt auf das Ende des Duells warteten, um die Hauptpersonen zu fotografieren. Der Brauch verlange es, daß sie so lange warteten. So hielten sie sich wie unruhige Geier abseits, bis die ersten Schüsse abgefeuert oder die Säbel gezogen worden waren. Meine Mutter erinnerte mich daran, daß der Name Ortega Grey in keinem Teil der Zeitung zu erscheinen habe außer in den Gesellschaftsspalten, und auch dort sei Diskretion geboten.
Jaime hatte Marco gebeten, sein Sekundant zu sein, und Marco kam jedes Wochenende, um mir zu erzählen, was es Neues gab.
»Welche Waffe hat Jaime gewählt?« fragte ich.
»Pistolen.«
»Pistolen? Er hat Goldmedaillen im Fechten!«
Marco hielt sich den Kopf. »Es gehört zu den Gepflogenheiten, daß man es nicht ausnutzt, wenn man dem Gegner in dieser Weise überlegen ist.«
Marco und ich schienen die einzigen zu sein, die die Angelegenheit überhaupt ernst nahmen. Andere meinten, es sei bloß ein Hahnenkampf, ein Aufblitzen männlicher Federn zwischen Kiefernnadeln und Sand. Ein bißchen Schießpulver, ein bißchen Blut, und das war es dann.
Marco und ich kannten Jaime besser.

In der Nacht vor dem Duell ging ich so spät wie möglich ins Bett, weil ich mich vor den Stunden fürchtete, die ich damit verbringen würde, im Dunkeln wach zu liegen, bis es Zeit sein würde, heimlich aufzubrechen. Ich hatte die sozialistische Zeitung *Marcha* mitgenommen und versuchte, einen Leitartikel über Santo Domingo zu lesen.

Tía Aurora hatte wieder Schwarz getragen. Diesmal für das kleine Land, dessen Präsident in Puerto Rico gefangengehalten wurde, weil er laut *Marcha* den amerikanischen Imperialismus herausgefordert hatte. Ich konnte mich nicht auf den Artikel konzentrieren. Ich starrte durch die Schlitze in den Jalousien vor dem großen Fenster gegenüber meinem Bett und sah, wie der Mond hinter Wolken verschwand. Der Wind rüttelte am Gartentor. Bald glitzerten Regentropfen auf dem Glas, und ich fürchtete, daß das ferne Donnergrollen über dem Fluß meine Mutter wecken würde. Mit klopfendem Herzen erwartete ich jeden Augenblick, ihre Schritte zu hören. In stürmischen Nächten stand sie oft auf, um sich zu vergewissern, daß die Türen verschlossen waren, als wären die Stürme so etwas wie heisere Diebe, die ihr die Stille rauben wollten, auf die sie so großen Wert legte.

Ich sah auf die Uhr. Halb fünf. Bald würde es Zeit für unseren Plan. Als erstes würde meine Mutter nach unten ans Telefon gehen und lange genug bleiben, daß ich zur Haustür hinausschlüpfen konnte. Dafür würde Marco mit einem Anruf sorgen, bei dem er so tun würde, als sei er falsch verbunden. Dann würde Emilia sich an meiner Stelle ins Bett legen.

Das Klingeln des Telefons ließ mich zusammenfahren. Ich hörte, wie das Bett meiner Mutter knarrte und sie die Treppe hinunterlief. Ihre ständige Sorge um meinen Vater, der ein leichtsinniger Fahrer war, hinderte sie daran, fest zu schlafen, wenn er nicht da war, und sie ging immer ans Telefon, egal, wann es klingelte. Marco würde sie so lange ablenken, daß ich Zeit hatte, das Haus zu verlassen. Ich lag angezogen im Bett und brauchte nur noch Schuhe und Handtasche zu ergreifen, dann schlich ich die Treppe hinunter und zur Haustür hinaus. Emilia wartete unter dem *estrella federal.* Sie sah absurd aus mit der hellen Perücke unter dem großen schwarzen Regenmantel ihres Vaters. Ich mußte lachen. »Du siehst aus wie Harpo Marx!«

Emilia umarmte mich. »Los!« rief sie und rannte die Treppe hinauf ins Haus. Wir wußten, daß meine Mutter nach ihren schlafenden Töchtern sehen würde, bevor sie sich wieder hinlegte. »Bloß um si-

cherzugehen«, sagte sie, wenn man sie wegen dieser Angewohnheit neckte, »daß sie ruhig atmen.« Emilia würde an meiner Statt da sein und nur etwas von ihrer kupferfarbenen Perücke sehen lassen.
Als ich aus dem Schutz des alten Baumes trat, spürte ich den Nieselregen im Gesicht, und mir fiel ein, daß ich keinen Regenschutz mitgenommen hatte. Das war gut so. Die erfrischende Kälte im Gesicht war mir willkommen. Ich lief an den Straßenlaternen mit ihrem warmen gelben Licht vorbei zu dem Taxistand um die Ecke. Es war nicht ein einziger Wagen da.
Panik ergriff mich. Sonst war an dem Stand immer jemand. Der Ort, an dem das Duell stattfinden sollte, war meilenweit weg an der Küste, und ich hatte nur eine Stunde Zeit, um hinzukommen.
Ich rannte zum Fluß, der dunkel und aufgewühlt war, schwere, schlammigbraune Brecher krachten ans Ufer. Ich wußte, daß ich aufhören mußte zu weinen, wenn ich die zwei Meilen bis zum nächsten Taxistand laufen wollte. Ich atmete tief durch, zog die Schuhe aus und rannte am Ufer entlang über den feuchten Sand, ab und zu spülten die Wellen über meine Füße. Ich hatte schon Seitenstechen, als ich die vom Strand zu dem immer noch eine halbe Meile entfernten Taxistand führende Treppe sah. Das Blut hämmerte in meinen Ohren, und eine Brust brannte. Ich stolperte, als ich die Treppe erreichte, fiel auf die Knie und kam mehr oder weniger auf allen vieren oben an.
Und da war es. Ein einzelnes Taxi, der Fahrer las rauchend in einer Zeitschrift. Er sah mich, als ich oben ankam, und sein Gesichtsausdruck ließ mich zum ersten Mal daran denken, wie ich aussah. Ich war barfuß, die nassen Kleider pappten an meinem Körper, meine Knie bluteten, und das Haar klebte an meinem Kopf.
Ich machte dem Mann ein Zeichen, er solle die Wagentür öffnen. Er stieg schnell aus und faßte mich um die Hüfte. Er war nicht groß, kleiner als ich, mit einem runden Gesicht, das den Ausdruck eines bekümmerten Babys hatte.
»Brauchen Sie einen Arzt?« fragte er.
»Nein, nein! Ich brauche Sie!« keuchte ich, mich auf dem Rücksitz niederlassend. »Ich brauche Sie, weil ich nach El Pinar muß.«

»Natürlich, natürlich«, sagte er, »ein Notfall in der Familie, he? Wo in El Pinar?«
»Im Wald beim Denkmal.«
»Im Wald?«
»Ja, bitte beeilen Sie sich. Sehen Sie«, sagte ich und zog Geld aus der Tasche, »ich kann bezahlen!«
Der Fahrer machte ein gekränktes Gesicht. »Ich habe mir keine Sorgen wegen dem Geld gemacht, Señorita«, sagte er. »Ich bin Vater, verstehen Sie. Ich habe Töchter in Ihrem Alter. Was wollen Sie im Wald?«
Ich erzählte ihm alles. Am Horizont dämmerte der Tag herauf.
Ohne ein Wort setzte er sich hinter das Steuer und drehte den Zündschlüssel herum. Sein kleiner schwarzer Mercedes schoß davon.
Zuweilen fragte ich mich, ob wir fuhren oder flogen. Es war kein Verkehr auf der Straße, und der Fahrer nutzte das voll aus. Angespannt spähte er an den Scheibenwischern vorbei in den Regen.
Mit kreischenden Bremsen hielten wir vor dem Denkmal, und ich sprang aus dem Wagen in den Sand bei den Dünen, als zwei Schüsse zu hören waren.
Es war einen Augenblick still, dann wurden jenseits der Anhöhe Stimmen laut. Der Fahrer und ich rannten zusammen durch die Pinien und blieben stehen, als wir die Männer unten sahen.
Hauptmann Prego wurde schnell auf uns zugeführt. Sein Gesicht war aschfahl, und aus einer Wunde an seinem rechten Arm floß Blut.
»Er ist mir in die Schußlinie gelaufen, ich schwöre es!« brüllte er, als er mich sah. »Ich habe auf seine Schulter gezielt! Das weiß ich genau!«
Um ihn herum klickten die Fotoapparate der Reporter, denen es jetzt, da das Duell vorbei war, gestattet war, Aufnahmen zu machen. Er wurde so eilig an mir vorbeigeführt, daß ich nur Stimmengewirr und das Aufblitzen von Uniformabzeichen wahrnahm. In diesem Augenblick sahen die Reporter mich, und ich sah Jaime. Ein Drama witternd, kreisten sie mich ein, während ich auf den Haufen Decken im Sand zuging. Ich hockte mich neben Jaime und deckte ihn auf. In sei-

ner Brust war ein gezacktes Loch. Der Taxifahrer riß einem Reporter die Kamera aus der Hand und schleuderte sie in den nassen Sand.
»*Hijo de puta*, das muß ich bezahlen!« brüllte der Reporter.
Ich sah Jaimes Mund, der im Tod so sensibel wie im Leben war, und wollte ihn küssen, dachte aber, daß ihm das vielleicht nicht recht war, nicht in Gegenwart der Reporter. So wischte ich statt dessen den Sand von seinen Wimpern und das Blut von den an seine Uniform gehefteten goldenen Flügeln – jenen goldglänzenden Flügeln, die ich ihm vor einer Ewigkeit zurückgegeben hatte. Der Anblick des Blutes an meinen Händen brachte mich mit einem Schlag an den windigen Strand zurück. Ich sah auf. Marco hatte sich die Uniformjacke vom Leib gerissen, seine Freunde taten es ihm nach. Zusammen machten sie einen Vorhang um Jaimes Leiche. Bei ihnen stand der ritterliche kleine Taxifahrer, der ihnen kaum bis an die Schultern reichte. Marcos Fäuste wirbelten durch die Luft, und mehr als ein Reporter wich zurück. Während Jaimes Freunde seine Leiche beschützten, legte Marco mir seine Jacke um und schleifte mich zum Wagen. Ich wehrte mich den ganzen Weg.
Es regnete jetzt heftig. Marco wischte sich das Gesicht und zog die Brieftasche.
Wieder sah der Fahrer verletzt aus. »Das ist nicht nötig, *teniente.*«
»Fahren Sie sie nach Hause!« befahl Marco und stieß mich auf den Rücksitz, während er dem Fahrer die Adresse gab.
Als das Taxi vorfuhr, kamen meine Mutter und meine Kusinen, die seit Tagesanbruch wußten, daß ich fort war, aus dem Haus gelaufen. Es hatte aufgehört zu regnen. Ich sah den windbewegten Vorhang in Emilias Schlafzimmerfenster und wünschte, ich hätte dorthin laufen können, in den Schutz dieses kleinen Zimmers. Läden gingen leise auf, und neugierige Nachbarn spähten heraus. Meine Mutter sah mich an und griff haltsuchend nach dem Gartentor. »Bezahlt den Fahrer«, sagte sie atemlos zu Sofía und Carmen, »und kommt sofort herein!«
Der Fahrer seufzte und nahm meine Hände in seine. »So viel Sorge ums Geld!«

»Sie waren heute mein Freund!« sagte ich. Es war das erste Mal, daß ich sprach, seitdem ich Jaime im Sand zurückgelassen hatte.
Er küßte meine Hände. »Señorita ...«
»Wenn Sie kein Geld nehmen wollen«, sagte ich schnell, weil ich fürchtete, daß seine Freundlichkeit die zurückgehaltene Tränenflut ausbrechen lassen würde, »was kann ich Ihnen dann geben?«
»Seien Sie glücklich. Lieben Sie einen guten Mann wie den stolzen *teniente*, und haben Sie Kinder, deren Schönheit die Dämmerung erhellt, wie Ihre es heute für mich getan hat.«

Fünfzehn

Die schlimmsten Befürchtungen meiner Mutter wurden wahr. Sowohl die Tageszeitungen als auch die eine Abendzeitung brachten auf der Titelseite Fotos von mir in von Jaimes Blut befleckter Kleidung und mit einem Gesicht, das eine Maske war, fremd, irgendwie hart.

Mamasita nahm die Dinge in die Hand. Am Morgen nach dem Duell erschien sie in aller Frühe, befahl Josefa, ein paar Kleider für mich einzupacken, und verkündete, daß sie mich nach Caupolicán mitnehmen würde. Ich war jahrelang nicht mehr auf der *estancia* gewesen. Mamasita bewirtschaftete sie ohne meine Mutter oder Tanten, denen das »Lagerleben« mißfiel, seitdem sie sprechen gelernt hatten.

Mamasita nahm mich beim Arm und führte mich zum Wagen, wo Frederick, der als Butler und Chauffeur fungierte, mit der ihm eigenen stillen Würde bereitstand, um die Tür zu öffnen.

Wir fuhren lange schweigend. Der Sommer war regnerisch gewesen, und die Straßen waren voller Pfützen. Der Fluß war immer noch braun und bewegt, die Möwenschreie wurden vom Wind übertönt.

Zum ersten Mal seit dem Duell hatte ich das Gefühl, in Sicherheit zu sein. Ich tat einen langen Seufzer, und Mamasita tätschelte mir das Knie. Wir hielten in La Paloma, um zu Mittag zu essen. Die *cerros* kamen in Sicht. Frederick verkündete, daß die Sonne noch vor dem Abend herauskommen würde, und er hatte recht.

Als wir den zu den niedrigen Hügeln führenden Holperweg erreichten, verschwanden die Wolken. Die Sonne verwandelte den über den Hügeln funkelnden Regen in tausend Regenbogen, als Mamasita und ich auf dem ersten Hügelkamm ausstiegen. Das war es, wovon Marco an jenem fernen Tag auf dem Cerro gesprochen hatte. Sein Garten

Eden, wo das einzige Menschenwerk die sich die Hügel auf und ab windende Straße war. Die *gavilanes* schwebten hoch über mir, genauso, wie er es beschrieben hatte, und die Schafe blökten einander immer noch über die grünen Senken hinweg zu.

»Siehst du den Hügel da drüben?« fragte Mamasita. »Den mit dem toten Baum, der in den Himmel ragt? Gleich hinter diesem Hügel liegt Caupolicán.«

Den Rest des Weges fuhr ich mit aus dem Fenster gestrecktem Kopf, und Mamasita strich mir über den Rücken.

Ich hatte das Haus als niedriges weißes Landhaus in Erinnerung, dessen Bögen mit purpurfarbenen Bougainvilleen überwachsen waren. Es war kleiner als in meiner Erinnerung und von hohen Eukalyptusbäumen und gefiederten Akazien umgeben. In den Kronen der Eukalyptusbäume kreischten Papageien in ihren Nestern. »Alles Verwandte von Caramba«, sagte Mamasita.

Das Haus war dunkel und kühl, mit alten spanischen Möbeln. Verzierte Holzstühle standen auf Schaffellen und Rindslederteppichen.

Mamasita führte mich in einen Raum mit Blick auf die Hügel. Als ich das Fenster öffnete, kam ein Schwarm von gelb-orangefarbenen Schmetterlingen, die in den am Haus wachsenden Reben gesessen hatten, ins Zimmer. Sie flatterten über dem Bett mit den hohen geschnitzten Pfosten und ließen sich auf der über die große Frisierkommode gebreiteten Spitzendecke nieder. Mamasita verscheuchte sie und öffnete die Spiegeltüren des Kleiderschranks. Da hingen *Gauchobombachas* und Schärpen in leuchtenden Farben einträchtig neben einfachen weißen Blusen und langen gewebten Ponchos.

»Ich habe immer davon geträumt«, sagte Mamasita, »daß eine meiner Enkelinnen reiten lernen würde.«

Mamasitas Traum wurde wahr. Ich fand dasselbe Gefallen an Pferden wie sie. Manchmal standen wir vor Sonnenaufgang auf, bereiteten *mate* zu und schnitten Brot, das wir auf die Weiden mitnahmen, wo wir zwischen den Herden von *criollos* umhergingen, die Mamasitas ganzer Stolz waren. Ihre Pferde bekamen jedes Jahr Auszeichnungen bei der Schau im Prado, aber darum ging es nicht. Mamasita war um ihrer selbst willen stolz auf sie. In ihren Herden gab es Pferde, die nie geritten worden waren, Nachkommen der Wildpferde aus der Zeit ihrer Urgroßmutter, und andere, deren Vorfahren in den Unabhängigkeitskriegen gekämpft hatten. Wenn die Sonne aufging und die Pferde wach wurden und sich den Tau aus dem Fell schüttelten, nahmen Mamasita und ich die Halfter von den Schultern und suchten uns aus, welches Pferd wir an dem Tag reiten wollten.

Wir ritten zu den Hügeln hinauf, um nach den Schafen zu sehen, und manchmal führte Mamasita mich durch die *monte*, die urwaldähnlichen Dickichte entlang der Flüsse, zu versteckt liegenden Teichen, in denen wir mit den Fischen in kühlem, kristallklarem Wasser schwimmen konnten.

Wir saßen auf dem Stamm eines über ein Flüßchen hinauswachsenden Baumes und ließen die Füße ins Wasser baumeln, als Mamasita zum ersten Mal von dem sprach, was geschehen war.

»Ich soll dir etwas von deinem Vater ausrichten.«

»Muß ich nach Hause?«

Mamasita schüttelte den Kopf. »Er läßt dir sagen, daß er bereit ist, dafür zu zahlen, wenn du in Amerika aufs College willst.«

In der Stille war nur Vogelzwitschern und Wasserplätschern zu hören. Ich fing an zu schluchzen. Mein sehnlichster Wunsch war in Erfüllung gegangen, und mein Herz konnte es nicht ertragen.

Mamasita hielt mich lange in den Armen und wiegte mich sanft, während die Fische reglos im Wasser zu unseren Füßen lagen.

Als ich schließlich nicht mehr weinen konnte, zog Mamasita einen Brief aus der Tasche. »Ich glaube, das ist von deinem Freund Marco.«

Sie stieg die Uferböschung hoch, während ich den Umschlag öffnete und einen Brief in Marcos vertrauter Handschrift herausnahm. Ein kleines zusammengefaltetes Stück Papier fiel heraus und wäre beinahe in das Flüßchen geflattert – ich konnte es gerade noch auffangen.

Liebe Magdalena, ich habe dies in einem Karton mit Jaimes Sachen gefunden, den seine Mutter mich durchzusehen bat. Es war für Dich. Er hat es Dir nie gegeben, weil er fand, daß es ein schlechtes Gedicht sei. Mir hat es gefallen. Die Liebe schimmert durch. Ich kann Lyrik sowieso nicht beurteilen. Ich vermisse Dich. Wir gehen am Fluß spazieren, wenn Du nach Hause kommst. *Marco*

Ich entfaltete das Blatt Papier, das ich vor dem Wasser gerettet hatte. Es war eine Seite aus einem linierten Notizbuch, und mehrere Worte waren durchgestrichen und überschrieben. Was übrigblieb, war ein kurzes Gedicht.

Meilenweit bin ich gelaufen
auf den Wegen deiner Gedanken
und habe meine Hände gereinigt
im Leben deines Körpers.
Ich habe dich angehaucht
mit einem Hauch von mir
der doch nur
durch Nebeldunst trieb
und nie zu mir zurückkam.

Festgehalten habe ich
mit willigen Händen
ohne von alten Stimmen
zurückgerufen zu werden.
Gesehen habe ich
wie Sonnenuntergänge
ohne Blindheit ohne Angst
zum Spiegel wurden
und nicht zum Ebenbild
ein tiefer tiefer See
und nicht sein Schimmern
und wenn ich dich
doch noch einmal berühren darf
soll es mit offenen Händen geschehen.

Von dem Augenblick an, als ich zum ersten Mal auf den *cerros* herumlief, wußte ich, daß ich in dieses Land gehörte, das meine Vorfahren vor Generationen gewählt hatten. Auch Mamasita wurde leichter ums Herz, als sie mich dabei beobachtete, wie ich das Land als Teil von mir erfaßte. Sie erzählte mir, daß sie jahrelang gegen die Verzweiflung angekämpft hatte. Sie hatte vier Töchter zur Welt gebracht, die wiederum acht Kinder hatten. Und keiner von ihnen sah etwas anderes in Caupolicán als eine Einkommensquelle, ein Ausflugsziel für ausländische Besucher, die Gauchos sehen wollten oder eine günstige Gelegenheit zu jagen. Als Mamasita das Jagen verbot, gab es noch weniger, was Caupolicán anziehend machte. Da sie das Land nicht an ein Familienmitglied, das es nicht so ehrte wie sie, übergeben wollte, blieb nur noch die Möglichkeit, es an Fremde zu verkaufen. Wenn sie bloß daran dachte, überkam sie ein Verlustgefühl, das so stark war, daß sie alles stehen- und liegenließ und zu der Kommode ging, in der sie ihren wertvollsten Besitz aufbewahrte. In der Nacht, in der sie von dem Duell gehört hatte, war sie zu der Kommode gegangen und hatte das blaue Sternenpuzzle herausgenommen.

Die Achate in der Hand haltend, hatte Mamasita gewußt, daß sie mit mir nach Caupolicán fahren mußte, damit ich mich dort erholen könnte. Wir saßen an ihrem Schlafzimmerfenster, und der Mond schien, als sie mir von ihren Gefühlen erzählte, die Achate auswickelte und mir in die Hand legte. Sie glitzerten im Mondlicht, und die große Liebe, die ich immer schon für Mamasita und jetzt auch für Caupolicán empfand, sagte mir, was ich zu tun hatte.

Ich kehrte nach Montevideo zurück, um mich in der Universität einzuschreiben und Kurse in Betriebswirtschaft und landwirtschaftlicher Verwaltung zu belegen und nicht, wie ich vorgehabt hatte, in Medizin und Psychiatrie. Ohne viele Worte war klar, daß Mamasita sich das gewünscht, daß sie darauf gewartet hatte und daß meine Zukunft jetzt in Caupolicán lag.

Ich ließ meine Eltern wissen, was ich vorhatte, und daß ich meinen Lebensunterhalt selber bestreiten und einen Job suchen wolle. Meine Familie nahm das nicht besonders ernst, meinte aber, es könne nichts schaden. Meine Mutter ließ ihre Beziehungen spielen, und der United States Information Service bot mir eine Stellung als Sekretärin an. Zum ersten Mal wurde mir bewußt, wie vorteilhaft es war, zwei Sprachen zu beherrschen.

Es blieb mir selber überlassen, mich an der Universität einzuschreiben, und als ich zu der ersten Vorlesung über landwirtschaftliche Verwaltung kam, rechnete ich mehr oder weniger damit, nicht zugelassen zu werden. Es war eine Menge Papierkram zu erledigen gewesen, und ich war sicher, daß ich es nicht richtig gemacht hatte.

Ich saß aber schon bald in meiner ersten Vorlesung, wo ich zu meiner Überraschung Ramiro an dem Pult hinter mir sah. Er hatte das Haar dunkelbraun gefärbt und seinen Namen geändert, aber ich erkannte ihn sofort. Wir hatten nie miteinander gesprochen, und soviel ich wußte, hatte Ramiro keine Ahnung, wer ich war. Ich schrieb ihm einen Zettel, ich sei eine alte Freundin von Cora und wüßte gern, wie es ihr geht, und er schrieb zurück, ich solle ihn nach der Vorlesung im Café gegenüber treffen.

Ich wählte einen Tisch in einer Ecke und bestellte Kaffee. Ich war seltsam aufgeregt. Ramiro hatte nichts von seinem romantischen und geheimnisvollen Flair verloren, und als ich ihn mit derselben atemberaubenden lässigen Anmut, die Emilia und mich fast dazu gebracht hätte, uns von dem *estrella federal* ihm zu Füßen zu stürzen, auf den Tisch zukommen sah, wünschte ich, ich hätte mich an dem Tag sorgfältiger zurechtgemacht. Ich trank einen Schluck Kaffee und ließ mir viel Zeit dabei.

Ramiro nahm den Stuhl mir gegenüber und lächelte mich an. Ich mußte mich krampfhaft daran erinnern, daß ich diesen Mann nicht kannte. Ich war kein Teenager mehr, und ich traf ihn nur, um etwas von Cora zu hören. Der Kellner kam, und das gab mir ein paar Sekunden Zeit, mich zu fassen. Ramiro bestellte Mineralwasser und bot mir eine Zigarette an. Ich war drauf und dran, sie zu nehmen, als mir einfiel, daß ich nicht wußte, wie man raucht, und mir obendrein die Hände zitterten. Ich lehnte gerade noch rechtzeitig ab, um mich nicht lächerlich zu machen.

»Wie geht es Cora?« fragte ich.
»Sie erwartet ein Baby.«
»Kann ich sie sehen?«
Er stieß eine große Rauchwolke aus. »Ich werde ihr sagen, daß du sie treffen willst. Wir leben bei meinen Eltern.«
»Ich habe oft an sie gedacht. Würdest du ihr das ausrichten?«
Er nickte. »Sie redet viel von dir.«
»Wirklich?«
»Sie sagt, sie hat es dir zu verdanken, daß sie es fertiggebracht hat, von zu Hause wegzugehen.«
Ich lachte. »O nein! Cora hat mich nicht gebraucht, um da rauszukommen. Sie ist hundertmal stärker und unabhängiger, als ich es je sein werde.«
»Was machst du an der Universität?«
Ich erzählte ihm von Caupolicán und davon, daß meine Großmutter wünschte, ich solle mich mit den Grundlagen von Agronomie und landwirtschaftlicher Verwaltung vertraut machen, bevor ich die *estancia* übernehme.
»Sie schenkt es dir nicht einfach so?«
»Das würde sie nie tun. Die *estancia* ist ihr Leben. Sie wird sie erst aus der Hand geben, wenn sie überzeugt davon ist, daß ich sie genausogut verwalte wie sie. Oder besser.« Ich grinste und trank meinen Kaffee aus. »Ich muß jetzt gehen. Ich fange bald an zu arbeiten, und ich muß noch hin, um Formulare auszufüllen. Vergiß nicht, Cora ganz herzlich von mir zu grüßen, und sag ihr bitte, daß ich sie sehen möchte.«
»Wo wirst du arbeiten?« fragte er.
»Ich habe ein Angebot von USIS.« Ich suchte nach meiner Brieftasche und hätte beinahe nicht bemerkt, wie interessiert Ramiro plötzlich aussah.
»Ich bin sicher, daß Cora dich bald sehen möchte«, sagte er.

Sechzehn

Zwei Tage später lud Ramiro mich in das Haus seiner Eltern ein und sagte mir, er habe Cora lange nicht mehr so glücklich gesehen wie, als er ihr erzählte, daß ich ihn erkannt habe und sie besuchen wolle.
Cora sah strahlend aus. Wir umarmten uns, weinten und lagen einander in den Armen, bis Ramiro sagte, er fürchte, daß die Aufregung dem Baby schaden könne. Cora bat mich, mich neben sie zu setzen, und betrachtete mich.
»Ich habe von Jaime in der Zeitung gelesen. Es tut mir so leid, Magda.«
Ich nickte. »Meine Großmutter hat mich mitgenommen. Nach Caupolicán. Es hat mir geholfen, dort zu sein.«
Cora nahm meine Hand. »Siehst du manchmal meine Eltern?«
»Hin und wieder sehe ich deinen Vater. Deine Mutter geht kaum noch aus.«
»Ich hoffe, wenn erst mal alles vorbei ist …«
»Dann wollen sie ihr Enkelkind bestimmt sehen!«
»Ich meinte, wenn eine neue Regierung etabliert ist, dann …«
»Magdalena weiß nichts davon, Cora«, unterbrach Ramiro.
Es entstand eine verlegene Pause. Dann erhob sich Ramiro und sagte, er wolle uns etwas zu trinken holen. Ich wartete, bis er draußen war, und fragte Cora, wie es sei, verheiratet zu sein.
»Oh, wir sind nicht verheiratet«, sagte Cora. »Wir warten, bis die neue Regierung etabliert ist, damit wir ein richtiges Fest machen können.« Ihre Stimme nahm etwas von ihrer alten Sanftmut an. »Mit unseren ganzen Freunden.«
»Erzähl mir von dieser neuen Regierung.«

Cora zögerte.
»Du traust mir nicht, Cora.«
»Magda«, fragte Cora, »warum bist du hingegangen, als Che gesprochen hat?«
»Ich war neugierig. Idealistisch. Es gefiel mir, daß Che sagte, wir sollten uns jede Ungerechtigkeit, die irgend jemandem irgendwo auf der Welt widerfährt, zu Herzen nehmen.«
»Weißt du, warum an dem Tag ein Student erschossen wurde?« fragte Ramiro, als er zurückkam. Er schenkte drei große Gläser voll mit Coca-Cola.
»Ich habe gehört, daß es Absicht war. Damit Ches Besuch nicht friedlich verlief.«
»Seit Jahren spielen die Russen und die Amerikaner ein sehr gefährliches Spiel miteinander, wobei wir ihr Faustpfand sind«, erklärte Cora mir. »Die Waffenhändler und die Militärs beider Länder haben ihre Regierungen davon überzeugt, daß jeder darauf aus ist, den andern zu vernichten.«
»Und so richten die USA und Rußland sich mit Waffenkäufen zugrunde«, fügte Ramiro hinzu. »Lateinamerika ist ihr Spielplatz. Da können sie sich gegenseitig testen, ohne viel zu riskieren.«
»Die Russen wollen beweisen, Magda, daß die Menschen in Lateinamerika den amerikanischen Kapitalismus ablehnen würden, wenn sie nur die Wahl hätten«, sagte Cora.
»Die Amerikaner wissen, daß die Russen recht haben und daß ihre einzige Hoffnung, den Erfolg des Antikapitalismus zu verhindern, darin besteht, dafür zu sorgen, daß die Alternative – Sozialismus – keine Chance bekommt, weil ...«
»Weil«, unterbrach Cora, »sie kein Geld mehr an uns verdienen können, wenn der Sozialismus Erfolg hat.«
»Wie verdienen sie denn an uns?« fragte ich.
»Sie besitzen unsere Minen, unsere Plantagen, unser Land, unser Öl. Aber in ganz Lateinamerika gibt es Gruppen wie unsere, die entschlossen sind, sich zu wehren. Hier nennt man uns die Tupamaros.«

Ich hielt die Luft an. »Ihr seid Tupas?«
Sie nickten.
»Habt ihr je mit Lilita oder mit Señora Francisca darüber gesprochen?« fragte ich.
Cora lächelte. »Oft. Es war Señora Francisca, die mich zu dem Treffen mitgenommen hat, bei dem ich Ramiro kennengelernt habe.«
Und dann erzählte sie mir von ihrer Arbeit. Davon, wie sie Menschen instruierten und organisierten, um eine neue politische Partei zu gründen, die in legalen, offiziellen Wahlen an die Macht kommen sollte. Davon, wieviel Widerstand ihnen entgegengesetzt wurde, weil sie damit aufräumen wollten, wie hier Geschäfte und Politik betrieben wurden – von einigen wenigen Mächtigen, die von dem System profitierten, ohne etwas von dem Reichtum, den sie anhäuften, oder den damit verbundenen Vorteilen abzugeben.
Zum ersten Mal sah ich mich als jemanden, der zu diesen wenigen Mächtigen gehörte.
Auf der langen Busfahrt nach diesem Gespräch fühlte ich mich wie ein Mensch, der auf einer einsamen Insel ausgesetzt ist und Flaschenpost erhält, anstatt sie abzuschicken. Ich glaubte zu verstehen, daß Gabriela, Lilita, Señora Francisca und die Studenten, die mir nach Ches Rede geholfen hatten, mir etwas hatten sagen wollen und die Zeit gekommen war, darauf zu hören. Alles, was ich bis zu diesem Augenblick gehört und gesehen hatte, paßte plötzlich zusammen, selbst Jaimes Tod, und ich wollte es nicht mehr einfach nur in mich aufnehmen. Ich wollte handeln. Ich begann zu begreifen, daß, wenn Menschen wie ich aufhörten, darüber nachzudenken, warum Gabriela so lebte, wie sie es tat, warum eine Frau wie Señora Francisca Gewehre in ihrem Haus versteckte, warum Lilitas Freund Juan gefoltert worden war, warum Studenten von berittenen Polizisten gejagt worden waren ... wenn wir nur lange genug aufhörten, über solche Dinge nachzudenken, die Welt sich vielleicht ändern würde. Ich war jung genug, um zu glauben, daß ich sie ändern könnte, und ich fragte Ramiro und Cora, was jemand wie ich zu der Arbeit der Tupamaros beitragen könne.

Die Tupamaros waren in Zellen organisiert, die aus zehn bis fünfundzwanzig Leuten mit einem Zellenleiter bestanden. Die Zellenleiter berichteten an eine Kontaktperson, und diese stellte die Verbindung zur Führungsspitze her, drei oder vier Männern, die jedem Tupamaro zumindest dem Vornamen nach bekannt waren.
Ich trat in Coras und Ramiros Zelle ein und wurde angewiesen, mich nicht an den zunehmend gewalttätigen Studentendemonstrationen zu beteiligen, bei denen mehr und mehr Studenten verhaftet wurden. Ich sollte das Image einer jungen Frau aus der Oberschicht bewahren, die nichts mit dem Studentenverband oder irgendeiner seiner Aktivitäten zu tun hatte. Sie empfahlen mir, so wenig wie möglich mit anderen Studenten zu reden, und wenn, dann nur über oberflächliche Themen. Meine Arbeit im Büro des USIS machte mich zu wertvoll für die Tupamaros, als daß sie meine Verhaftung riskieren wollten.
Für mich war das eine einsame Angelegenheit. Der Studentenverband dominierte die Universität auf jeder Ebene und fand große Unterstützung bei den Professoren, von denen die meisten mit den Tupamaros sympathisierten und viele in der Führung der Gruppe aktiv waren. Ich hatte keine andere Wahl, als eine oberflächliche junge Frau zu mimen, die sich nach den Wünschen ihrer Großmutter richtete, um eines Tages die *estancia* übernehmen zu können. Dieses Image war unvereinbar mit den guten Noten, die ich in allen Fächern erhielt, aber das schien niemandem aufzufallen.
Bei Zellentreffen gab es eine Schweigeminute zur Erinnerung an die Toten. In Uruguay waren in diesem Jahr zwei Studenten umgekommen, in Mexiko fast hundert. Es war 1968, und die Demokratien in Lateinamerika gingen eine nach der andern unter. Die einzige Hoffnung für das Überleben der Freiheit im Süden des Kontinents lag in der Wahl von Salvador Allende in Chile. Ramiro war der einzige, den Allendes Wahl nicht freudig stimmte.
»Er hat mehr als genug zu tun«, sagte er. »Der Präsident von ITT hat demjenigen, der Chile von Allende befreit, schon eine Million Dollar geboten.«

Ich machte mich daran, die Namen der bei USIS und der Agency for International Development Beschäftigten in Erfahrung zu bringen und herauszufinden, wer in Wirklichkeit nicht zu einer der beiden Organisationen gehörte. Ich entdeckte, daß einige von ihnen für das State Department arbeiteten und polizeiliche Sonderaufgaben wahrnahmen und andere für die CIA, eine Organisation, die in meinem Geburtsjahr, 1947, gegründet worden war und deren Tätigkeit in Lateinamerika mit dem Niedergang von mindestens sechs Demokratien in Verbindung gebracht wurde.
Ich hatte die Anweisung, die Vorgänge in dem Büro des in politische und polizeiliche Aktivitäten verwickelten USIS zu beobachten und zu berichten. Mein erster Bericht darüber, daß ein von der US-Botschaft finanzierter Nachrichtendienst in der uruguayischen Geheimdienstbehörde etabliert worden war, war keine Überraschung für die anderen Mitglieder meiner Zelle. Genausowenig wie die Tatsache, daß Kopien der Arbeitsberichte des Nachrichtendienstes regelmäßig an die US-Botschaft geschickt wurden. Die Beteiligten waren sich im klaren darüber, daß es illegal war, Dokumente des uruguayischen Nachrichtendienstes zu kopieren und an eine fremde Macht weiterzugeben.
Von größerem Interesse war meine Entdeckung eines Plans der CIA, die uruguayische Regierung unter Druck zu setzen, damit sie die diplomatischen Beziehungen zu Rußland abbrach. Vier russische Diplomaten sollten als die Verursacher der vielen Streiks, die das Land in jenem Jahr geplagt hatten, hingestellt werden. Wenn auch dieser Plan für meine Gefährten interessant war, war ihnen das Spiel selbst doch so bekannt, daß sie mir sagten, ich bräuchte keine weiteren Informationen darüber zu sammeln, sondern solle mich auf einen Dan Mitrione genannten Mann konzentrieren, dessen Name in einem »Who's Who« der CIA auftauchte. Ich stellte fest, daß das ein Fehler war. Mitrione war vom FBI ausgebildet worden, war Polizeichef in Indiana gewesen und war als Ausbilder für Polizei im Ausland vom State Department angestellt worden. Er war auf Folter spezialisiert, und viele von Ramiros und Coras Freunden hatten seine Methoden am eigenen Leib kennengelernt.

In dem ersten Jahr, in dem ich für USIS arbeitete, erwarb ich mir den Ruf, schnell und genau zu übersetzen, und wurde häufig darum gebeten, Überstunden zu machen, die so hoch bezahlt wurden, daß es schwer war zu widerstehen. Für die Tupamaros war das meiste ziemlich uninteressant, aber gelegentlich fand ich Überraschendes heraus.

Mitrione persönlich verlangte eines Tages nach mir und bestellte mich in sein Haus in der Vorstadt Malvín. Als seine Frau die Tür aufmachte, hörte ich Kinder die Treppe rauf- und runterlaufen. Mrs. Mitrione sagte mir, daß ihr Mann einen Gast habe und die Papiere, die übersetzt werden sollten, in dem Zimmer bereitlägen, das er als Büro benutzte. Sie zeigte mir das Zimmer und die Papiere, fragte, ob ich irgend etwas brauchte, und eilte davon, nachdem ich ihr versichert hatte, ich sei mit allem für meine Arbeit Notwendigen versehen. Hin und wieder hörte ich das Rufen und Schreien der an der Tür vorbeilaufenden Kinder und Mrs. Mitriones Ermahnungen, aber ich war bald ganz versunken in meine Arbeit, und als ich schließlich eine Pause machte, war sie mit den Kindern zum Strand gegangen.

Ich begab mich auf die Suche nach einer Toilette. Nachdem ich einige Türen geöffnet hatte, fand ich eine in einer Ecke des oberen Stocks. Es war ein Badezimmer mit zwei Türen, und ich wollte die zweite gerade schließen, als ich Stimmen von drinnen hörte. Die eine war Mitriones, die andere kannte ich nicht. Es war die Stimme eines Mannes, der fließend Englisch sprach, aber mit Akzent.

»Verhören ist eine Kunst, Manuel«, sagte Mitrione.

Ich schlich näher zu der einen Spaltbreit offenen Tür.

»Zuerst weicht man den Gefangenen auf, demütigt ihn bis zum letzten.«

»Soll sich hilflos fühlen, nehme ich an«, sagte der Mann namens Manuel.

»Ja, hilflos. Man sperrt ihn ein, und dann schlägt man ihn, beleidigt ihn.«

»Während des Verhörs?«

»Nein, nein. Keine Fragen in diesem Stadium. Die Stadien sind wichtig. Isolation. Schläge. Beleidigungen. Dann nur Schläge. Schweigend. Das ist die Hölle. Die reine Hölle. Das Objekt ist allein in einer Zelle, und alle paar Stunden wird es geschlagen. Dann verhört man es.«
»Die Schläge hören auf?«
»Ja. An diesem Punkt sollte nur das gewählte Instrument zur Anwendung kommen. Präzision ist der Schlüssel. Ein präziser Ort mit einem präzisen Maß an Schmerz.«
»Wie bestimmt man das präzise Maß?«
»Darin liegt die Kunst, Manuel. Wenn das Objekt die Hoffnung verliert, stirbt es. Darum ist die Einschätzung der Verfassung – der physischen und emotionalen – des jeweiligen Objekts entscheidend für das Resultat.«
Ich hörte eine kontrollierte Erregung in Mitriones Stimme, und das half mir zu verstehen, warum man in Tupamaro-Kreisen mit einer Mischung aus Faszination und Entsetzen von ihm sprach.
Ich hätte gern gewußt, wer Manuel war. Wurde er geschult? Mrs. Mitrione hatte von ihm als einem Gast gesprochen, was darauf schließen ließ, daß er mehr war als bloß ein Folterer.
»Ich habe gehört«, sagte Manuel, »daß weiteres Schlagen ein gutes Abschreckungsmittel ist.«
»Wenn Sie vorhaben, sie laufen zu lassen, ja. Kommt das bei Ihnen häufig vor?«
»Die Leute, die für mich arbeiten, besitzen nichts von Ihren Fähigkeiten, Dan. Meine Techniker bringen die Leute entweder um, oder sie holen nutzlose Informationen aus ihnen heraus.«
»Unbedingt notwendig ist eine Voreinschätzung, ob Sie sich den Luxus leisten können, das Objekt sterben zu lassen.«
Ich hörte das Klirren von Eisstücken, die in zwei Gläser geworfen wurden. »Dasselbe noch mal?« fragte Mitrione.
»Ja, bitte.«
»Natürlich ist das eine Herausforderung für Sie und mich, mit einer Polizei zu arbeiten, die völlig ungeschult ist. Als ich hier ankam,

mußte ich alles umkrempeln. Den Männern war beigebracht worden, daß sie in die Luft schießen sollten, nie auf die Zielperson, selbst wenn sie auf der Flucht war. Können Sie sich das vorstellen? Ich mußte die Politiker bearbeiten, daß sie eine Verordnung erlassen, die der Polizei erlaubt, tatsächlich auf Leute zu schießen!«
Manuel lachte. »Es ist ein harter Job.«
»Aber nötig. Das ist ein Krieg auf Leben und Tod. Diese Tupos sind clever. Sehr clever. Alles Akademiker – Männer und Frauen! Können Sie sich das vorstellen? Kein Pöbel hier. Nicht wie in ... na ja, nicht wie anderswo.«
»Sagen Sie es ruhig, Dan. Ich bin nicht beleidigt. Kuba?«
»Nun, das war eine andere Situation, und dort gab es auch gebildete Männer. Aber hier, Manuel, das ist eine wirkliche Herausforderung! Ich muß die Geschicklichkeit eines Chirurgen mit der Sensibilität eines Künstlers verbinden. Ich darf nie wütend werden. Ich habe immer das Gefühl, es mit Leuten zu tun zu haben, die glauben, sie sind besser als ich. Manchmal muß ich mich daran erinnern, daß sie der Feind sind. Sie sind überzeugt davon, für eine gute Sache zu kämpfen.«
Es entstand eine Pause, in der sie tranken.
»Ich würde gerne das Labor sehen«, sagte Manuel.
»Das geht jetzt, da meine Frau und meine Kinder weg sind. Es ist im Keller. Man kommt nur durch die Garage herein, und ich habe den einzigen Schlüssel.«
»Soviel ich weiß, ist es vollkommen schalldicht.«
»Ich habe einmal einen der Techniker unten einen Revolver abfeuern lassen, während ich oben war. Nichts! Kein Laut. Ich habe mir für den Ausbau die besten Leute im Geschäft geholt.«
»Sie führen dort Schulungen durch?«
»Kurse über Anatomie, das Nervensystem. Die Grundlagen eben.«
»Auch Verhöre?«
»Manchmal. Wir haben mit ein paar Sachen experimentiert – Drogen, Elektrizität. Haben Sie einen starken Magen?«
»Würde jemand mit einem schwachen Magen bei der CIA überleben?«

Sie lachten.
Ich hörte, wie eine Schublade geöffnet wurde. »Ich habe Aufnahmen von unseren ersten Objekten gemacht, *bichicomes*, Straßendreck. Wir mußten mit jemandem experimentieren, und die Polizei war zu feige, um Gefangene zu verwenden. Das ist ein verdammt sozialistisches Land, wissen Sie das? Jedenfalls haben wir uns vier Bettler gegriffen und sie gebraucht.«
Es war eine Zeitlang still, und dann stellte Manuel einige Fragen im Hinblick auf die Voltzahl und die in den Drogen verwendeten Chemikalien. Mitrione sagte, diese Fragen könne er unten anhand der Gerätschaften besser beantworten, und die beiden Männer verließen das Zimmer.
Ich zögerte nur einen Augenblick. Dann betrat ich das Zimmer, das Mitrione gerade verlassen hatte. Auf einem niedrigen Tisch lagen einige Schwarzweißfotos. Ich nahm sie in die Hand und hätte mich eine Weile nicht bewegen können, auch wenn mein Leben davon abgehangen hätte.
Die Fotos verschwammen mir vor den Augen, aber irgendwo jenseits des Ohrenklingens erinnerte ich mich daran, daß Lilita mir gesagt hatte, eines Tages würde ich mich entscheiden müssen.
Ich holte tief Luft, und allmählich durchströmte mich ein Gefühl eisiger Ruhe. Mit bewußt bedächtigen Bewegungen brachte ich das Zittern unter Kontrolle und wischte die vom Schweiß meiner Hände feuchten Fotos ab, legte sie wieder auf den Tisch und ging ins Büro zurück. Ich nahm ein Stück Papier und einen Kuli und schrieb Mitrione mit fester Hand einen Zettel, ich sei krank geworden und nach Hause gegangen. Ich legte die fertige Arbeit neben die Schreibmaschine und verließ das Haus.
An diesem Abend fuhr ich direkt zu Ramiro, und wir arbeiteten zusammen einen Plan aus, wie wir Mitrione kidnappen und gegen die von der Regierung eingesperrten Tupamaro-Gefangenen austauschen könnten. Ramiro hatte seit Monaten daran gedacht. Ich sagte ihm, wie es zu machen war.

Siebzehn

Ich erklärte Ramiro, daß Mitrione am besten in einer der Nebenstraßen, die sein Fahrer häufig nahm, wenn er ihn zur Arbeit fuhr, abzufangen wäre. Es würde einfach sein, Mitriones Wagen den Weg abzuschneiden, den Fahrer niederzuschlagen und Mitrione in einen anderen Wagen zu bringen. Ich brauchte bloß ein Schwätzchen mit einem der Polizisten zu halten, die ihn fuhren, um herauszubekommen, welchen Weg sie nahmen. Unter den Polizisten gab es einen, der von Rock and Roll begeistert war und mich oft bat, ihm den neuesten Song, den er gehört hatte, zu übersetzen.

Am 31. Juli 1970 wurde Dan Mitrione nach dem Plan gekidnappt, den ich entwickelt hatte, und in ein Tupamaro-Gefängnis gebracht. Ihm drohte die Hinrichtung, aber die Tupamaro-Führung hatte nicht die Absicht, ihn zu töten. Auch wendete sie zu meiner heimlichen Wut keine von seinen Verhörmethoden bei ihm an, obwohl hundertfünfzig politische Gefangene in uruguayischen Gefängnissen saßen und dank Mitriones Belehrungen regelmäßig Elektroschocks bekamen und mit nassen Keulen geschlagen wurden. Ein Arzt behandelte die Kugelwunde in seiner Schulter, und der junge Tupamaro, der ihn angeschossen hatte, als er auf dem Boden eines Lastwagens liegend zu dem Tupamaro-Gefängnis transportiert wurde, war getadelt worden und mußte sich entschuldigen.

Seitdem ich in Mitriones Haus gestanden und die Fotos seiner Opfer in Händen gehalten hatte, hatte ich jede Nacht Alpträume. Es war nicht das erste Mal, daß ich von Folter gehört hatte, aber es war das erste Mal, daß ich die Opfer gesehen hatte. Bei Zellentreffen wurde viel über die *máquina* geredet. Ich wußte mittlerweile, daß

mit *máquina* nicht unbedingt ein bestimmtes Gerät bezeichnet wurde, sondern jede Art von Folter, egal, welcher Methoden man sich bediente. Ich hatte Ramiro von einem Mann erzählen hören, einem ehemaligen Sportler, der drei Tage lang mit einem Backstein in jeder Hand hatte stehen müssen. Am dritten Tag wurde ihm ein fünfundzwanzig Kilo schwerer Klotz auf die Schultern gelegt. Diese Methoden und die dazugehörigen Schläge, sagte Ramiro, seien plump, verglichen mit den Elektrostäbchen, die in jede Körperöffnung eingeführt und aktiviert werden konnten. Ich hatte auch von den *submarinos* gehört, bei denen Elektrizität in Verbindung mit Wasser angewendet wurde oder manchmal, wenn man großes Glück hatte, nur Wasser, ein Lungentest im Hinblick auf anhaltendes Untertauchen.
Die Gesichter derer, die davon erzählt hatten, ihre ruhigen Stimmen, die den Blickkontakt vermeidenden Augen und ihr widerstrebendes Sprechen kamen mir wieder in den Sinn, nachdem ich die Fotos in Mitriones Haus gesehen hatte. Zusammen mit dem Entsetzen darüber, was die Opfer durchgemacht hatten, überkam mich eine schleichende Angst davor, selber eines Tages mit der *máquina* konfrontiert zu werden.
Ich verlor den Appetit. Es dauerte nicht lange, und die Kleider schlotterten mir am Leib. Ich wollte nur noch eins: Mitrione leiden sehen. Aber ich hielt meine Gefühle, besonders dieses, unter Kontrolle. Für meine Familie und Freunde war ich einfach eine Studentin, die das Studium ernst nahm und wegen der bevorstehenden Abschlußexamen unter Druck stand. Ramiro, der meine Selbstbeherrschung als Siegesfreude über den Erfolg unseres Plans mißdeutete, erlaubte mir, Mitrione zu sehen.
Ich trug eine Kapuze und hatte die Anweisung, nicht zu sprechen. Das wollte ich auch gar nicht. Ich wollte ihn nur in seinem unterirdischen Gefängnis sehen, wo er von denen, die er als seine Feinde bezeichnet hatte, gefangengehalten wurde. Ich hoffte, daß er Angst hatte. Ich wollte glauben, daß er, wenn er hörte, wie sich einer der Tupamaro-Wachen seiner Zelle näherte, von Panik ergriffen wurde

und dachte, daß ihm jetzt vielleicht die Stadien des Schreckens bevorstanden, die er so sorgfältig ausgearbeitet hatte.
Je länger ich ihn dabei beobachtete, wie er in seiner Zelle auf und ab ging, wobei er sich hin und wieder die verletzte Schulter massierte, die unter ausgezeichneter ärztlicher Betreuung schnell heilte, desto wütender wurde ich. Was für ein Recht hatte er zu leben, da ich doch den Beweis seines Tuns in Händen gehalten und gesehen hatte, was er anderen zugefügt hatte? Nur Ramiro und Cora wußten, daß einer der Menschen, die ich am meisten geliebt hatte, unter Mitriones Opfern war.
Gabriela war schon lange nicht mehr täglich in unser *barrio* gekommen; einige ihrer Kinder waren mittlerweile alt genug, es für sie zu tun. Marco hatte dafür gesorgt, daß Gervasio sich in der Universität einschrieb, wo er Jura studierte, und gelegentlich kreuzten sich unsere Wege. Oft erkannte ich Marcos Kleidung. Die Sachen waren Gervasio ein bißchen zu groß, paßten aber doch so weit, daß er immer gut angezogen war. Bevor ich zu den Tupamaros gestoßen war, hatte ich Gabriela alle paar Wochen besucht, und als ich dann sah, was Mitrione ihr angetan hatte, machte ich mir schwere Vorwürfe. Ich hatte mich wieder nicht um sie gekümmert. Ich hätte sie schützen können, und ich hatte versagt. Wenn Mitrione und seine Mörderbande sie mit mir zusammen gesehen hätten, hätten sie sie vielleicht nicht für ihre Experimente ausgewählt. Ihr einziges Verbrechen war ihre Armut. Sie hatte für ihre Kinder und ihr Pferd gebettelt, Blumen und die Musik der Beatles geliebt, meine kindliche Kunst bei sich an die Wand gehängt, und Mitrione hatte sie Straßendreck genannt. Das Bild ihres nackten, von den an ihr getesteten Stromstößen verbrannten Körpers und des in einer Lache von Erbrochenem liegenden Kopfes stand mir immer vor Augen. Ich versuchte, mich an die anderen auf den Fotos in Mitriones Haus zu erinnern, versuchte, auch sie zu betrauern, aber mir hatte sich nur das Bild von Gabriela und ein untilgbarer Haß auf den Mann eingeprägt, den ich nun vor mir sah.
Ich hoffte, daß die Regierung sich nicht auf einen Handel einlassen würde. Daß sie sich weigern würde, die gefangenen Tupamaros frei-

zulassen. Ich hoffte, daß Ramiro seine Drohung wahrmachen und Mitrione töten mußte. Ich wollte um das Privileg bitten, das Todesurteil vollstrecken zu dürfen.

Ramiro hatte die Wut der Militärs unterschätzt, die sowieso nur auf einen perfekten Vorwand warteten, um die Regierung zu übernehmen. Nach Mitriones Gefangennahme hörten die Verhaftungen und Folterungen nicht auf, wie es die Tupamaros gefordert hatten, sondern wurden nur noch mehr. Eine Woche später erwischten sie den Tupamaroführer Raúl Sendic zusammen mit achtunddreißig Gefährten. Die Tupamaroführung drohte Mitrione zu töten, wenn sie nicht bis Mitternacht freigelassen würden.

Richard Nixon, der Maßstäbe setzen wollte für den Umgang mit Guerillas, die ihm in ganz Lateinamerika zu schaffen machten, erklärte, daß die Vereinigten Staaten nicht mit Rebellen verhandeln würden. Es würde keine Verhandlungen mehr mit Tupamaros geben.

Ich schaute kurz bei Cora und ihrem kleinen Jungen herein und ging dann zu Ramiro, der am Eßzimmertisch stand. Überall lagen Zeitungen mit den neuesten Berichten über Verhaftungen und die Suche nach Dan Mitrione herum.

»Also?« fragte ich.

»Also was?«

»Wann richten wir ihn hin?«

»Meinst du das ernst?«

»Hast du es ernst gemeint?«

»Ja«, sagte Ramiro. »Aber das ist keine Entscheidung, die einfach so gefällt oder angekündigt wird wie eine Carnaval-Prozession.«

»Glaubst du, ich meine es nicht ernst? Sieh mich an, Ramiro.«

Er sah mich an und trat einen Schritt zurück.

»Dan Mitrione hat Gabriela umgebracht. Ich will das Todesurteil vollstrecken.«

Ramiro fuhr sich mit der Hand durchs Haar und schüttelte ungläubig den Kopf. »Setz dich«, sagte er. »Jetzt hör mir zu. Über Mitrione

ist noch nicht entschieden worden. Und wenn, dann wird es professionell gemacht. Nicht von jemandem, an den er Hand angelegt hat oder der ihn so haßt wie du.«
»Haben wir professionelle Henker? Seit wann?«
»Verhöhne mich nicht!« sagte Ramiro, und seine Faust krachte auf den Tisch. »Wir sind an dem wichtigsten und schwierigsten Punkt unseres Kampfes, und ich kann meine Zeit nicht mit kleinen reichen Mädchen verschwenden, die sich einbilden, daß sie die Arbeit von Männern machen können!«
Ich packte den Tisch und kippte ihn ihm in die Weichteile. Er stürzte. Ich warf mich auf ihn und schlug ihm mit den Fäusten ins Gesicht. »Ich habe Gabriela geliebt! Untersteh dich, mir zu sagen, daß ich bloß ein reicher Niemand bin, den du gebrauchen und beleidigen kannst! Ich kann genauso töten wie jeder Mann, du Dreckschwanz!«
»Magda! Magda!« Cora zog mich von Ramiro weg, und schließlich drang ihre Stimme bis zu mir durch. »Um Gottes willen! Was tust du da?«
»Ich will Mitrione töten! Warum hört mir keiner zu? Ich will es machen! Laßt mich doch! So laßt mich doch!«
Cora war stärker, als sie aussah. Sie hielt fest, bis ich nachgab, dann strich sie mir über den Rücken und beruhigte mich. »Ist ja gut, ist ja gut, meine liebe, liebe Freundin. Hasse ihn nur; hasse ihn auf ewig, wenn du willst, aber du darfst nicht diejenige sein, die solche Entscheidungen fällt oder sie ausführt. Wir brauchen dich. Das ist jetzt entweder der Anfang oder das Ende, und ich kann weder das eine noch das andere ohne dich aushalten. Du bist alles, was mir von meiner Kindheit geblieben ist. Du warst meine Hoffnung auf Freiheit, meine Freundin im Versteck; du bist jetzt meine Familie. Bitte hör mir zu: Nach all den Jahren konnte ich endlich etwas für dich tun.« Sie brachte mich zu einem Stuhl, kniete vor mir nieder und nahm meine Hände fest in ihre. »Mit Hilfe eines Freundes habe ich herausgefunden, wo sie Gabrielas Leiche verscharrt haben.« Sie wandte sich an Ramiro. »Kann ich ihr sagen, wer mir geholfen hat?«

»Nein, das kannst du nicht«, erwiderte Ramiro wütend, während er den Tisch zurechtrückte.
Cora sah ihn verärgert an und wandte sich dann wieder mir zu. »Es ist jemand, der mir sehr lieb ist und Verbindungen zur Polizei hat. Er hat herausgefunden, wo sie sie begraben haben. Mitriones ›Technikern‹ ist die Sache über den Kopf gewachsen. Sie waren heilfroh, jemandem erzählen zu können, wo diese armen Seelen begraben sind. Vielleicht können wir sie jetzt so begraben, wie sie es verdient. Was denkst du?«
Ich hatte keine Ahnung, was ich dachte. Ich wußte nur, daß mir Gelegenheit gegeben wurde, diesem gefolterten Körper etwas Frieden zu bringen, Gabriela und ihren Tod zu ehren. Wenigstens einen Augenblick lang hatte Mitrione mich nicht mehr im Griff. Als ich wieder sprechen konnte, entschuldigte ich mich bei Ramiro. Er hielt sich ein Taschentuch an die blutige Nase, und seine Stimme klang gedämpft. »Es tut mir leid, daß ich das gesagt habe. Wirklich, Magda. Aber ...«
Cora brachte ihn mit einer Geste zum Schweigen. »Kommt. Wir trinken *mate*, und dann beschließen wir, was wir machen.«

Nachdem ich Mamasita gefragt hatte, ob wir Gabriela in Caupolicán begraben könnten, bereitete sie einen Platz für sie auf dem alten Friedhof vor und fuhr mit mir zum Cerro, um mit ihren Kindern zu reden.
Ich hatte Gervasio, bald nachdem ich die Fotos seiner Mutter gesehen hatte, besucht. Ich fand, er hatte ein Recht darauf zu wissen, daß Gabriela tot war. Abgesehen davon hatte ich keine Ahnung, was ich ihm sagen sollte, wie ich mein Wissen um den Tod seiner Mutter erklären sollte oder was ich antworten sollte, wenn er fragte, wo ihre Leiche sei. Ich brauchte nichts zu erklären. Gervasio wußte es schon. »Ein Freund« hatte es ihm gesagt.
In seiner neuen Rolle als Familienoberhaupt gab Gervasio die Erlaubnis, daß seine Mutter in Caupolicán begraben wurde. Er suchte die Sachen zusammen, die ihr am meisten bedeutet hatten. Ein altes

Bild der Kinder im Parque Rodó, ein Ring, den Gervasio selber ihr geschenkt hatte, ihr Gefäß für *mate* und die Papierblumen und Tontellerchen.
Gervasios Freund, der ihm Gabrielas Tod mitgeteilt hatte, hatte sich um einen Sarg und einen sicheren Aufbewahrungsort gekümmert. Mir wurde klar, daß dies derselbe Freund war, von dem Cora gesprochen hatte. Jemand, der sehr gute Beziehungen zur Polizei hatte, dachte ich. Ich sagte zu Cora, daß nur ein Kollege, dem man volles Vertrauen entgegenbrachte, Zugang zu den Leichen gehabt haben könnte.
Sie sah mich seltsam an. »Magdalena, begreifst du nicht? Sie denken, daß es niemanden gibt, der sich dafür interessiert. Wer war denn Gabriela? Wir kennen ja nicht einmal ihren vollen Namen. Sie war eine Bettlerin, ohne Einfluß und ohne Beziehungen. Und selbst wenn jemand ihre Leiche sehen würde, käme er nie auf den Gedanken, daß die Verletzungen von Folter herrühren. Und erst recht nicht darauf, wer dafür verantwortlich ist.«
Mamasita hatte ihren Lieferwagen aus Caupolicán mitgebracht. Wir fuhren zu der außerhalb der Stadt gelegenen *rancho*, wo der Sarg sich befand, und verstauten den einfachen schwarzen Holzkasten im Laderaum des Lieferwagens. Wir deckten ihn mit Tacuara-Rohr zu und fuhren die ganze Nacht, die Straße war vom Regen aufgeweicht.
Im Morgengrauen kamen wir in Caupolicán an, bogen von der Straße ab und fuhren über die Hochmoore zu dem alten Familienfriedhof.
Mamasitas irische Vorfahren waren hier begraben, umgeben von uralten *ombúes* mit bizarr geformten Stämmen und riesigen Schirmen. Der lange schmiedeeiserne Zaun, der die Gräber umgab, war von Jasmin überwuchert, und in der Ferne glitzerte ein Flüßchen im Morgenlicht.
Gervasio konnte den Blick nicht von den Criollo-Herden auf den Weiden ringsum lassen. Er erzählte uns, daß es zu seinen frühesten Erinnerungen an seine Mutter gehörte, wie sie ihm erzählt hatte, daß es verboten sei, ein Pferd zu töten, weil Pferde so eine große Rolle in

den Unabhängigkeitskriegen gespielt haben. Er war froh, daß so viele *criollos* um ihr Grab herum Wache stehen würden.
Cora, Gervasio und ich ließen den Sarg an Seilen in das Grab hinab. Wir legten Gabrielas Schätze darauf, und dann zogen Mamasita, Cora und ich uns hinter einen *ombú* zurück, bis Gervasio sich verabschiedet hatte.
Wir brauchten eine Stunde, um das Grab zuzuschaufeln. Während wir arbeiteten, sprachen Gervasio und Mamasita darüber, wie das Grab am besten zu verbergen wäre. Es war nicht mehr erlaubt, die Toten in alten Familienfriedhöfen zu beerdigen, und wenn es auch unwahrscheinlich war, daß irgend jemand Gabrielas Grab entdecken oder der Polizei melden würde, so wollte Gervasio doch sichergehen, daß seine Mutter in Frieden dort ruhen konnte.
In dem den Friedhof umgebenden Hain fanden wir einen jungen *ombú* und verpflanzten ihn. Um das Rechteck frisch aufgeworfener Erde noch weiter zu überdecken, pflanzten wir Jasmin um den jungen Baum. Es war Anfang August, und die Sträucher blühten nicht, aber wir wußten, wie süß sie im Sommer duften würden.
Es wehte ein kalter Wind, und es sah nach Regen aus, aber bei der Arbeit war uns warm geworden. Wir standen lange an Gabrielas Grab, bevor wir zu dem Lieferwagen zurückgingen.

Ein paar Tage später ging mein Wunsch in Erfüllung.
In den frühen Morgenstunden des 10. August 1970 wurde Dan Mitriones Leiche mit zwei Kopfschüssen auf dem Rücksitz eines alten Kabrioletts gefunden.
Ich war überrascht, wie wenig ich empfand.
Es hatte eine Zeit gegeben, da ich nicht nur etwas empfunden hätte – es hätte mir auch jeder angesehen, was ich empfand. Freunde sagten mir, daß ich Emotionen ausstrahlte, selbst wenn ich nichts sagte. Wie außerirdische Strahlen, hatte Emilia gewitzelt.
Das letzte Mal, daß ich mir erlaubt hatte, etwas zu empfinden, war an dem Tag bei Ramiro gewesen, als ich Mitrione töten wollte. Ich sagte mir, daß diese für mich neue Taubheit daher kam, daß ich so vieles

vortäuschen mußte. Für jemanden, der in bestenfalls als revolutionär, schlimmstenfalls als terroristisch bezeichnete Aktivitäten verstrickt war, war diese Transparenz gefährlich.
Es gab niemanden aus meiner vertrauten Umgebung, an den ich mich hätte wenden können. Lilita war wegen ihrer Depressionen im Krankenhaus, und ich fürchtete, daß Emilia nie mehr mit mir reden würde, wenn sie erführe, daß ich mich mit den ihr so verhaßten »Subversiven« eingelassen hatte.
Marco hatte ich seit Wochen nicht gesehen. Es hätte mir auch nichts gebracht, dachte ich. Er wäre entsetzt darüber gewesen, daß ich für die Tupas arbeitete. Von Marco hörte ich hauptsächlich über Señora Marta, die stolz darauf war, daß ihr Sohn beim Militär so schnell Karriere machte. Er kam selten nach Hause, und ich fürchtete mich vor unserer nächsten Begegnung. In gewisser Weise waren wir Feinde geworden. Er, offenbar damit zufrieden, sich um die Armen zu kümmern und für sie zu tun, was auf legalem Wege möglich war; ich, jetzt eine von den Terroristen, die unaufhörlich von den Militärs verdammt wurden.
Eines Morgens gegen Ende des Winters klopfte ich also an Señora Franciscas Tür. Raquel und ihre Schwester waren schon in der Universität. Señora Francisca öffnete und schien nicht erstaunt zu sein, mich zu sehen.
»Kann ich mal mit Ihnen reden, Señora Francisca?«
»Natürlich. Ich erwarte dich seit Wochen. Hast du Lust auf einen Spaziergang am Fluß?«
Ich nickte. Señora Francisca zog andere Schuhe an, einen warmen Mantel und Handschuhe. Sie hakte mich unter, sagte, ich solle sie nicht mehr Señora nennen, denn wir seien jetzt *compañeros*, und führte mich zur Rambla und dann die Treppe hinunter an den Strand. Der Fluß war an diesem Tag strahlend blau und die Möwen ein weißes Gestöber zu unseren Füßen.
Lange gingen wir schweigend nebeneinanderher, und dann sprach ich von Dan Mitrione und der Rolle, die ich bei seiner Gefangennahme gespielt hatte. »Ich bin zu der Überzeugung gelangt, daß es

Menschen gibt, die so böse sind, daß ihre Hinrichtung gerechtfertigt ist.«

»Aber?«

»Aber hätte ich es tun können, Francisca? Ich habe Ramiro gesagt, ich könnte es.«

»Ich glaube, daß niemand von uns die Antwort auf diese Frage kennt, bevor es soweit ist. Wir sind zu weit gegangen, Mitrione zu töten. Oder vielleicht nicht weit genug.«

»Wie meinst du das?«

»Als wir anfingen, wollten wir unser Ziel, das existierende System zu stürzen, nicht mit Gewalt erreichen.«

»Und doch hast du Gewehre versteckt.«

»Woher weißt du das?«

Ich erzählte ihr von dem Tag, an dem Emilia und ich die Treppe hinaufgeschlichen waren, um ihr Gespräch mit Lilita zu belauschen.

»Ja«, sagte Francisca. »Wir waren darauf eingestellt, uns zu verteidigen. Wir hatten nie die Absicht anzugreifen. Verstehst du, wie absurd das ist? Das meine ich mit zu weit und nicht weit genug. Wir hätten entweder total gewaltlos wie Gandhi oder total gewaltbereit wie die IRA sein müssen. Es ist dieses selektive, halbherzige Töten, das uns vernichten wird. Weil die Amerikaner und die Russen sich nicht den Luxus erlauben, solche Skrupel zu haben. George Bernard Shaw hatte recht damit, daß diejenigen, die halbe Revolutionen machen, sich ihr eigenes Grab schaufeln.«

»Was könnte uns zum Sieg verhelfen?«

»Darum geht es nicht. Es geht darum, wie der Rest der Welt es zulassen kann, daß die Amerikaner und Russen uns ständig in Gefahr bringen. Es läuft auf das hinaus, was Che immer über die Verantwortung des einzelnen gesagt hat. Wir können unterliegen. Wir können gefoltert werden. Wir können sterben. Aber es gibt immer wieder Menschen, die es nicht ruhen läßt, wenn irgendwo irgend jemandem Unrecht geschieht. Sobald wir uns zu diesen Menschen zählen, hören wir auf, uns an die Spielregeln der Gesellschaft zu halten.«

»Damit ist meine Frage nicht beantwortet, Francisca.«

»Hättest du auf Dan Mitrione geschossen?« Francisca zuckte die Achseln. »Es ist egal. Es war nicht deine Aufgabe. Jemand anders mußte sich entscheiden. Wenn du erst mal auf diesem Weg bist, kannst du nur noch darauf hoffen, daß du die Möglichkeit hast, dich von Tag zu Tag neu entscheiden zu können.«

Achtzehn

Als Ramiro sich mit dem Plan an mich wandte, den britischen Botschafter, Geoffrey Jackson, zu kidnappen, erinnerte ich mich an Franciscas Worte: »Dich von Tag zu Tag neu entscheiden.«

»Was hat Jackson getan?« fragte ich.

»Unmittelbar hat er nichts getan.«

»Warum kidnappen wir ihn dann?«

»Wenn wir jemanden haben, bei dem der Regierung daran liegt, daß er nicht umgebracht wird, haben wir ein Tauschobjekt.«

»Was brauchst du?«

»Informationen über Jacksons Gewohnheiten. Du hast doch bestimmt von ›The Jesters‹ gehört?«

Ich nickte. Wie alle im Ausland lebenden Briten bildeten auch die Angelsachsen von Montevideo eine Gemeinschaft, die Tierschutzvereine gründete, Blumenausstellungen veranstaltete und Theaterstücke aufführte. Mehr oder weniger freiwillige Helfer mußten ran, um alljährlich ein Stück zur Aufführung zu bringen und Requisiten und Möbel zu beschaffen. Außerdem wurden noch schottische Volkstänze, Dudelsackspieler und ein Ball geboten.

Das in diesem Jahr ausgewählte Stück war eine Komödie, und Ramiro war sicher, daß ich eine Rolle bekommen könnte. Ich lachte ihm ins Gesicht und erklärte ihm, daß ich noch nie auf einer Bühne gestanden hätte. Die Wahrscheinlichkeit, daß ich angenommen würde, sei gleich Null. Ob ich eine Rolle bekommen würde oder nicht, sei egal, sagte Ramiro. Ich könne auch irgend etwas hinter den Kulissen machen. Es ginge einzig und allein darum, daß Peter Wentworth, der eng mit Jackson zusammenarbeite, Regie führen werde.

Als Emilia hörte, daß ich vorsprechen würde, wollte sie mitkommen. Ich versuchte, sie davon abzubringen, aber sie hänselte mich bloß damit, ich hätte ja nur Angst, daß ihr Englisch besser wäre als meins und sie die größere Rolle bekommen würde.

Um Emilia davon abzuhalten mitzukommen, hätte ich ihr den wahren Grund für mein politisches Interesse an den Jesters sagen müssen. Auch hielt ich die Sache nicht für gefährlich. Ich würde Peter Wentworth nur dazu bringen, über den Botschafter und seine Gewohnheiten zu reden.

Emilia und ich waren zu früh da. Wir zogen gerade die Mäntel in dem heruntergekommenen Proberaum aus, wobei wir die aufgestellten Mausefallen umgehen mußten, als Mrs. Tillman uns auf die Schulter tippte. Mrs. Tillman war Präsidentin der Jesters und schien entzückt über das Erscheinen neuer Teilnehmerinnen. Sie deutete auf einen großen jungen Mann neben ihr. Er trug einen eleganten Anzug nach englischer Fasson, der seine athletische Erscheinung aufs beste zur Geltung brachte.

»Mädchen, das ist Peter Wentworth. Er ist neu im Konsulat und arbeitet mit dem Botschafter zusammen. Und er führt dieses Jahr Regie.«

Ich reichte Peter Wentworth die Hand, aber er merkte es nicht einmal. Er und Emilia starrten einander an, und ich erkannte inmitten von Mausefallen und von den Wänden abblätternder Farbe, daß die Hollywoodfilme, die ich gesehen hatte, stimmten. Es gab so etwas wie Liebe auf den ersten Blick. Menschen konnten einer im Anblick des andern versinken. Die Erde hörte auf, sich zu drehen, wenn wahre Liebende einander begegneten. Ich hörte keine Geigen, aber ich wußte, daß sie für Peter und Emilia erklangen. Ihre Hände bewegten sich wie in Zeitlupe aufeinander zu, und dann standen sie da und starrten einander an, bis ich es für angebracht hielt, mich einzumischen.

Es war keine Überraschung, daß Emilia und ich beide eine Rolle bekamen.

Abend für Abend war die Luft gesättigt von Emilias und Peters Begeisterung übereinander. Sie lachten und scherzten und steckten alles und jeden mit ihrer Lebensfreude an. Das Stück bekam etwas Sprühendes, das sein Autor ihm weder mitgegeben noch beabsichtigt hatte.

Emilia ging auf Wolken. »Weißt du, Magda«, sagte sie eines Tages, als wir im Schneidersitz auf ihrem schmalen Bett saßen. »Ich habe Bücher darüber gelesen, ich habe Filme darüber gesehen, ich habe davon geträumt, daß es mir geschieht, aber ich hatte nicht die geringste Ahnung, wie es sich anfühlt zu wissen, daß man den Menschen getroffen hat, für den man geschaffen ist. Zu wissen, daß ich diese Gewißheit nur ein einziges Mal in meinem ganzen Leben verspüren werde.«

»Hat er schon mit deinen Eltern gesprochen?« fragte ich.

Emilia runzelte die Stirn ein wenig. »Noch nicht. Vielleicht macht man das nicht in England. Kann sein, daß er es für altmodisch hält. Aber Mamá und Papá haben deine Mutter gebeten, sich über seine Herkunft zu erkundigen, und sie hat herausgefunden, daß er aus einer sehr guten Familie kommt. Sein Vater ist Mitglied des Unterhauses!«

»Paß auf, du wirst noch in London leben, Emilia!«

»Und das habe ich dir zu verdanken.«

»Na, dann bin ich ja froh, daß ich dir endlich mal etwas anderes als Ungelegenheiten bereite!« sagte ich lachend.

Emilias Eltern wußten nicht recht, wie sie mit Peter Wentworth umgehen sollten. Wäre er Uruguayer gewesen, wäre er mittlerweile zu ihnen gekommen, um ihre Erlaubnis zu erbitten, ihre Tochter zu besuchen und einen für alle Seiten genehmen Besuchsplan aufzustellen. Er war jedoch Ausländer und wußte offensichtlich nicht, was sich gehörte. Emilias Eltern waren bereit, ihm das zu verzeihen, zumal er im diplomatischen Dienst und solide war.

Aus verschiedenen Gründen, die alle einleuchtend waren und mit seiner Arbeit in der Botschaft zu tun hatten, kam er kaum zu Emilia nach Hause, sondern traf sie in der Stadt, um mit ihr Essen und Tanzen zu gehen, ins Kino oder ins Theater. Wenn sie sich früh trennten,

schickte er sie mit einem Taxi nach Hause, und der Fahrer bekam ein großzügiges Trinkgeld und den Auftrag, sie zur Haustür zu bringen. Wenn es spät wurde, fuhr er sie in einem geliehenen Botschaftswagen nach Hause. Ihre Eltern lagen dann schon im Bett. Sie blieben wach, bis Emilia nach Hause kam, und ihre Mutter stand dann auf, um Milch warm zu machen und sich von dem Abend erzählen zu lassen, aber Peter wurde zu dieser Uhrzeit nicht in der Wohnung erwartet und war auch nie mitgekommen.
Ich freute mich wirklich für Emilia, wünschte aber, sie und Peter hätten sich unter Umständen begegnen können, die nichts mit mir und meiner Arbeit für die Tupamaros zu tun hatten, und wenn Emilia mir von Peters Arbeit und dem vollen Programm des Botschafters erzählte, hatte ich ein schlechtes Gewissen.
In der Hetze, die es mit sich brachte, daß ich gleichzeitig zum ersten Mal Theater spielte, studierte und an Emilias Liebesgeschichte Anteil nahm, blieb ich den Zellentreffen ein paar Wochen lang fern und war nicht überrascht, als Ramiro an der Bushaltestelle vor der Universität auf mich zukam und verlangte, daß ich ihm Bericht erstattete.
Mit den Informationen, die ich ihm gab, arbeitete Ramiro seinen Plan aus, den britischen Botschafter zu kidnappen, und am Morgen des 8. Januar 1971 verschwand Geoffrey Jackson.
Einige Tage lang hörte Emilia nichts von Peter. Zuerst war sie überzeugt davon, daß auch Peter gefangengenommen worden war. Ich versuchte, sie zu beruhigen, da ich sehr wohl wußte, daß Peter an diesem Tag nicht einmal in der Nähe der Botschaft gewesen war. Emilia war jedoch untröstlich. Sie verfluchte die Tupamaros und ihr Tun, wünschte sich weit weg von einem Land, in dem so etwas geschehen konnte, und drohte damit, in die britische Botschaft zu gehen und Auskunft über Peter Wentworth zu verlangen. Als Peter schließlich anrief, sagte er bloß schroff und mit angespannter Stimme, daß er nicht lange reden könne, sondern in ein paar Tagen wieder anrufen würde.
Emilia aß fast nichts mehr. Sie saß am Telefon und wartete darauf,

daß es klingelte. Lilita und ich versuchten, sie mit einem Spiel *conga* abzulenken. Als der Anruf endlich gekommen war, legte Emilia den Hörer mit beglücktem Gesicht auf.
»Und? Was hat er gesagt?« fragte ich.
»Er lädt uns zu sich nach Hause ein. Zu einem ganz kleinen informellen Beisammensein. Er kann nicht offiziell einladen, solange der Botschafter von den Tupas gefangengehalten wird. Er schickt Mamá und Papá eine schriftliche Einladung und bittet dich und ein paar Leute von den Jesters zu kommen. Er hat nur gesagt, der Botschafter würde wollen, daß er das Richtige tut und daß es Zeit sei, sonst nichts.«
Ich verstand das alles nicht. »Wie meint er das?«
Lilita klatschte in die Hände. »Er will Emilia einen Antrag machen! Was soll es sonst bedeuten?«
Dieser plötzliche Umschwung in Peters Verhalten erschien mir verdächtig, aber ich hatte nicht das Herz, meine Befürchtungen auszusprechen. Lilita war so glücklich wie seit Jahren nicht mehr und verkündete, es sei der Augenblick gekommen, das Silberkästchen zu öffnen. Sie ging zu der Kommode in ihrem Schlafzimmer und holte das Kästchen, das ganz hinten in einer Schublade lag und die Ersparnisse von vierundzwanzig Jahren enthielt. Emilia sperrte Mund und Nase auf, und Lilita ließ sich gehen und warf die Geldscheine in die Luft.
Als ich sie verließ, waren sie kichernd dabei, das unter dem Sofa und den Stühlen liegende Geld wieder einzusammeln. Ich versuchte, Verbindung mit Ramiro und Cora aufzunehmen, konnte sie aber nicht erreichen und wußte, daß es besser war, es nicht weiter zu versuchen. Ich hätte alle in Gefahr bringen können. Die Sicherheitsvorschriften waren so streng wie noch nie, und ich hatte den Befehl, den Zellentreffen fernzubleiben, bis Ramiro mir grünes Licht geben würde.
Am nächsten Tag begleitete ich Emilia und Lilita zu Gigi's, Montevideos teuerster Boutique, wo Emilia ein kurzes, schwarzes, diskret mit Ziermünzen besetztes Kleid kaufte. Sie sah zugleich schick und jung

darin aus. Erst jetzt bemerkte ich, wie hübsch Emilia geworden war. Sie trug das Haar immer noch lang, nur daß es jetzt in einer Farbe getönt war, die ihre goldfleckigen Augen zur Geltung brachte. Mir wurde wieder einmal bewußt, daß ich seit Gabrielas Tod den alltäglichen Dingen gegenüber immer gleichgültiger geworden war. Manchmal erwischte ich mich dabei, wie ich automatisch funktionierte, ohne mich daran zu erinnern, was ich gestern getan hatte oder morgen tun wollte. Ich sagte mir, daß ich das ändern würde, und versuchte, mich dafür zu interessieren, daß Lilita ein weinrotes Taftkostüm bei La Madrileña kaufte. Vielleicht, dachte ich, sollte ich mich eine Zeitlang aus den Tupamaro-Angelegenheiten heraushalten und mich ganz auf mein Studium konzentrieren.

In der darauffolgenden Woche stand ich oft an der Bushaltestelle, die Ramiro und ich als Treffpunkt benutzten, und ließ einen Bus nach dem anderen vorbeifahren, in der Hoffnung, er würde auftauchen. Das tat er nicht, und ich wandte mich an Francisca.

»Hast du es denn nicht gehört?« fragte Francisca angstvoll und zog mich in die Küche, weg vom Wohnzimmer, wo ihre Töchter saßen und lernten.

»Nein. Was?«

»Ramiro ist verhaftet worden!«

»Cora auch?«

»Nein. Sie ist untergetaucht.«

»Francisca, was soll ich tun? Wie kann ich ihnen helfen?«

»Wir können nichts tun. Ramiro hat einen mächtigen Freund, der ihn nicht im Stich lassen wird. Am besten tust du so, als ob du nichts von alldem weißt.«

»Ich habe es satt, diese Rolle zu spielen!« sagte ich, plötzlich wütend.

Francisca legte mir sacht die Hand auf den Arm. »Diese Rolle muß jeder von uns spielen.«

»Aber nur ich muß sie immer und bei allen spielen!«

»Nicht bei allen, *compañera.*«

Nur Francisca und Cora nannten mich *compañera.* Die Tupamaros verwendeten den Begriff untereinander, um Solidarität und Zuneigung auszudrücken, und dieses Wissen gab mir das Gefühl, angenommen zu werden, so daß ich mich langsam beruhigte.

Aber ich hatte immer noch Angst, und das sagte ich Francisca. »Du wärest dumm, wenn du keine Angst hättest«, erklärte sie und umarmte mich schnell. »Ich verspreche dir, daß ich dir alles erzähle, was ich über Ramiro und Cora höre. Kümmere dich um dein Studium und lade mich zu dem Stück ein, in dem du und Emilia spielt.«

»Es ist abgesetzt worden«, sagte ich. »Wegen der Entführung des Botschafters.«

Ich erzählte Francisca von meinen Befürchtungen wegen Peter Wentworth. Er hatte Emilia nicht besucht und sich auch sonst nirgendwo mit ihr treffen wollen, wobei er behauptet hatte, die Sicherheitsmaßnahmen ließen das nicht zu. Emilia und Lilita hatten nicht gefragt, warum diese strengen Maßnahmen für die bevorstehende Party gelockert worden waren, und ich brachte es nicht über mich, ihr Glück zu zerstören, indem ich Peters Motive in Frage stellte.

Francisca riet zur Vorsicht. Es sei das beste, wenn Lilita sich auf Emilias Party konzentriere und ich mich sorglos gebe und keine Aufmerksamkeit auf mich ziehe. Erleichtert befolgte ich Franciscas Rat. Auf diese Weise wurde ich die Verantwortung los.

Zwei Wochen nach der Entführung des Botschafters kamen Lilita, Emilia und ich, von Señor Mario begleitet, pünktlich um acht vor Peters Haus an.

Es war ein kleines Haus mit Blick auf die Rambla, und Emilia blieb einen Augenblick stehen, um mich beim Arm zu nehmen und zu flüstern: »Schau, Magda. Es ist vollkommen!«

Ich stimmte ihr zu. Ein Cottage im englischen Stil, auf einem Hügel gelegen und von einem Gärtchen umgeben. Trittsteine führten die kleine Anhöhe hinauf, und der Garten duftete nach Rosen. Es war nur ein Fenster erleuchtet, das geblümte Vorhänge hatte, durch die ein gemütlich und geschmackvoll eingerichtetes Zimmer zu sehen war. Ich versuchte mir vorzustellen, wie Emilia es sich zu eigen machte, als ein kalter Wind vom Fluß mich erschauern ließ.

Peter öffnete die Tür und bat uns herein. Er sah blaß aus, und als

Emilia eine Bemerkung darüber machte, erklärte er, er habe Überstunden gemacht. Er berührte sie nicht und sagte auch nichts zu ihrem Kleid, sondern führte uns schnell nach drinnen.
Als wir zu den anderen Gästen in dem kleinen Wohnzimmer stießen, kam ein Kellner mit einem mit Essen und Getränken beladenen Tablett vorbei.
Im Laufe des Abends wurde Peter immer nervöser. Er schaute ständig auf die Uhr, und ich fragte mich, auf was oder wen er wartete.
Das Essen wurde aufgetragen, gegessen und abgeräumt, ohne daß der erwartete Antrag gemacht wurde. Emilia sah besorgt aus; ihr Vater wischte sich mehrmals die Stirn, und Lilita nahm einen entrückten Ausdruck an. Ich war mehr und mehr in Alarmbereitschaft, alle Sinne angespannt.
Als nach dem Essen Schokolade und Zigarren gereicht wurden, sah ich, daß ein großer Wagen vor dem Haus vorfuhr. Vier Männer in Uniform stiegen aus, gingen die Treppe hoch und betraten das Haus. Die anderen Gäste lösten sich stillschweigend in Luft auf, abgesehen von einem Botschaftsangehörigen namens MacGregor, dem Peter zu unterstehen schien.
Die Offiziere traten ein und machten eine kleine Verbeugung. Ich bemerkte, daß Peter sich die Hände an seinem Taschentuch abwischte und so aussah, als ob er gleich weinen würde.
»Emilia Lanconi?« fragte einer der Männer.
Emilia warf Peter einen Blick zu. »Ich bin Emilia Lanconi.«
»Ich verhafte Sie wegen der Entführung von Botschafter Jackson.«
Emilia taumelte zurück, als hätte man sie geschlagen. »Was?«
»Wir haben Grund zu der Annahme, daß Sie den Botschafter betreffende Informationen an die Terroristen weitergegeben haben. Informationen, die es ihnen ermöglicht haben, ihn zu entführen. Wir haben soeben Ihr Apartement durchsucht und inkriminierende Beweise gefunden.«
Peter schwankte, als würde er gleich in Ohnmacht fallen.
Lilita, die bis zu diesem Augenblick erstarrt dagestanden hatte, stieß einen Schrei aus und stürzte sich auf die Männer. »Mörder! Folterer!

Laßt meine Tochter in Ruhe! Nehmt mich! Alles, was ihr in dem Apartment gefunden habt, gehört mir! Fragt die Nachbarn! Ich bin eine Tupa! Sie nicht! Sie ist unschuldig!«

Dasselbe Gefühl von Unwirklichkeit, das mich vor Jahren bei dem Luftwaffenball überkommen hatte, drohte mich jetzt zu lähmen. Doch diesmal fand ich die Stimme rechtzeitig wieder und brüllte, Lilitas Schreie übertönend: »Glauben Sie ihr nicht! Ich war es. Ich habe den Tupamaros Informationen über den Botschafter gegeben!«

Niemand hörte zu. Emilias Mantel war gefunden worden, und sie wurde fortgeführt. Señor Mario konnte Lilita kaum bändigen.

»Peter!« schrie ich, ihn beim Ärmel packend. »Peter, halte sie auf, du wirst es sonst bereuen! Ich schwöre bei allem, was mir heilig ist, daß ich die Schuldige bin. Emilia hat nichts gewußt. Sie hat nichts getan. Sie betet dich an! Du kannst ihr das nicht antun!«

»Sie sind ziemlich hysterisch, Peter«, sagte der Mann namens MacGregor. »Sie haben das Richtige getan. Es ist vorbei, mein Junge.«

Peter fing an zu weinen, und MacGregor hustete verlegen und sah weg.

Ich ergriff Peters Hände und schüttelte sie. »Peter! Hör mir zu!«

MacGregor trat dazwischen. »Peter hat genug durchgemacht. Wenn er nicht gewesen wäre, wäre Miss Lanconi schon vor Wochen verhaftet worden. Peter hat auf einer gründlichen Untersuchung bestanden. Gehen Sie jetzt, Miss Ortega. Wenn Sie eine Szene machen wollen, dann tun Sie das in Gottes Namen bei Ihren eigenen Leuten.«

Ich rannte den vier Männern hinterher. »Halt! *Paren! Soy yo! Yo soy la culpable!* Ich bin die Schuldige!«

Während Emilia in den Wagen gesetzt wurde, drehte sich einer der Männer nach mir um. »Señorita«, sagte er, »*por favor.* Wir verstehen Ihre Sorge, aber bitte …«

»Hören Sie mir zu!« sagte ich, mich zur Ruhe zwingend. »Ich arbeite für USIS. Ich spreche fließend Englisch. Ich habe in dem Stück mitgespielt, bei dem Mr. Wentworth Regie geführt hat. Warum sollte Emilia den Botschafter verraten? Sie hofft, Mr. Wentworth zu heiraten! Wenn Sie nach demjenigen suchen, der den Tu-

pas Informationen über Mr. Jackson gegeben hat, dann verhaften Sie mich!«
Der Mann sah mich an und lachte. »Señorita, wenn Sie für USIS arbeiten, hat die CIA Sie überprüft. Bitte, gehen Sie aus dem Weg.«
»Magda!« rief Emilia aus dem Wagen. »Was machen sie mit uns?«
»Sie lassen dich gehen«, sagte ich, neben dem Wagen herlaufend. »Sie müssen dich gehen lassen! Du bist unschuldig!«
»Sag Peter, daß ich ihn nicht verraten habe!«
Eine Strähne von Emilias Haar verfing sich in dem hastig geschlossenen Autofenster, und ich starrte wie gebannt darauf, bis der Wagen um die Ecke verschwunden war.
Señor Mario kam schnell auf mich zu und bat mich, mich um Lilita zu kümmern. Sie rannte hysterisch auf dem Bürgersteig hin und her und flehte ihren Mann an, sie mitzunehmen. Er hatte ein Taxi gerufen und wollte Emilia zum Polizeirevier folgen, da er annahm, daß sie sie dorthin bringen würden. Ich nahm Lilita beim Arm und führte sie weg, wobei ich ihr versicherte, daß es das beste sei, wenn Señor Mario Emilia allein folgen würde. Ich ging mit ihr zur Rambla hinunter, um dort ein Taxi zu nehmen. Mehrere fuhren vorbei, alle besetzt. Lilita zitterte jetzt, versuchte wegzulaufen und drohte damit, daß sie ins Wasser gehen würde. Selbst wenn ein leeres Taxi vorbeikam, würde der Fahrer vielleicht sehen, in was für einem Zustand Lilita war, und nicht anhalten. Ich war schon ganz verzweifelt, als ein Taxi neben uns hielt und ein Mann vom Rücksitz sprang. Die goldenen Tressen an seiner Uniform glänzten im Licht der Straßenlaternen.
»Marco! Ich war noch nie so froh, dich zu sehen!« schrie ich. Er stellte keine Fragen. Er hob Lilita einfach auf und trug sie in das Taxi. Wir waren nicht weit weg von zu Hause. Zusammen brachten wir Lilita in ihre Wohnung. Sie hatte ihr Abendtäschchen bei Peter gelassen, und wir mußten Basco, den Hausmeister, holen, damit er uns mit seinem Reserveschlüssel einließ.
Ich rief den Arzt an, und dann machten Marco und ich Kaffee. Lilita lag schluchzend auf ihrem Bett, bis der Arzt ihr ein Schlafmittel verabreichte. Nachdem er gegangen war, starrten Marco und

ich einander über den Eßzimmertisch hinweg an. Ich erzählte ihm alles. Er sah so schockiert aus, wie ich erwartet hatte. Er knöpfte seine Uniformjacke auf und fing an, in dem kleinen Raum auf und ab zu gehen.
»*Bueno*«, sagte er immer wieder, »*bueno* ... Eins nach dem andern. Eins nach dem andern. Erstens wirst du über alles, was du mir heute abend erzählt hast, Stillschweigen bewahren. Nein!« sagte er, als ich widersprechen wollte. »Merk dir das ein für allemal! Es nützt nichts, wenn du immer wieder sagst, daß du es warst. Vielleicht glauben sie dir, vielleicht nicht. Auf jeden Fall wird dein Geständnis Emilia nicht helfen. Sie geben nie zu, daß sie sich geirrt haben. Sie wird so oder so verhört werden.«
»Aber Marco, ich weiß, was das bedeutet! Sie wird zur *máquina* geschickt werden.«
»Vielleicht. Aber das machen sie, egal, was du sagst, begreifst du das nicht? Du kannst ihr hier nützlicher sein. Kümmere dich um Lilita. Sie braucht dich, du mußt am Leben bleiben. Ich werde dafür sorgen, daß Emilia erfährt, daß jemand sich um Lilita kümmert.«
»Wie?«
Er tat meine Frage mit einer Handbewegung ab. »Egal, wie. Weißt du, wo Jackson ist?«
Ich schüttelte den Kopf.
»Gut. Das ist gut. Ramiro ist doch vernünftig. Jetzt hör mir gut zu. Du überläßt mir alles. Alles. Geh zur Arbeit wie immer. Studiere wie immer. Und sag nie wieder in der Öffentlichkeit, daß du mit den Tupamaros zu tun hast.«
»Ich mag es nicht, daß du mir Befehle erteilst, Marco. Was hast du überhaupt mit alldem zu tun?«
»Du wirst machen, was ich dir gesagt habe, Magda. Wenn sie dich nämlich ernst nehmen und du verhaftet wirst, bringst du Ramiro und Cora noch mehr in Gefahr, als sie ohnehin schon sind!«
»Weil ich reden würde, meinst du? Weil du nicht glaubst, daß ich die Kraft habe, unter der Folter zu schweigen?«
»Kleine Löwin, du hast keine Ahnung ...«

»Nein, ich habe es nicht am eigenen Leib erfahren! Aber ich bin nicht so dumm oder schwach, wie ihr glaubt, du und Ramiro!«

»Ich wünschte nur, du hättest nichts mit diesem häßlichen Kampf zu tun«, sagte Marco und legte mir sanft die Finger auf die Lippen.

Ich wich beschämt zurück. Ich dachte, daß er mir nicht vertraute oder keine gute Meinung von mir hatte, und in diesem Augenblick gab ich ihm recht; Emilia war meinetwegen in Gefahr. Ramiro war verhaftet worden; Cora war untergetaucht; und kaum hatte er mich berührt, wollte ich nur noch, daß er mich küßt.

Neunzehn

Drei Tage später war Emilia wieder zu Hause. Ich hatte seit ihrer Verhaftung nicht mehr schlafen können. Tagsüber kümmerte ich mich um Lilita. Der Arzt kam und verabreichte ihr Beruhigungsmittel. Nachts saß ich auf dem Balkon und wartete auf ein Zeichen von Marco oder irgend jemand anders, der mir sagte, was ich tun sollte. Und dann hielt eines Nachts, kurz bevor es hell wurde, ein Wagen an der Ecke, und ich sah Emilia aussteigen. Ich wollte ihren Namen rufen und zu ihr hinlaufen, aber als ich bemerkte, wie sie aussah, konnte ich es nicht tun. Ich fürchtete, sie würde nie mehr mit mir reden.

Es war noch schlimmer. Emilia haßte mich. Sie verfluchte mich und beschuldigte mich, ihr Leben zerstört zu haben. Sie sagte, sie wisse jetzt, daß ich die ganze Zeit mit den Tupamaros zu tun gehabt und unsere Freundschaft benutzt hätte, um die Entführung des Botschafters zu arrangieren.

Sie versuchte, Peter zu Hause anzurufen, und stellte fest, daß die Nummer nicht mehr erreichbar war. Sie versuchte es bei der Botschaft. Peter nahm keine Anrufe entgegen. Zuerst verstand sie nicht, warum. Sie hatten sie freigelassen, ihr gesagt, sie könne gehen. Jetzt mußte Peter doch glauben, daß sie unschuldig war. Dank Marco erfuhr sie dann, wer Peter wirklich war.

Als Lilita mir anvertraute, daß Marco Nachforschungen über Peter Wentworth angestellt hatte, hatte ich zum ersten Mal den Verdacht, daß Marco selber mehr war, als er schien. Er hatte Lilita erzählt, Peter habe gewußt, daß sie eine hohe Position in der Tupamaro-Führung innehatte.

Lilita war wütend, als sie davon hörte. Sie fühlte sich verantwortlich

für Peters Interesse an Emilia, obwohl ich sie darauf hinwies, daß er nicht wissen konnte, wer Emilia war, als er sie kennenlernte. Emilias Erscheinen bei den Proben war nicht geplant gewesen.
»Ja, aber stell dir vor, wie er sich gefreut hat, als er herausfand, daß die Mutter des Mädchens, das ihn liebte, bei den Tupamaros war! Was konnte sich ein ehrgeiziger junger Geheimdienstoffizier mehr wünschen? Als Jackson entführt worden war, wurde MacGregor, der Mann, den du bei der Party getroffen hast, aus London hierhergeschickt, um die Untersuchung im Zusammhang mit dem Verschwinden des Botschafters zu beobachten. Marco hat mir gesagt, daß MacGregor sicher war, ich wisse, wo Jackson sich befindet. MacGregor und Peter hofften, daß ich, wenn sie Emilia verhafteten, aus der Deckung herauskommen und ihnen alles sagen würde.«
»Aber Marco hat dafür gesorgt, daß du mit Beruhigungsmitteln vollgepumpt warst und nicht wußtest, was passierte, bis Emilia entlassen wurde.«
»Ich weiß nicht, ob ich Marco das verzeihen kann, Magdalena.«
»Lilita«, sagte ich, »Ramiro hat mir gesagt, daß es einen *milico* gibt, einen den Tupamaros wohlgesonnenen Offizier, der mit dem britischen Geheimdienst wegen der Freilassung des Botschafters verhandelt hat. Ist Marco dieser Offizier?«
»Wie kommst du darauf?«
»Marco scheint so viel zu wissen.«
Lilita seufzte und brachte die Rede wieder auf Emilia. »Sie ist jetzt wütender denn je auf mich. Sie nennt mich eine ›Subversive‹. Sie meint, die Tupamaros haben ihr die Kindheit gestohlen und eine verrückte Frau und schlechte Mutter aus mir gemacht. Ich wollte sie verschonen. Sie sollte in Freiheit leben. Ich dachte, wenn ich es übernehme zu kämpfen, bräuchte Emilia das nie zu tun und sie würde glücklich sein. Ich dachte, jetzt würde schon alles vorbei sein. Und nun denkt Emilia, ich hätte sie um ihr künftiges Glück gebracht und ihr Peter für immer weggenommen. Er ist versetzt worden, weißt du. Wohin, will uns niemand sagen.«
»Lilita, ich glaube, es wäre gut, wenn du Emilia sagen würdest, war-

um du so gehandelt hast. Ich glaube, Emilia denkt, du hältst sie irgendwie nicht für gut genug, an dem Kampf teilzunehmen. Sie begreift nicht, daß du sie nur schonen wolltest.«
Lilita nickte. »Vielleicht ist die Zeit gekommen. Wirst du bei mir sein, wenn ich mit ihr rede?«
»Emilia will mich nicht sehen.«
Lilita tätschelte mir den Arm. »Ich arrangiere das.«

Ein paar Tage späte saß ich zu einer Zeit, da Señor Mario bei der Arbeit war, mit Emilia und Lilita in ihrer Wohnung am Eßzimmertisch.
»Ich weiß nicht, was ihr beide mir zu erzählen habt«, sagte Emilia, »aber eure Spielchen haben mich mein Glück gekostet, abgesehen von drei Nächten im Gefängnis und Verhören, die ich euch schildern will, damit ihr eine Vorstellung davon bekommt, wie unschuldige Menschen für eure Taten zahlen müssen.«
Lilita streckte ihrer Tochter die Hände entgegen, wie um sie zu bitten, sie erst anzuhören, aber Emilia ließ sich nicht vom Reden abhalten. Sie packte ihre Mutter bei den fragilen Handgelenken und preßte ihr die Arme mit aller Kraft auf den Tisch. »In der ersten Nacht mußte ich die ganze Zeit stehen, an einer Wand, aber sie ließen es nicht zu, daß ich mich anlehnte. Sie hatten mich vorher entkleidet, so daß ich nackt war. Immer, wenn ein Soldat zur Toilette mußte, benutzte er mich als Klo. Einige drückten ihre Zigaretten an mir aus.«
Emilia ließ die Arme ihrer Mutter los und zog die Bluse hoch, um die Verbrennungen auf Brüsten und Bauch zu zeigen.
Lilitas Augen füllten sich mit Tränen, aber sie wankte nicht. Sie sah Emilias Wunden an. Ich saß stocksteif da und hielt mich mit schweißnassen Händen am Tisch fest.
»Am nächsten und übernächsten Tag brachten sie mich zur *máquina.* Die anderen Frauen in meiner Zelle sagten mir, daß die *máquina* die Menschen verändere. Nach einem so engen Kontakt mit Elektrizität und Wasser nehme man andere Menschen nie mehr so wahr wie vorher, sagten sie. Sie hatten recht. Ich habe in diesen drei Tagen mehr

von jenen Frauen gelernt als in meinem ganzen Leben von euch beiden. Ihr habt euch nicht die Mühe gemacht, mir das beizubringen.« Sie sah erst ihre Mutter und dann mich durchdringend an.
»Jetzt will ich wissen, warum ich nicht gut genug war, eine von euch zu sein. Ich will, daß ihr mir sagt, warum ihr mich von dem Kampf ausgeschlossen habt!«
»Das wollte ich dir gerade erklären«, sagte Lilita. »Ich wollte diejenige sein, die die Schläge auf sich nimmt, damit es dir erspart bleibt. Ich bin ein Idiot, und du hast recht, mich zu hassen.«
Emilia zuckte nicht mit der Wimper. Sie blickte mich an und fragte verächtlich: »Und du? Was für eine Ausrede hast du?«
Mir fehlten die Worte. »Ich weiß nicht, Emilia. Ich habe deiner Mutter versprochen, dich herauszuhalten, und ich wollte dieses Versprechen halten, um dich zu schützen. Du hast für dein Studium hart gearbeitet, warst kurz vor dem Abschluß. Deine Zukunft schien gesichert. Ich wollte das alles nicht ruinieren. Besonders nachdem du Peter kennengelernt hast. Da ist es noch wichtiger geworden, dich nicht in irgend etwas hineinzuziehen, das dein Glück gefährdet hätte. Es ist anders gekommen, aber so habe ich damals gedacht.«
»Ich will es wissen. Alles, was du und Mamá getan habt.«
Wir fingen langsam an, Lilita als erste. Sie erzählte Emilia von den ersten Treffen, als Emilia noch ein Baby war und es so viele Splittergruppen gab, daß Lilita fast schon nicht mehr daran glaubte, aus alldem könne jemals eine Bewegung werden. Sie erzählte uns, wie sie später Waffen und Informationen sammelten, sich in abgelegenen *ranchos* trafen und schließlich die Ersten Statuten festlegten, die die als Tupamaros bekanntgewordene Gruppe leiten sollten.
»Ich kann immer noch unsere Ziele hersagen«, erklärte Lilita, wobei sie Emilia nervös zulächelte. »Wir streben danach, die organisierte Vorhut der ausgebeuteten Klassen in ihrem Kampf gegen das Regime zu sein. Wir sind eine aus eigenem Antrieb kämpfende Vereinigung derer, die sich ihrer historischen Pflicht bewußt sind.«
Ich wiederum erzählte von meiner zufälligen Begegnung mit Ramiro, dem Gefühl, daß ich wie eine Schlafwandlerin durchs Leben gegan-

gen war, der Wut, die mich überkommen hatte, als ich die Fotos von Gabrielas Leiche sah, und meiner Entscheidung, den Tupamaros als Informantin zu dienen. Ich sprach davon, wie ich mich gefühlt hatte, als Mitrione erschossen worden war, und wie mich immer noch Zweifel überfielen, wenn Ereignisse wie Emilias Verhaftung mich mit den Folgen meiner Handlungen konfrontierten.

Nachdem ich geredet hatte, herrschte ein langes Schweigen, bis ich Emilia fragte, ob sie uns verzeihen könne.

»Ich weiß nicht, ob ich schon fähig bin zu verzeihen«, sagte sie.

Anfang September 1971 wurde Geoffrey Jackson freigelassen, und es kam eine Verordnung heraus, der zufolge die Polizei von ihrer Verantwortung im Kampf gegen die Tupamaros entbunden wurde. Von nun an würden die Streitkräfte es übernehmen, das zu führen, was als interner Krieg betrachtet wurde.

Marco wurde zum Hauptmann befördert. Er führte mich zum Essen aus, und ich beschloß, ihn zu fragen, ob er der Vermittler bei Jacksons Freilassung gewesen sei.

»Willst du das wirklich wissen?«

»Marco, ich bin vierundzwanzig Jahre alt. Solange ich zurückdenken kann, hast du versucht, mich zu beschützen. Ich habe mich trotzdem eingelassen. Du weißt, welche Rolle ich bei Jacksons Entführung gespielt habe.«

Er nickte. »Das ist etwas, das ich anders sehe als Ramiro. Ich meine die Entführungen. Mitrione kann ich noch verstehen. Jackson war ein großer Fehler. Wenigstens waren sie klug genug, ihn nicht zu töten.«

»Warst du der Vermittler?«

»Ja.« Er schwieg, solange der Kellner unsere Bestellung aufnahm. »MacGregor ist ausdrücklich zu Verhandlungen mit den Tupamaros aus London geschickt worden. Inoffiziell. Offiziell vertrat die britische Regierung denselben Standpunkt wie die Vereinigten Staaten. Keine Verhandlungen mit Terroristen. Aber die Briten waren sich durchaus im klaren darüber, daß diese Politik Dan Mitrione das Le-

ben gekostet hatte, und sie wollten nicht, daß Jackson sein Schicksal teilte. Mein Vorgesetzter wußte, daß ich Freunde unter den Tupas hatte, und empfahl mich als Vermittler zwischen MacGregor, den Tupas und der Regierung. Als Emilia verhaftet wurde, ging ich zu MacGregor und sagte ihm, daß er einen Fehler gemacht hatte. Meine Kontaktleute bei den Tupamaros hätten mir versichert, daß Lilita keine Ahnung habe, wo Botschafter Jackson sich befinde, und auch die Festnahme ihrer Tochter könne sie nicht dazu bringen, zu sagen, was sie nicht wisse. Ich drohte ihm mit dem Ende aller Verhandlungen, wenn Emilia nicht freigelassen würde. Die Lage war heikel, und MacGregor konnte es sich nicht leisten, das Risiko einzugehen, daß die Tupamaros wütend wurden. Also wies er die Polizei an, Emilia freizulassen.
Im Austausch für Jackson verlangten die Tupas die Freilassung von Ramiro und den mehr als einhundert anderen Tupas, die in Punta Carretas im Gefängnis saßen, aber die USA, England und Uruguay wollten unbeugsam erscheinen. Ich spürte, daß es womöglich nur darum ging, das Gesicht zu wahren. Und ich hatte recht. Alle drei Regierungen waren durchaus willens, einen Sündenbock zu finden. Das war dann die Polizei, die ziemlich dumm dastand, als hundertundvier Tupas einen in die städtischen Abwässerkanäle führenden alten Tunnel benutzten, um aus dem Gefängnis zu fliehen. Großbritannien war hoch erfreut über Jacksons Freilassung; die USA waren überhaupt nicht erwähnt worden; und unsere Regierung hatte offiziell nicht nachgegeben. Ich bekam eine Kiste Scotch von den Briten, eine Kiste Bourbon von den Amerikanern und eine Beförderung von unseren Generälen.«
»Du siehst sehr zufrieden mit dir aus. Was hast du noch bekommen?«
»Nichts!« sagte er lachend. »Abgesehen von dem Vergnügen, mal wieder richtig gelacht zu haben.«
Unsere Steaks kamen, und wieder mußte ich warten, diesmal, bis Marco sein Fleisch probiert hatte.
»Also?« sagte ich.

»Es ist phantastisch!«
»Was war der Witz, über den du so gelacht hast?«
»Der Witz war, daß ich das Werkzeug zum Graben des Tunnels schon lange vorher eingeschmuggelt hatte. Durch Teile davon habe ich seit Jahren Gefangene rausgeholt! Und jetzt konnte ich den größten Gefängnisausbruch in der Geschichte Uruguays mit dem Segen aller Beteiligten organisieren!«
Ich mußte über seine Freude lachen. Ich hob das Weinglas, um ihm zuzuprosten. »Und als dann Jackson nach der Flucht freigelassen wurde, waren schon alle übereingekommen, so zu tun, als gäbe es da keine Verbindung, als sei das ein rein zufälliges Zusammentreffen?«
»Genau. Selbst die Männer, die geflüchtet sind, wußten nicht, daß das Ganze vorher abgemacht war. Aber MacGregor war nicht glücklich darüber, daß niemand für Jacksons Entführung belangt wurde. Er hat mir gesagt, daß er sich nur auf meine Bedingungen eingelassen hat, weil er den Befehl hatte, alles zu tun, um den Botschafter aus der Gewalt der Tupas zu befreien. Ich hatte jedoch immer das Gefühl, daß er mich im Verdacht hatte, daß er durch meine Uniform hindurch den Subversiven gesehen hat!«
»Was soll nur aus uns werden, Marco?«
»Das ist eine schrecklich ernste Frage, Kleine Löwin.«
»Es sieht immer mehr nach einem tödlichen Spiel aus.«
»Die nächsten Monate werden entscheidend sein. Ich habe versucht, beide Seiten dazu zu bewegen, ihre Taktik aufzugeben. Ich glaube, daß es genug Leute im Militär gibt, um einen Putsch zu vereiteln. Ich glaube nicht, daß wir auf dem unvermeidlichen Weg in die Diktatur sind. Aber die Tupas gehen jetzt aufs Ganze. Sie sind zu weit gegangen, um noch umkehren zu können. Es wird ihnen gelingen, die Regierung zu Fall zu bringen, aber das, was dann kommt, wird nicht besser sein, und das Land wird verwüstet werden.«

Zwanzig

An dem Tag nach meinem Dinner mit Marco hörte ich zum ersten Mal, seitdem Cora untergetaucht war, wieder von den Tupamaros. Meine Hilfe wurde gebraucht. Ich sollte zur Rambla gehen und am Casino warten.

Ich könnte die Botschaft ignorieren, dachte ich, alles vergessen, was geschehen war, und mein Leben weiterleben. Wenn ich je aussteigen wollte, dann jetzt.

»Und wirst du es tun?« fragte Emilia, als ich meine Zweifel mit ihr besprach.

Sich von Tag zu Tag neu entscheiden. »Ich glaube, ich kann das nicht, Emilia. Jedesmal, wenn ich aussteigen will, denke ich an Gabriela. Vielleicht kann ich das jetzt als letztes tun und dann aufhören.«

»Ich komme mit.«

Ich schüttelte den Kopf.

»Du kannst mich nicht zurückhalten, Magda. Ich stecke da jetzt mit drin.«

»Emilia …«

»Hör auf. Ihr habt mich lange genug rausgehalten.«

Wir nahmen einen Bus und stiegen ein paar Blocks vor dem Casino an der Rambla aus. Als wir die Promenade entlanggingen, peitschte der Wind unser Haar. Wir schlugen die Mantelkragen hoch und steckten die Hände in die Taschen, warteten auf eine Lücke im Verkehr und rannten dann über die breite Straße auf das Casino zu.

»Weißt du noch, wie die Tupas das Casino ausgeraubt haben?« fragte Emilia, als wir auf der anderen Seite angekommen waren, und sah zu den Balkons hoch, die das stattliche alte Gebäude umgaben.

»Mit dem Geld ist viel Arbeit finanziert worden«, erwiderte ich und bemerkte im selben Augenblick, daß ein alter blauer Renault zum dritten Mal an uns vorbeifuhr.
Bei der vierten Runde hielt der Fahrer. »Wer ist das?« fragte er, auf Emilia deutend.
»Emilia Lanconi. Sie ist wegen der Entführung von Botschafter Jackson verhaftet worden.«
»Man hat mir nichts davon gesagt, daß sie kommt.«
»Sie ist eine alte Freundin von denen, die wir treffen.«
Der Fahrer stritt mit mir, bis Emilia ihren Pullover hochzog. Die Verbrennungen von den in den Nächten ihrer Gefangenschaft an ihr ausgedrückten Zigaretten hatten Spuren auf ihrem Körper hinterlassen, die jeder Tupamaro kannte, der einmal gefangengenommen worden war.
»Steigt ein«, sagte der Fahrer und schoß mit quietschenden Reifen auf die Rambla.
Eine halbe Stunde später hielten wir vor einem leerstehenden Apartmenthaus.
»Geht in den Keller. Dort gibt es eine Tür mit einem grünen Farbstreifen, da geht ihr rein. Hinten ist eine Kommode. Schiebt sie weg. Dahinter ist ein loses Brett. Nehmt es weg und folgt euren Nasen.«
Emilia und ich betraten das verlassene Gebäude durch große Doppeltüren. Die Tapete hing in Fetzen von den Wänden des einstmals eleganten Vestibüls. Vögel nisteten über Fenstern ohne Scheiben, und auf der Kellertreppe lagen alte Zeitungen, Flaschen und Lumpen herum.
Wir fanden die Tür mit dem grünen Streifen, öffneten sie mit Mühe und gingen über den knarrenden Holzboden nach hinten. Die Öffnung hinter der vergammelten Kommode war schmal. Man konnte nur auf allen vieren hinein.
Emilia zögerte. Seit den drei Tagen im Gefängnis vertraute sie ihren Reaktionen auf das Unbekannte nicht. Es widerstrebte ihr, in Fahrstühle hineinzugehen, sie war unfähig, Türen zu öffnen oder um Ecken zu biegen.

»Willst du hier auf mich warten?« fragte ich.
Emilia schüttelte den Kopf, und ich sah wieder die unerschütterliche Entschlossenheit, die ein Teil ihres Wesens geworden war.
»Dann gehe ich zuerst.«
Sobald ich den Kopf in die Öffnung gesteckt hatte, wußte ich, was der Fahrer gemeint hatte, als er uns sagte, wir sollten unseren Nasen folgen. Der Tunnel roch nach Urin, Erbrochenem und ungewaschenen Körpern. Ich zog den Kopf wieder raus und nahm ein Taschentuch aus meiner Handtasche. »Du wirst das brauchen«, sagte ich zu Emilia.
Wir waren nicht lange in dem dunklen Tunnel, der plötzlich nach links abbog, und dann sahen wir nicht weit vor uns ein helles Viereck mit einem dunklen Kopf in der Mitte. Es war Cora. Sie war sehr dünn, und ihr dunkles Haar sah grau und ungewaschen aus. Ihre Jeans waren geflickt, und der Pullover war an den Ellbogen abgetragen. Sie half uns hinaus und umarmte uns.
»Bienvenidas, compañeras.«
In dem Versteck waren noch Ramiro und sieben von den entflohenen Tupamaros. Es befand sich im Keller des Gebäudes, das neben dem lag, durch das wir gekommen waren, und die Tür war zugemauert. Der einzige Weg hinein und hinaus war durch den engen Tunnel.
»Wir tun, was wir können«, sagte Cora, »aber wir können die Eimer und die Abfälle nicht schnell genug rausbringen – die Luft ist schlecht.«
Ramiro und seine Freunde freuten sich über die Ablenkung durch unseren Besuch. Sie fragten, ob wir Zigaretten oder Schokolade hätten, und ich fand ein paar alte Kaugummis in meiner Handtasche. Ich bot sie einem der Männer an, und er streckte mir die Hand hin.
»Erinnerst du dich an mich?« fragte er.
Ich musterte ihn in dem schwachen Schein der Kerosinlampe. Ein mehrere Tage alter Bart bedeckte den größten Teil seines Gesichts.
»Es tut mir leid …«

»Ich hatte mal das Vergnügen, dir ein paar alte Turnschuhe zuzubinden.«

Ich ergriff seine Hand mit beiden Händen. »Julio?«

Er grinste.

»Ich habe immer gehofft, dich wiederzusehen! Dir noch einmal zu danken! Sag mir, ist Fernando Arzt geworden?«

Julios Lächeln erlosch. »Beinahe. Er ist letztes Jahr gestorben. Gleich nach seiner Entlassung aus dem Gefängnis.«

Ich war dem Weinen nahe, und Julio legte die Arme um mich. »Komm«, sagte er, »wir erzählen euch von unserem Ausbruch.«

Sie hatten einen fünfundvierzig Meter langen Tunnel entdeckt, der von einer der ebenerdigen Zellen zu dem städtischen Kanalisationssystem führte. Sie hatten ihn freigeräumt und erweitert und die Erde unter ihren Betten versteckt. Durch den Tunnel kamen sie zu einem dem Gefängnis gegenüberliegenden Haus.

»Einem leeren Haus?« fragte Emilia.

»Nein«, erwiderte Julio, »einem Haus, das einem der mutigsten Männer von Uruguay gehört. Einem *milico*, der auf unserer Seite ist. Ich weiß nicht, wie – jedenfalls hat er es so eingerichtet, daß wir in dem Haus sicher waren, und unseren Weitertransport organisiert. Er besorgt Visa. Er findet Verstecke wie das hier. Wenn sie ihn je erwischen ...«

Die anderen Männer schüttelten die Köpfe. »Alles, was sie mit uns gemacht haben, wird nichts sein im Vergleich zu dem, was sie für ihn in petto haben.«

Mich fröstelte in dem kalten, feuchten Keller. Ich war vielleicht die einzige dort, die wußte, daß Marco, zumindest was diesen Ausbruch betraf, nicht in Gefahr war. Aber mir wurde auf einmal klar, wie gefährlich sein Versuch war, beiden Seiten zu helfen. Die Worte *wenn sie ihn je erwischen* gingen mir im Kopf herum, und ich erinnerte mich daran, was Gabriela über seine merkwürdige Lebenslinie gesagt und daß sie keine Kinder in seiner Zukunft gesehen hatte.

»Cora«, sagte ich und ergriff ihre Hand.

»Was ist? Ist dir schlecht? Das ist nicht ungewöhnlich hier unten, die Luft ist so schlecht …«
»Nein, nein. Cora, war es Marco, der Gabriela gefunden hat?«
Sie und Ramiro nahmen mich beiseite, weg von dem Lichtschein der Kerosinlampe.
»Bitte sagt es mir. Ich weiß, was er getan hat.«
»Wer hat dir das gesagt?« fragte Ramiro.
»Er selbst.«
»Ja, Magda«, sagte Cora. »Es war Marco.«
»Cora, ich habe solche Angst um ihn.«
Cora seufzte. »Ich habe ihm gesagt, daß er genug getan hat. Er sollte aussteigen, solange es noch möglich ist. Aber, Magda, er glaubt, daß es eine friedliche Lösung gibt. Die gibt es nicht. Vielleicht kannst du ihn überzeugen.«

Ich beschloß, Ramiro, Cora, Julio und ihren Gefährten zu helfen, indem ich ihnen Lebensmittel brachte, solange sie in dem Versteck waren. Emilia und ich nähten große Taschen in das Futter unserer Mäntel, und darin verstauten wir Brot, Aufschnitt, Käse, Schokolade, Kaffee, Obst und *dulce de leche.* Wir schafften das alles zu dem leerstehenden Haus, meist im Schutz der Dunkelheit. Mit Marcos Hilfe wurden Cora und die Männer einer nach dem anderen woandershin gebracht. Sie waren unverzagt und in gehobener Stimmung, weil Chile sich gerade sein Eisen, seine Banken und sein Kupfer wieder angeeignet hatte und demnächst das Fernmeldewesen nationalisieren wollte, wobei ITT nach den Steuererklärungen des Konzerns entschädigt werden sollte.
Ich ging ein letztes Mal zu dem Versteck und machte es für den nächsten zurecht, der es brauchen würde, faltete Decken zusammen und legte Streichhölzer und Flaschen mit Trinkwasser bereit. Ich war auf dem Weg zur Bushaltestelle und klopfte mir gerade etwas Schmutz vom Mantel, als zwei Männer auf mich zukamen. Sie zeigten mir ihre Dienstmarken und wollten meinen Ausweis sehen.
Deutlich erinnere ich mich nur noch an die seltsame kalte Schwere

der Handschellen um meine Gelenke, daran, wie grob ihre Hände waren, als sie mich in den Wagen stießen, und wie schrecklich es war, verbundene Augen zu haben.

Nachdem wir mindestens eine Stunde gefahren waren, wurde ich aus dem Wagen gezerrt. Ich stürzte auf etwas Rauhes, wurde hochgezogen und verlor das Gefühl dafür, wieviel Zeit verging und wie viele Treppen ich mich hochschleppte oder hinunterstolperte. Möglicherweise waren es immer wieder dieselben, denn schließlich kamen sie mir bekannt vor.

Plötzlich wurde mir die Binde abgerissen. Es war so dunkel, daß ich kaum sehen konnte. Eine Tür wurde geöffnet, und ich wurde in einen kalten, sehr kleinen Raum gestoßen. Nachdem meine Augen sich an die Dunkelheit gewöhnt hatten, konnte ich Ritzen in der Decke sehen, durch die ein bißchen Licht drang. Ich erblickte eine Waschschüssel, einen Eimer, einen Abfluß im Boden und ein Bett mit einem Kissen, doch ohne Decke. Ich fing an zu zittern, ging in dem kleinen Raum auf und ab, um mich zu wärmen, und wartete.

Ich entdeckte eine Glühbirne, die in einer Ecke hing. In den folgenden Wochen wurde sie in unregelmäßigen Abständen von außen an- und abgeschaltet.

Jetzt war ich dran, und ich hatte keine Ahnung, wie ich mich verhalten würde. Mir fiel alles wieder ein, was Emilia mir erzählt, was ich von Ramiro und seinen Freunden gehört und was Mitrione selber gesagt hatte. Ich sah mich nackt ausgezogen, bekotet, verbrannt, geschlagen und auf die *máquina* geschnallt. Mir lag am meisten daran, Marcos Namen nicht preiszugeben. Nichts fürchtete ich so sehr, wie daß es ihnen irgendwie gelingen könnte, mich zu brechen. Stunden vergingen wie Tage und Tage wie Wochen. Niemand holte mich.

Jedesmal, wenn ich hörte, daß jemand kam, war ich darauf gefaßt, abgeholt zu werden, der *máquina* zu begegnen und in Erfahrung zu bringen, ob es stimmte, was ich von Ramiro und Julio gehört hatte, daß das, was man nach einiger Zeit zu hassen beginnt, nicht der Mann ist, der die Maschine handhabt, sondern die größere gesell-

schaftliche Maschine, die den Mann handhabt. Ich fragte mich, ob die Elektroschocks auch mich dahin bringen würden, wo man für den Bruchteil einer Sekunde den Tod wählen konnte. Oder würde mein »Techniker« von Mitrione geschult sein und genau wissen, wie er die Hoffnung in mir lebendig halten konnte, so daß ich mich ans Leben klammern und der *máquina* einmal mehr begegnen würde?
Jedesmal, wenn mein Essen kam, dachte ich darüber nach, ob ich es essen sollte oder nicht. Wie lange dauerte es, bis man verhungert war? Würde das Hungern meiner Entschlossenheit, nicht zu reden, nützen oder schaden? Ich hatte gehört, daß verhungernde Menschen manchmal Halluzinationen hatten. Würde ich in der Lage sein durchzuhalten, wenn ich nicht mehr unterscheiden konnte, was wirklich und was nicht wirklich war?
Manchmal vergaßen sie, mir etwas zu essen zu bringen. An solchen Tagen verbrachte ich Stunden damit, mich zu waschen, mich ausgiebig mit meinen Zehen, der Haut auf meinen Knien und jedem Zentimeter meines Bauches und seinen fremdartigen Geräuschen zu beschäftigen. Wenn es Essen gab, hatte ich einen ganzen Tag lang damit zu tun, jeden Bissen auszukosten und die Unterschiede in der Beschaffenheit von Rindfleisch und Brot zu entdecken.
Das Essen wurde mir durch ein Türchen am Boden gereicht. Ich sah niemanden und sprach mit niemandem. In der Isolation verlor sich nach und nach das Gefühl der Gleichgültigkeit, das mich nach Gabrielas Tod überkommen hatte. Ich hatte nichts zu tun, als zu denken und zu träumen. Ich erzählte mir Josefas Geschichten wieder und stellte mir vor, ich sei in der Küche unseres Hauses und redete mit ihr. Ich sandte allen, die ich kannte, geistige Botschaften, ohne daran zu glauben, daß sie ankommen würden, einfach nur, um die Verbindung zur Außenwelt aufrechtzuhalten. Ich hatte lange Gespräche mit Mamasita und versprach ihr, daß ich, wenn ich jemals lebend aus diesem Raum kommen sollte, nach Caupolicán zurückkommen würde. Immer, wenn mir kalt war, und das war oft, stellte ich mir vor, ich sei in Gabrielas Hütte am Feuer und trinke *mate*, und als ich eines Tages ein Geräusch vor dem Essenstürchen hörte und es öffnete,

stand da ein Gefäß mit *mate*, und eine Stimme flüsterte: »Von einem Freund.«
Alle paar Tage mußte ich den Eimer in den Abfluß leeren und bekam einen Schlauch, mit dem ich den Boden abspritzte und meine Fäkalien wegspülte.
Um mich zeitlich zu orientieren, legte ich jedesmal, wenn ich etwas zu essen bekam, ein Brotkügelchen beiseite.
So vergingen etwa drei Monate, bevor die Zellentür geöffnet wurde. Das Licht aus dem Korridor ließ mich zusammenzucken. Meine Augen waren an das Halbdunkel gewöhnt, und das grelle elektrische Licht blendete mich. Es war soweit. Der Augenblick war gekommen, auf den ich mich vorbereitet hatte, seitdem ich eingeschlossen worden war. Die *máquina* wartete.
Der in der Tür stehende Soldat fing an, seine Hose aufzuknöpfen. Ich war vollkommen verwirrt. Darauf war ich nicht gefaßt gewesen. Ich stand langsam auf, bereit, mich zu wehren, und der Mann lachte plötzlich.
»Hab dir Angst eingejagt, was? Aber ich muß warten, bedauerlicherweise. Ich habe den Befehl, dich zu einer Hochzeit zu bringen.«
Ich war sicher, nicht richtig gehört zu haben. Ich versuchte, etwas zu sagen, aber ich hatte so lange mit niemandem gesprochen, daß ich nur ein Krächzen hervorbrachte.
»Nur ruhig«, sagte der Soldat, der dachte, ich wolle gegen das Tuch protestieren, mit dem er mir die Augen verband, »es ist bloß eine Augenbinde.«
Er führte mich aus der Zelle, und als wir ins Freie kamen, hielt ich das Gesicht in die wärmende Sonne. Ich hatte vergessen, wie liebkosend ein Lüftchen sein kann, wie wohlriechend, wie klangvoll. Ich wollte bleiben und es genießen, im Freien zu sein, aber der Soldat zog mich weiter, und bald waren Blumenduft und Vogelzwitschern verschwunden, und wir waren wieder drinnen. Er entfernte die Augenbinde. Ich befand mich in einem großen Raum. Es dauerte einige Minuten, bis ich mich an das helle Licht gewöhnt hatte und sah, daß

das Zimmer voller Menschen war. Die meisten trugen entweder Militär- oder Polizeiuniformen, und einige waren so verwahrlost wie ich.
In der Mitte des Raums standen Cora, Ramiro und Julio. Sie lächelten mich an, und ich schrie überrascht auf. Ramiro hatte keine Vorderzähne mehr, und sein Kopf war rasiert und an verschiedenen Stellen genäht worden. Von der Schönheit, bei deren Anblick ich am liebsten in Ohnmacht gefallen wäre, war nichts geblieben, außer den blauen Augen, die die neben ihm stehende Cora liebevoll ansahen.
Ich wurde zu ihnen hingestoßen, und Cora griff schnell nach meiner Hand. »Wir heiraten!« sagte sie.
»Was? Hier?« fragte ich.
»Wir können nicht auf das warten, was vielleicht nie kommt«, sagte Cora traurig.
»Und der Junge hätte Schwierigkeiten, wenn er unehelich wäre«, fügte Ramiro durch die Zahnlücken lispelnd hinzu. »Das Militär hat einen tiefen Respekt vor den Konventionen. Sie begrüßen es, daß wir unser Kind legitimieren wollen.«
»Es ist nicht ganz das, was ich mir vorgestellt habe, als ich dir sagte, daß wir eines Tages von unseren Freunden umgeben heiraten würden.« Cora lächelte und wischte mir die Tränen weg. »Weine nicht. Das ist doch ein passendes Ende. Und du, meine älteste Freundin und zuverlässigste *compañera*, bist da.«
Ramiro legte mir den Arm um die Taille. Er drückte mich mit in Anbetracht seines Zustands überraschender Kraft an sich. »Vergiß nicht, *compañera.* Vergiß das nicht. Ohne eine Sache, für die es sich lohnt zu sterben, lohnt es sich nicht zu leben.«
Ein Mann kam auf uns zu. »Ist alles bereit?« fragte er.
Cora nickte. »Das hier sind unsere Zeugen«, sagte sie, auf Julio und mich deutend.
Die Zeremonie wurde hastig durchgeführt. Als Julio und ich die Heiratsurkunde unterschrieben, versuchte ich, ihn zu fragen, wo wir uns befanden, aber Julios Hände zitterten so, daß er den Stift nicht allein halten konnte. Ich bekam also keine Antwort. Sobald er unterschrie-

ben hatte, wurde er weggeführt, und die Soldaten gingen auf Cora und Ramiro zu.

Cora stürzte sich in die Arme ihres Mannes. *»Adíos, esposo, compañero, mi mejor amigo.«*

»Auf Wiedersehen, auf Wiedersehen, meine Geliebte, meine liebste Frau«, erwiderte Ramiro, sie fest an sich drückend.

Sie klammerten sich aneinander, bis die Soldaten den Befehl bekamen, sie zu trennen. Sechs Männer waren nötig, um sie auseinanderzureißen. So sah ich sie zum letzten Mal, wie sie in entgegengesetzte Richtungen weggeschleppt wurden, die Arme noch immer nacheinander ausgestreckt.

Mit verbundenen Augen wurde ich in meine Zelle zurückgebracht.

In jener Nacht hörte ich die Laute zum ersten Mal. Ich lag in dem mir mittlerweile vertrauten Zustand zwischen Schlaf und Wachen, als ich hochschreckte. Die Laute erfüllten den Raum. Stöhnen und hin und wieder ein Schrei, der so durchdringend war, so schmerzerfüllt, daß mein Körper sich zusammenzog, um so wenig Platz wie möglich einzunehmen, in dem Bestreben, der physischen Realität zu entgehen.

In jener Nacht sorgten sie dafür, daß ich wußte, wessen Schreie ich hörte. Ramiro und Julio wurden oft beim Namen genannt, mal in gut zuredendem, mal in drohendem oder strafendem Ton.

Zuweilen flehten Ramiro und Julio um Gnade, beschworen ihre Folterer um der Liebe Gottes und ihrer Mütter willen. Ich tat es ihnen nach, während ich mir in den Ärmel biß, um nicht zu schreien.

Diese Stimmen sollte ich nie wieder hören, es kamen jedoch andere an ihrer Stelle, und ich erfuhr ihre Namen und vernahm ihre Schreie und die Stimmen ihrer Folterer in dem Raum über mir. Ich gab keinen Laut von mir, aber ich litt so sehr mit ihnen, daß ich spürte, wie ein Teil von mir meinen Körper verließ und durch die Bretter nach oben drang.

Bald merkte ich, daß diese Bretter undicht waren. ich kauerte im Dunkeln auf meiner Schlafstelle und dachte zuerst, daß über mir ein Dach und das, was auf mich herabtropfte, Regen sei. Ich hob ihm das Gesicht entgegen, aber als das Licht in der Ecke wieder anging und

ich mich selber und den Boden sehen konnte, wußte ich, daß es kein Geschenk der Natur gewesen war.
Manchmal war das, was von der Decke tropfte, Blut, das dunkel und ölig war und surrealistische braune Flecken auf den Brettern hinterließ. Manchmal war es Urin oder flüssiger Kot oder Erbrochenes, das kleine Lachen auf dem Fußboden bildete, die langsam in das Holz einsickerten.
Zuerst war ich erleichtert, wenn der Schlauch durch die Öffnung in der Tür geschoben wurde und ich die Übelkeit erregenden Gerüche wegspülen konnte. Nach einer Weile fing ich jedoch an, das, was da herabtropfte, als heilig zu betrachten – als geheiligte Überbleibsel eines Idealismus, der mit jedem von der fleckigen Decke herabfallendem Tropfen in mir starb. Wenn ich nur ein Stückchen Erde gehabt hätte, hätte ich den Lebenssaft meines Landes aufgefangen und begraben. Das wäre heilsam gewesen, aber ich hatte diese Möglichkeit nicht, und so verwendete ich jeden Fetzen Toilettenpapier, den man mir gab, dazu, die menschlichen Überreste um mich herum aufzuwischen. Danach hielt ich sie in der Hand, beschwor die Gesichter jener entleibten Stimmen herauf, murmelte ihre Namen immer wieder vor mich hin, zerriß das Papier langsam in winzige Fetzen und tat es in den Abfluß. Ich stellte mir vor, daß diese Fetzen zum Fluß getragen würden; das Wasser kehrte zum Wasser zurück.
Ich knüpfte ein imaginäres Netz um die Decke, an dem jeder Name hing, den ich über mir hörte, zusammen mit dem Gesicht, das ich mir dazu vorstellte. Wenn ich damit beschäftigt war, merkte ich nicht, wie die Zeit verging. Ich hatte das Gefühl zu schweben, ich war frei wie das Licht, und die Schreie erreichten mich nicht mehr. Bald bedeckte das Netz alle vier Wände, und jedes einzelne Bildnis hatte seinen Platz in meinem Kopf.
Später stellte ich fest, daß mehrere Monate verstrichen waren, als schließlich ein Wärter mit Eimer und Schrubber hereinkam, wobei er so tat, als sei seine Anwesenheit etwas ganz Alltägliches. Er sang, während er das Blut von Uruguay in die Kanalisation von Montevideo beförderte, und ignorierte mein Flehen. Er brachte mich in die

Wirklichkeit zurück und zerstörte mein Auffangnetz aus Namen und vorgestellten Gesichtern, das ich geknüpft hatte, um nicht in den totalen Wahnsinn zu verfallen. Die Anwesenheit des Wärters, seine Stimme und seine Bewegungen zerrissen und vernichteten mein Netz so vollkommen, als ob es real gewesen wäre.
Ich hatte geglaubt, daß ich durchhalten könnte, wenn nur das Netz hielt. Nun war das Netz verschwunden und mit ihm die Überzeugung, daß ich nicht reden würde. Von allen Schrecken, mit denen ich in diesem Raum kämpfte, war der Zweifel an mir selber der größte. Ich war sicher gewesen, daß sie mich eines Tages holen würden. Ich hatte noch nie davon gehört, daß sie jemanden nicht angerührt hatten, und fragte mich, ob die Namen, die Orts- und Zeitangaben mit überwältigendem Selbsthaß aus mir herausströmen würden. Oder könnte ich es den Stimmen, die ich über mir gehört hatte, nachtun und singen, anstatt den Folterern die Informationen zu geben, die sie wollten? Ich wußte es nicht, und so begann ich, jedesmal, wenn der Wärter zur Tür kam, immer dasselbe zu sagen.
»Sagen Sie Hauptmann Pereira, daß ich hier bin.«
Es blieb still.

Einundzwanzig

Ich wachte davon auf, daß ich Stimmen hörte. Laute Schritte, weitere Stimmen, die Tür wurde geöffnet, und Marco stand im Eingang meiner Zelle. Ich konnte nicht glauben, daß er wirklich da war. Ich saß auf meiner Bettstelle und nahm nichts wahr außer seiner Stimme. Er setzte sich neben mich.

»Es ist gut; es ist gut«, sagte er und legte den Arm um mich. »Ich bin da, Kleine Löwin.« Er deutete auf den Eimer. »Entfernen Sie das, Korporal, und kommen Sie in fünf Sekunden zurück!«

»Sí, Coronel!«

»Marco, du bist gekommen«, sagte ich und sah ihn ungläubig an.

»Natürlich bin ich gekommen.«

Der Korporal kam zurück und stand leicht zitternd in Habachtstellung an der Tür. Es war derselbe, der mich zu Coras und Ramiros Hochzeit abgeholt hatte.

»Hat er oder sonst einer von ihnen dich angerührt?« fragte Marco ruhig.

Ich sah zu dem Korporal hin und erblickte die verkörperte Angst. Ich konnte ihn mit einem einzigen Wort, einem Wörtchen, einem gemurmelten »Ja« vernichten. Ein Wort, und es wäre aus gewesen mit ihm und ich auf gleicher Stufe mit denen, die Blut von der Decke hatten regnen lassen.

Ich starrte den Korporal an und schüttelte den Kopf.

Marcos Augen wurden weicher. »Es soll nicht vergessen werden, Korporal.«

»Sir! Darf ich mich entschuldigen, Sir?«

Marco lachte. »Gehen Sie!« sagte er.

Ich hatte vergessen, was für ein voll tönendes Lachen er hatte. Zum zweiten Mal in meinem Leben zog Marco seine Jacke aus, um sie mir sanft über die Schultern zu legen. Ich spürte, wie ich schamrot wurde, als ich mich in seinen Augen sah. Ungewaschene Haare, Flecken von getrocknetem Blut auf den Resten meiner Kleidung und der stechende Geruch meines Leibes, der mir plötzlich in die Nase stieg. Mir fiel ein, daß ich mich in den letzten Wochen kaum gewaschen hatte. Ich fürchtete den Übelkeit erregenden Anblick vollkommen zu machen, indem ich mich erbrach, und machte schnell einen Witz.
»Du bist jetzt Oberst. Die wiegt mindestens zehn Kilo mehr als letztes Mal«, sagte ich, mich in die Jacke einwickelnd.
»Es ist die verdammte Goldtresse. Manchmal spüre ich, wie sie mich in die Hölle runterdrückt.«
Die Tür stand offen, und das Licht, das in den Raum drang, ließ ihn so anders erscheinen als den, in dem ich die letzten Monate verbracht hatte, daß ich einen Blick zur Decke warf. Hatte ich phantasiert? Bei Licht besehen hätten die Flecken an der Decke von Feuchtigkeit herrühren können und nicht von Blut. Der Boden war an diesem Tag geschrubbt worden. Das vollgesogene Papier war dem Fluß anvertraut worden. Nur meine Kleidung wies Spuren auf von dem, was ich gesehen hatte, aber wer würde glauben, daß die Flecken nicht mein eigener Schmutz waren? Zum ersten Mal seit Coras und Ramiros Heirat weinte ich, bis Marcos makelloses Hemd naß war.
Schweigend fuhren wir durch die Nacht, und ich sah immer wieder zu Marco hin, dessen dunkles Gesicht ab und zu von einem vorbeifahrenden Auto beleuchtet wurde. Er sah müde und sehr traurig aus, und ich hätte so gerne den Arm um ihn gelegt, war jedoch sicher, daß ihn das abstoßen würde. Ich wußte mit schmerzhafter Klarheit, daß wir nie wieder den *candombe* auf der Straße tanzen, zusammen unter dem *estrella federal* sitzen oder den Cerro hochgehen würden, um Gabriela zu besuchen. Jede schöne Erinnerung hatte mit ihm zu tun, und doch würde meine Zukunft aus Erinnerungen ohne ihn bestehen.
Ich liebte ihn so sehr, daß ich dachte, er würde es gewiß spüren und

sich mir zuwenden, statt dessen zog er ein Taschentuch heraus und hielt es sich vor den Mund. Ich war sicher, daß er meinen in der Enge des Wagens beißenden Gestank nicht einatmen wollte, und versuchte, wie in der Zelle in mich hineinzuschrumpfen. Ich wußte nicht, daß er bloß den Schweiß trocknen wollte, der ihm bei dem Gedanken an die Zukunft ausgebrochen war.
Er hielt vor meinem Haus und stieg aus, um die Tür für mich zu öffnen. Wäre ich sauber gewesen, hätte ich ihn umschlungen und gedroht, ihn nie mehr loszulassen, zu sterben, wenn er mich verließe. Statt dessen umfaßte ich ihn mit Blicken, als er mich beim Arm nahm und zum Haus führte. Ich wollte ihn irgendwie in mich aufnehmen, damit er immer bei mir sein würde, egal wo ich mich befand. Die Tür ging auf, und Josefa stand da, noch damit beschäftigt, sich den Morgenrock zuzuknöpfen. Sie sah mich an und unterdrückte einen Schrei.
»Wer ist das, der um diese Zeit kommt?« rief meine Mutter gereizt von der Treppe aus.
»Magdalena!« schrie Josefa. »Ich wußte, daß du lebst! Manchmal habe ich dich beim Kochen gespürt, wie ein Lüftchen in der Küche!«
Bald war ich von meiner Mutter, meinem Vater, Sofía und Carmen umgeben, die bei meinem Anblick hemmungslos weinten. Nur Vater umarmte Marco und klopfte ihm auf die Schulter.
»Bringt sie heute nacht an einen sicheren Ort«, sagte Marco. »Sie werden sie bald suchen.«
Dann war er weg.
Josefa ließ Badewasser für mich ein, während mein Vater zum Telefon ging.
Es war so unendlich wohl tuend, wieder im Warmen zu sein, von Wasser umschmeichelt, sauber und vorübergehend ohne Angst, daß mich erst ein hartnäckiges Klopfen an die Badezimmertür wieder an meine Lage erinnerte.
»Magdalena! Magda!« rief Josefa. »Dein Vater sagt, du sollst dich beeilen! Er ist fertig. Ich habe dir etwas zum Anziehen zurechtgelegt, das Weichste und Bequemste. Deine Tasche ist gepackt.«

»Ich komme, Josefa. Vielen Dank.«
Der Wagen wartete draußen. Ich umarmte meine Kusinen und Josefa, meine Mutter blieb schluchzend an der Tür zurück.
»Wohin bringst du mich?« fragte ich meinen Vater, als wir die Rambla hinunterrasten.
»Nach Caupolicán.«
»Weiß Mamasita Bescheid?«
»Es war ihre Idee.«
»Bin ich dort sicher?«
Mein Vater seufzte. »Ich hoffe, Magda. Ich weiß nicht, wo ich dich sonst verstecken könnte.«
»Sicher wissen sie von Caupolicán.«
»Genauso sicher wissen sie von Mamasita und dem General. Sie hat ihn schon angerufen und ihm ihr Wort gegeben, daß du die *estancia* nicht verlassen wirst.«
Wir fuhren die letzten Nachtstunden hindurch. Die ungepflasterte Straße über die Hügel war voller Schlaglöcher und nur vom Mond beleuchtet. Sogar mein Vater wagte es nicht, auf diesem Weg zu rasen. In jener Nacht war nicht ein einziges Fahrzeug unterwegs, und es regte sich kaum jemand in dem verschlafenen Städtchen im Landesinnern, in dem wir anhielten, um zu tanken. In einem kleinen Café bestellte mein Vater Kaffee und Croissants, und wir aßen schweigend.
Der Besitzer des Cafés sah immer wieder zu dem vor seiner Tür geparkten grau-schwarzen Jaguar hin. So lehmbespritzt, wie er war, sprach er immer noch von einem Lebensstil, den der Mann sich nicht vorstellen konnte. Er lungerte um unseren Tisch herum und klebte an meinem Vater, bis der noch mehr Croissants bestellte.
»Es tut mir leid, daß ich solchen Ärger mache«, sagte ich schließlich.
Mein Vater aß langsam, wie gewöhnlich hatte er tadellose Manieren. »Ich muß zugeben«, sagte er, »daß ich erstaunt war. Wenn es deine Kusinen gewesen wären … Aber du … Ich war erstaunt«, wiederholte er. »Wir stehen tief in Oberst Pereiras Schuld.«

Ich nickte. Von Marco zu sprechen, wagte ich nicht.
Der Morgennebel lichtete sich, als wir auf Caupolicán zufuhren. Eine Schar von Pampasstraußen lief über die Straße, und auf den Weiden schüttelten sich die Pferde und versprühten in den ersten Sonnenstrahlen glitzernde Tautropfen. Am Tor wartete Mamasita mit tief in die Stirn gezogenem Hut und über die Flanken ihrer Stute wallendem Poncho. Sie galoppierte vor uns her zum Haus, wo sie die Zügel einem wartenden Gaucho zuwarf, der zu meinem Vater hin an seinen Hut tippte und die Stute wegführte.
Mamasita berührte mich wie etwas sehr Zerbrechliches und gab mir einen zarten Kuß auf die Wange.
Mein Vater erklärte, daß er nicht bleiben würde, und Mamasita umarmte ihn flüchtig, bevor er fuhr. »Ich kümmere mich um Magdalena«, sagte sie.

Als ich in jener ersten Nacht ruhelos vor dem Haus auf und ab ging, kam Marco, leise wie ein Gespenst. Das Mondlicht schimmerte durch die von Trauben schweren Bögen der Rebstöcke und warf Blätterschatten auf das Weiß seines Hemdes.
Es war das erste Mal, daß wir allein miteinander waren. Wir sahen einander lange an. Gedanken gingen zwischen uns hin und her, die die wortlose Klarheit eines alten Verlangens hatten. Marco berührte mein Haar, und ich küßte seine Hände und spürte meinen Atem als warmen Hauch in seinen Handflächen. Er hielt mich im Arm, und ich drückte die Lippen auf die weiche Stelle unter seinem Kragen. Ich hörte ihn seufzen, und im nächsten Augenblick küßten wir uns und empfanden eine solche Lust dabei, daß ich nicht hätte sagen können, wie er aus seinem Hemd kam und ich aus dem meinen oder wie es geschah, daß er in mir war und ich ihn ganz besaß, und danach ruhte sein Kopf auf meiner Schulter, und ich strich ihm über das Haar.
Ich dachte, ich wäre schon durch die Hölle gegangen und mir könnte nichts Schlimmeres mehr passieren, bis Marco mir sagte, daß er nach Montevideo zurückkehren würde. Er war sicher, daß die Spuren, die er bei meiner Befreiung hinterlassen hatte, sie diesmal zu ihm

führen würden. Ich flehte ihn an, mit mir zu fliehen, und wußte doch, daß wir nirgendwohin konnten. Sowohl in Argentinien als auch in Brasilien, den angrenzenden Staaten, herrschte ein Regime, das noch brutaler war als dasjenige, das sich in Uruguay zu etablieren begann, und Marco wollte in der Nähe von Uruguay bleiben. Er war zu tief verstrickt, hatte eine zu große Rolle im Geschehen gespielt, um sich einfach davonmachen zu können, und er glaubte unbeirrt daran, daß die wenigen Militärs, die wie er dachten, sich gegen die anderen durchsetzen würden.

Am Morgen war er weg, und von da an verbrachte ich die Tage damit zu reiten und das Haus und geschlossene Räume zu meiden. Ich schlief draußen, wenn ich überhaupt schlief, und zog mich mehrmals am Tag um. Ich schnitt mir das Haar ganz kurz und badete häufig. Wenn ich Fleisch sah oder roch, wurde mir schlecht. Laute Geräusche erschreckten mich, und grelles Licht tat mir in den Augen weh.

Dann trat ich eines Tages in Mamasitas Zimmer und sagte ihr, daß ich bereit sei zu reden. Ich erzählte ihr alles. Von Lilita, Mitrione und Gabrielas Handlesen; von Peter Wentworth und dem Büro der USIS und Ramiro und Cora; von dem unterirdischen Versteck; von der Zelle und dem Regen von der Decke; von meinen Ritualen; und schließlich auch von Marco. Mamasita hielt mich drei Tage und Nächte im Arm, während ich heulte und wütete und manchmal mit Selbstmord drohte.

»Also war es Marco, den Julio einen der mutigsten Männer von Uruguay nannte«, sagte Mamasita, als ich ihr von seiner Arbeit erzählte.

Ich nickte. »Die Gefängnisausbrüche, die Unterschlupfe, die nach Europa herausgeschmuggelten Menschen, all das ist Marcos Werk. Ich bin sicher, daß sie ihn mittlerweile verhaftet haben, und das ist meine Schuld.«

»Vielleicht, Magda. Aber irgendwann hätten sie ihn sowieso verhaftet. Er konnte nicht ewig so weitermachen, ohne erwischt zu werden. Ich werde sehen, was ich tun kann. Aber ich bin Brigadegeneral Paz ohnehin schon mehr verpflichtet, als mir lieb ist.«

»Meinetwegen, Mamasita?«
Mamasita nickte.
»Du sollst als meine Aufpasserin fungieren?«
»Ja. Aber darum geht es nicht. In seiner Schuld bin ich wegen dem, was er für mich getan hat, als du im Gefängnis warst.«
»Das hätte ich wissen sollen. Ist es ihm zu verdanken, daß sie mich nicht angerührt haben?«
»Ich weiß nicht, wie er es erreicht hat, daß sie sich so zurückhalten. Das hat es noch nie gegeben.«
»Verlangt er Bezahlung?«
»Nicht in der Form, an die du denkst, nein! Dafür ist er zu sehr Gentleman. Aber er wollte schon immer den Teil von Caupolicán zurück, der einmal seiner Familie gehört und den dein Urgroßvater beim Kartenspiel gewonnen hat. Das ist nicht viel verlangt, wenn man bedenkt, was er getan hat.«
»Und er wird keinen Versuch machen, sich alles anzueignen?«
»Bestimmt nicht! Ich habe dir doch gesagt, er ist ein Gentleman!«
»Kann er in Erfahrung bringen, ob Marco schon verhaftet worden ist?«
»Ich werde ihn fragen, wenn ich hingehe, um ihm die Besitzurkunde zu bringen.«
Mamasitas Erkundigungen ergaben, daß Marco tatsächlich verhaftet worden war, aber niemand wollte sagen, wo er gefangengehalten wurde. Brigadegeneral Paz gehörte der Luftwaffe an, Marco dem Heer, und das Heer hatte seine eigenen Methoden im Umgang mit Verrätern. Der General hatte nur in Erfahrung gebracht, daß Marco in Einzelhaft gehalten wurde.
»Wie du, Magda«, sagte Mamasita.
»O nein, Mamasita, nicht wie ich. Du kannst sicher sein, daß sie ihn nicht in Ruhe lassen werden. Ramiro hat mir einmal gesagt, daß sie mit ihren eigenen Leuten am schlimmsten umspringen. Ich muß ihn rausholen, bevor sie ihn umbringen.«
»Wenn du dich hier für Marco einsetzt, wirst du kein Gehör finden.«

»Was kann ich denn sonst tun?«
»Du mußt ins Ausland gehen. Nach Europa.«
»Nach Europa?«
»Es sind dort jetzt viele Lateinamerikaner im Exil. Viele, die wie du aufdecken können, was hier geschieht. Das ist deine einzige Hoffnung. Hier kannst du nichts tun. Es wird nicht mehr lange dauern, bis Uruguay ganz offiziell vom Militär beherrscht wird wie Chile, Argentinien, Brasilien, Paraguay und so weiter und so weiter. Das einzige, was wir tun können, ist, daß wir der Welt sagen, was hier passiert, und Menschenrechtler dazu bewegen, für Marco einzutreten und die Militärs so zu beschämen, daß sie ihn freilassen.«
»Ich kann nicht aus Uruguay weggehen, wenn ich weiß, daß Marco im Gefängnis sitzt!«
»Was kannst du hier für ihn tun? Vielleicht wirst du wieder verhaftet. Dann könntest du gar nichts mehr für ihn tun.«
»Aber ihn im Stich lassen nach dem, was er für mich getan hat …«
»Du wirst ihn nicht im Stich lassen. Du wirst dich auf die einzige mögliche Art und Weise für seine Freilassung einsetzen. Und das hier soll dir bei der Finanzierung helfen«, sagte Mamasita und legte das alte Puzzle der *Charrúa* in meine Hände. »Es ist das einzig bekannte Stück dieser Art. Ein alter Freund, ein Kunsthändler namens Salazar, hat mir einmal eine halbe Million Dollar dafür geboten. Wenn es dazu verwendet wird, Oberst Pereira zu helfen, bin ich ganz und gar damit einverstanden, daß es seinen Weg in die Welt findet.«
»Und was ist mit dir, Mamasita? Du hast dein Wort gegeben, daß du mich hier behältst.«
»Ich bin eine alte Frau. Ich kann nicht jede Sekunde auf dich aufpassen. Dir wird gewiß etwas einfallen, wie du mich reinlegen kannst.«
Mit dem Achatpuzzle in der Hand ging ich die ganze Nacht unter den Reben auf und ab.
Alle mir bekannten Leute, die möglicherweise etwas für Marco hätten tun können, waren im Untergrund, im Exil oder im Gefängnis.

Ich war die einzige, die frei war und die Möglichkeit hatte, ihre Freiheit zu nutzen. Als die Sonne aufging, wußte ich, daß Mamasitas Plan meine einzige Hoffnung war, Marco je lebend wiederzusehen.
Ich kehrte nicht nach Montevideo zurück. Ein Freund von Mamasita holte mich mit seinem Privatflugzeug ab und flog mich nach Río de Janeiro. Es dauerte Monate, bis ich hörte, daß Ramiro entlassen worden und kurz darauf gestorben war. Cora war verschwunden.

Epilog

Ein plötzlicher Windstoß rüttelte an dem alten Weihnachtssternbaum. Emilia ließ den Spitzenvorhang fallen und schloß die Außenwelt aus, so daß es nur noch uns beide gab.
Sieben Jahre lang hatten Emilia und ich auf den Tag gehofft, an dem wir zusammensitzen und unseren Erinnerungen vielleicht eine Richtung geben könnten, in der Heilung und sogar Vergessen möglich erschien. Jetzt gab es noch eine Geschichte zu erzählen. Ich wandte mich Emilia zu.
»Ich weiß etwas von Peter.«
Emilia saß auf dem Bett und nickte. »Erzähl es mir.«
»Ich habe ihn vor ungefähr einem Jahr gesehen, wie er eine Straße in London überquerte«, sagte ich. »Er hatte sich nicht verändert. Ich folgte ihm und merkte, daß er dahin ging, wo ich gerade herkam, in das Haus eines Freundes meiner Großmutter, eines Kunsthändlers. Nachdem Peter hineingegangen war, folgte ich ihm und bat den Butler, mich zu einem der Privaträume zu führen. Ich wartete dort, bis Peter gegangen war, und dann erfuhr ich, warum er dort gewesen war. Ihm war der Posten des Direktors der südamerikanischen Niederlassung von Mr. Salazars Firma in Aussicht gestellt. Ich bat um nichts, aber ich erzählte Mr. Salazar, wie ich Peter kennengelernt hatte. Er dankte mir.«
»Und ...?« fragte Emilia.
»Am nächsten Tag hat er mich sein Telefongespräch mit Peter mithören lassen.«
»Was hat er gesagt?«
»Er fragte Peter nach seiner Version. Zuerst tat Peter so, als verstün-

de er nicht, wovon Mr. Salazar redete. Er kam immer wieder auf die Leiden des Botschafters zu sprechen – damals war Sir Geoffrey Jacksons Buch erschienen, und Peter wollte wissen, ob Mr. Salazar es gelesen hatte. Mr. Salazar sagte ihm, er wolle die Entführung nicht entschuldigen, sondern frage nur nach Peters Rolle bei den Ermittlungen.« Ich schwieg einen Augenblick. »Es war ein quälendes Gespräch, das die Vergangenheit wiederaufleben ließ, und ich hörte es Peters Stimme an, wie schmerzlich das für ihn war, als er zu erklären versuchte, er habe sich verleiten lassen, sei jung und ehrgeizig gewesen. Und verliebt.«

»Das hat er gesagt? Er hat gesagt, daß er in mich verliebt war?«

Ich nickte. »Er mußte wählen.«

»Und er hat seine Karriere gewählt«, sagte Emilia. »So habe ich mir das immer vorgestellt.«

»Er und Mr. Salazar sprachen eine Weile über die Methoden der Geheimdienste und darüber, daß sie nur existieren konnten, wenn alle Beteiligten bereit waren, ihre moralischen Maßstäbe hintanzustellen und Befehlen zu gehorchen.«

»Hat er die Stelle bekommen?«

»Nein.«

Ich nahm Emilias Hand. »Wir sind am Ende unseres Weges.«

»Ja.« Emilia nickte. »Willst du ihn jetzt sehen? Er hat lange gewartet.«

Da war sie. Die Frage, die wir bis zu diesem Augenblick vermieden hatten. Der Augenblick war gekommen, so unerbittlich wie die Zeit selbst.

»Wie soll ich ihm gegenübertreten, Emilia?«

»O Magda, er liebt dich nicht weniger.«

»Er ist meinetwegen gefoltert worden, Emilia!«

Emilia legte den Arm um mich. »Magda, du weißt so gut wie ich, daß sie ihn auf jeden Fall erwischt und gefoltert hätten.«

»Er hätte Uruguay verlassen können. Andere haben das auch getan.«

»Marco? Er hat nur ein Leben. Und nur eine Liebe, und das bist du. Es ist Zeit, Magda.«

»Wie sehe ich aus?«
Emilia drehte mich so, daß ich mich im Spiegel des Kleiderschranks sah.
Ich sah mich an und begann zu lachen. Die Schminke war zerlaufen, ich hatte mir das Haar nicht mehr gebürstet, seitdem ich das Flugzeug verlassen hatte, und meine Kleidung war zerknittert. Aber das Gesicht, das mir entgegenblickte, hatte sich zum ersten Mal seit vielen Jahren aufgehellt. Unter der bleichen Haut und den Falten um den Mund gab es eine Spur von Hoffnung.
Emilia ging zum Telefon, und ich rieb die Schminke mit Spucke weg. Nachdem sie zurückgekommen war, löste sie mein aufgestecktes Haar und bürstete es, bis die Locken mein Gesicht weich umrahmten.
Ich war so vertieft darin, mich für ihn zurechtzumachen, daß ein sachtes Pochen ans Fenster mich zusammenfahren ließ. Emilia beugte sich über das Bett und schob den Vorhang beiseite.
Und da stand Marco. Er trug Zivil und war schöner denn je, mit leicht ergrauten Schläfen und einem verwunderten Lächeln im Gesicht. Er hatte die Hand durch das Eisengitter gesteckt und ließ sie auf der Scheibe ruhen. Ich hatte ihn mir in den letzten sieben Jahren so oft vorgestellt, daß mir nur die plötzliche Schwäche in den Beinen sagte, daß er diesmal wirklich da war.
Emilia eilte hinaus, um ihm zu öffnen, und ich streckte die Hand aus, um die Fensterscheibe auf meiner Seite zu berühren. Wir standen da und schauten einander an, bis Emilia neben ihm erschien.
Ich war entschlossen, nicht zu weinen, aber als ich sah, wie er ihren Arm nahm und langsam ins Haus ging, verlor ich die Fassung. Er sah unendlich gebrechlich aus, und das Entsetzen über das, was er erlitten hatte, überkam mich mit der gleichen Macht wie in den Nächten, in denen ich nicht schlafen konnte, weil ich mir vorstellte, was er durchmachte. Ich wollte ihm entgegengehen, aber ich war unfähig, mich zu bewegen. Wie angewurzelt stand ich in Emilias Schlafzimmer und horchte auf das Pochen des Krückstocks auf dem Holzboden.

Es war jetzt nichts mehr zwischen uns. Er stand lächelnd mit ausgebreiteten Armen in der Tür.
Ich umarmte ihn so heftig, daß er nach Luft schnappte.
»Es tut mir leid. Es tut mir so leid!«
Er küßte mir die Tränen weg. »Kleine Löwin«, murmelte er. »Kleine Löwin ...«
»Du bist so dünn!« heulte ich.
»Du auch«, sagte er lachend und bot mir sein Taschentuch an.
Ich wischte mir die Augen und putzte mir die Nase, als Emilia mit einem Tablett aus der Küche kam.
»Masitas!« sagte ich und versuchte zu lächeln.
»Fangen wir sofort damit an, fett zu werden!« schlug Marco vor, nahm mich bei der Hand und führte mich zum Tisch. »Schau, Magda, *jesuitas* – die ißt du doch am liebsten.«
Die Pastetchen waren goldbraun und mit *dulce de leche* übergossen.
Marco zog einen Stuhl heran, löste behutsam seine Hand aus der meinen und drückte mich auf einen Stuhl. »In Europa gibt es kein *dulce de leche*, nicht wahr?« fragte er.
»Am nächsten kommt noch Kondensmilch. Oh, wie ich das vermißt habe!« sagte ich.
Wir aßen sogar die Krumen, leckten uns die Finger ab und stippten die Teigflocken auf, die wie zuckrige Blätter auf dem Teller lagen.
Dann räumte Emilia den Tisch ab, und Marco und ich wischten uns gegenseitig die Hände und den Mund und erforschten neue Narben und Falten und alte vertraute Stellen, die die Zeit unverändert gelassen hatte. Marco berührte den kleinen Elfenbeinelefanten unter meinem Kragen.
»Ich habe ihn immer getragen«, sagte ich zu ihm.
Er nickte. »Ich hatte auch etwas von dir. Erinnerst du dich an den Brief, den du mir aus Michigan geschrieben hast?«
»Ja.«
Marco stand langsam auf und ging zum Fenster. »Seitdem ich ihn bekommen habe, habe ich ihn immer bei mir getragen. Ich habe mich nie von ihm getrennt. Nicht einmal in all den Jahren, nachdem sie

mich schließlich verhaftet hatten. Ich habe nie verstanden, warum sie mir diesen einen persönlichen Gegenstand so lange gelassen haben«, sagte er. »Ich nehme an, weil sie wußten, daß es mich um so mehr schmerzen würde, wenn sie ihn mir schließlich wegnehmen würden. Fünf Jahre lang war er das einzige, was ich lesen durfte.«

Ich dachte, ich hätte jede mögliche Folter im Geiste mit ihm erlitten, aber als Marco am Fenster stand und redete, wurde mir klar, daß es physische Qualen waren, die ich mir vorgestellt hatte. Ich hatte mir nicht erlaubt, daran zu denken, was er sonst noch durchgemacht hatte, welche subtilen und unendlich schmerzhaften Torturen sich seine Peiniger hatten einfallen lassen.

Sieben Jahre hatten nicht gereicht, um mich auf diesen Augenblick vorzubereiten. Ich wollte aus der Pflicht entlassen werden, Marco zuzuhören. Ich wollte glauben, daß wir, wenn wir dieses Zimmer verlassen konnten, auch alles hinter uns lassen konnten, was geschehen war, und so tun, als wäre nichts gewesen. Ich würde ihn in Caupolicán versteckt gesund pflegen, und wir würden nie wieder an diese Dinge denken.

Marcos Stimme vereitelte meine Flucht.

»Eines Tages übernahm ein Neuer die Einzelhaftzellen. Er nahm mir meinen Brief weg. Zu der Zeit war er schon in Fetzen, aber für mich war er kostbar. Zuerst glaubte ich, ohne den Brief könnte ich nicht mehr weiterleben. Ich dachte daran, mit dem Essen oder Trinken aufzuhören und einfach in diesem Loch zu sterben. Ich überlegte, wie sich das anfühlen würde, als ich merkte, daß ich zwar den Brief verloren hatte, nicht aber seinen Inhalt. Im Laufe der Jahre hatte ich ihn so oft gelesen, daß mir jedes Wort im Gedächtnis haftete und ich mir die Worte, wann immer ich wollte, in Erinnerung rufen konnte.«

Er schloß die Augen und lehnte die Stirn an die Fensterscheibe. *»Ich kann mir nicht vorstellen, daß Du Eurem Namen jemals Schande machen würdest. Ich bin stolz darauf, Dich zu kennen. Ich finde Dein Mitgefühl mit den Arbeitern wunderbar. Ich habe das immer gefunden, seit dem Tag auf dem Cerro, als ich Dir einen Gänseblümchenkranz aufsetzte. Du bist mein Held.«*

Marcos Schultern zuckten, und ich legte die Arme um ihn.
Emilia kam zu uns, und so standen wir zusammen, bis Marco weiterredete.
»Die Sonne geht unter«, sagte er. »Seitdem sie mich freigelassen haben, habe ich keinen Sonnenuntergang verpaßt.« Er wischte sich die Augen und bot mir seinen Arm.
»Kommst du mit, Emilia?« fragte ich.
»Nein. Ich warte hier auf euch.« Sie stand in der Tür und sah uns nach, wie wir Arm in Arm die Straße hinunterschlenderten.
Wir blieben eine Weile stehen, um die Überbleibsel des Jasmins zu betrachten, der einmal an der Hauswand hochgewachsen war bis hinauf zu Coras Fenster. Coras Vater hatte ihn eines Tages rasend vor Schmerz abgehackt. Schluchzend hatte er dagestanden, die sternförmigen Blüten zu seinen Füßen, und selbst ihr lieblicher Duft hatte es nicht vermocht, die Bitterkeit zu vertreiben, die er dem Mann gegenüber empfand, der über den Jasmin in das Herz seiner Tochter geklettert war.
»Glaubst du, daß wir Cora jemals finden werden?« fragte ich.
»Hoffnung ist alles, was uns geblieben ist, Magda.«
»Ich möchte glauben, daß wir sie eines Tages finden werden. Daß ich sie sehen werde, wie sie hinter neuem Jasmin Spitze verfertigt oder die Straße entlanggeht oder uns von diesem Fenster aus zuwinkt.«
Marco nickte, und seine Hand schloß sich warm und kräftig um meine.
»Ich habe gehört, du hast deinen Abschied vom Militär genommen«, sagte ich.
»Nachts gähnt es nicht so, das Tor zur Hölle.«
»Und warst du auf dem Cerro?«
»Ja. Um Gervasio zu besuchen. Ich habe ihm versprochen, daß wir nach Caupolicán zum Grab seiner Mutter fahren, wenn du zurückkommst.«
Unsere Blicke trafen sich, und wir sahen beide weg, weil wir nicht wußten, was wir als nächstes sagen sollten. Wir hatten die Rambla erreicht.

Ich dachte, daß die Luft nirgendwo so köstlich war wie an meinem Fluß. Ich atmete sie tief ein und spürte, wie sie alte Wunden berührte.

Es würde Zeit brauchen, aber der Fluß würde mich heilen – das hatte ich schon in den einsamen Jahren des Exils gewußt.

Wir gingen die breite Treppe zum Strand hinunter. Der Sand war noch warm von der Sonne, Möwen suchten nach Futter, und der Fluß murmelte leise vor sich hin.

Marco blieb stehen und sah mich an. »Ich möchte wissen, was Emilia dir erzählt hat.«

»Worüber?«

»Über mich.«

»Nichts.«

»Was hast du in den sieben Jahren in Europa gemacht?« fragte er. Der plötzliche Themawechsel verwirrte mich. »Ich meine, abgesehen von dem, was du für mich getan hast?«

»Ich habe geschrieben. Ich habe Artikel geschrieben.«

»Hast du dich verliebt?«

»Ich war verliebt, als ich hier wegging. In den sieben Jahren hat sich daran nichts geändert. Aber, Marco, ich würde es verstehen, wenn das bei dir anders wäre. Ich hatte die Gelegenheit. Ich habe viele Leute kennengelernt. Ich konnte mich frei entscheiden. Du nicht. Wenn du mir sagen würdest, daß du Zeit brauchst oder daß deine Gefühle sich geändert haben, würde ich dir das nicht im geringsten übelnehmen.«

Marco blickte lange auf den Fluß, bevor er antwortete. »Kleine Löwin«, sagte er schließlich. »Ich weiß nicht genau, welche Teile von mir die Haft überlebt haben. Aber ich weiß, daß eines und nur eines sich immer gleichgeblieben ist, und das war das Wissen, daß ich in einer von den Tausenden von Nächten meines Lebens ein Teil von dir war und du ein Teil von mir. Ich war dazu geschaffen, dich immer zu lieben. Ich wünschte nur, daß immer nicht für so kurze Zeit wäre.«

Da wußte ich, warum sie ihn freigelassen hatten. Das, was ich für ihn unternommen hatte, hatte nichts mit ihrer Entscheidung zu tun. Sie entließen die Sterbenden immer.

»Wie lange haben wir?« fragte ich.

Er zuckte die Achseln. »Vielleicht ein paar Monate.«

Seine Arme hielten mich so fest, als er mich tröstete, und ich hörte sein Herz so stark klopfen, daß ich glaubte, ich könne ihn heilen. Ich würde mit ihm nach Caupolicán fahren, wo Mamasita wartete, und ihn nicht einen Augenblick allein lassen. Irgendwie würde ich mein eigenes Leben in ihn hineinzwingen und meine Tage damit verbringen, jeden Atemzug, den wir nicht zusammen getan hatten, wettzumachen.

Ein großer schwarzer Hund tauchte aus dem Wasser auf, jagte die Wellen und ignorierte die Stöckchen, die sein Herr für ihn warf. Er kam aus dem Fluß gesprungen und schüttelte sich. Marco und ich traten ein paar Schritte zurück. Der Mann eilte auf uns zu. Er hinkte und konnte sich nicht sehr schnell bewegen. Er entschuldigte sich vielmals, während er den Hund zu fangen versuchte, der das für ein weiteres fröhliches Spiel hielt. Er duckte sich auf die Vorderpfoten und ließ den nassen Schwanz munter durch die Luft kreisen.

»Er hält mich jung«, sagte der Mann lächelnd und drehte sich plötzlich herum, um den Hund zu überrumpeln. Dabei verlor er das Gleichgewicht und fiel in den Sand. Der Hund sprang hinzu und erreichte ihn noch vor Marco und mir. Zu dritt halfen wir ihm aufzustehen. Er lachte und klopfte sich den Sand aus den Kleidern. Dann schlug er auf sein Bein.

»Ein Andenken aus Punta Arenas.«

Ich erstarrte, die Hand noch auf dem Arm des Mannes. Er sah, daß ich erbleichte, und stützte mich. »Waren Sie in Punta Arenas?« fragte ich.

Er nickte vorsichtig, als befürchte er, mich zu verletzen.

»Ich auch.«

»Wann?«

Ich sagte es ihm, und seine Miene erhellte sich.

»Ah! Das Jahr des Lichtes.«

»Was?«
»Oh, nichts. Manche von uns, die in diesem Jahr dort gefoltert wurden, hatten Halluzinationen. Sie wissen, wie das ist. Es gab dort ein Zimmer, ein Zimmer mit einem Holzfußboden.«
»Ja?«
»Und manchmal sahen diejenigen von uns, die gefoltert wurden, ein Licht, das von den Fußbodendielen aufstieg.« Er lächelte. »Wir waren ein bißchen verrückt, verstehen Sie. Aber es half. Immer wenn wir das Licht sahen, war es, als ob ...« Er zögerte.
»Bitte sagen Sie es mir.«
Er sah mir einen Augenblick lang prüfend ins Gesicht. »Es war, als ob jemand uns liebte«, sagte er ruhig.
Der Hund sprang auf und leckte ihm das Gesicht. »Genauso.« Der Mann lachte. »Die Art Liebe, die heilt.« Er rief den Hund, winkte uns zu und hinkte davon.
An diesem Abend war der Fluß grün, durchscheinend und fast so schön wie Marcos Lächeln.